402

Ellis Peters
Il pellegrino dell'odio

TEA DUE

LE INDAGINI DI FRATELLO CADFAEL

LA BARA D'ARGENTO

UN CADAVERE DI TROPPO

IL CAPPUCCIO DEL MONACO

DUE DELITTI PER UN MONACO

LA FIERA DI SAN PIETRO

LA VERGINE NEL GHIACCIO

IL RIFUGIATO DELL'ABBAZIA

IL NOVIZIO DEL DIAVOLO

I DUE PRIGIONIERI

ELLIS PETERS

IL PELLEGRINO DELL'ODIO

Romanzo

Traduzione di
Elsa Pelitti

TEA

TEA - Tascabili degli Editori Associati S.p.A.
Via Monte di Pietà 1/A - 20121 Milano

La traduzione di Elsa Pelitti è pubblicata
su licenza della Longanesi & C., Milano

Titolo originale
The Pilgrim of Hate

Prima edizione TEADUE marzo 1996

Ristampe: 1 2 3 4 5 6 7 8 9
1996 1997 1998 1999 2000

IL PELLEGRINO DELL'ODIO

CAPITOLO I

ERANO insieme nella capanna di fratello Cadfael, nell'erbario, il pomeriggio del venticinque maggio, e discorrevano di alti affari di Stato, di re e imperatrici, e delle contrastanti vicende che affliggevano gli irreconciliabili contendenti al trono.

«Bene, la signora non è stata ancora incoronata!» osservò Hugh Beringar con fermezza, quasi avesse avuto lui un modo per impedirlo.

«Non è neppure a Londra, ancora», convenne Cadfael, rimescolando con cura la pentola immersa fra i carboni del suo braciere per impedire che il contenuto si attaccasse ai lati e bruciasse. «E non potrà essere incoronata finché non la lasceranno entrare a Westminster, cosa che, a quanto ne so, non sembrano affatto ansiosi di fare.»

«Chi ha freddo si mette dove splende il sole», mormorò mestamente Hugh. «Ma la mia causa, amico mio, è lontana dal sole. Quando Enrico di Blois si muove, tutti gli uomini lo seguono, come affamati ammucchiati nello stesso letto. Lui alza la coperta e loro vanno con lui, aggrappandosi agli orli.»

«Non tutti», obiettò il monaco, sorridendo brevemente mentre rimescolava. «Voi, per esempio. Pensate forse di essere il solo?»

«Dio guardi!» E Hugh scoppiò improvvisamente a ridere, scrollandosi di dosso la tristezza. Si allontanò dalla porta aperta, dove la luce limpida stendeva un morbido splendore dorato sui cespugli e le aiuole dell'erbario e l'aria umida del meriggio faceva scaturire inebrianti ondate di profumi soavi e penetranti, e abbandonò di nuovo il suo corpo snello sulla panca contro la parete di tronchi, stendendo sul pavimento di terra le gambe calzate di stivali. Un uomo piccolo in un senso solo, e perfettamente proporzionato. La sua statura modesta e la sua figura esile avevano tratto in inganno più di un avversario, a proprio danno. La luce del sole, mossa dalla brezza che faceva ondeggiare i cespugli e riflessa da una delle grandi caraffe di vetro di Cadfael, illuminava un viso scarno e abbronzato, perfettamente rasato, dalla bocca mobilissima e dalle agili sopracciglia nere pronte a inarcarsi con espressione scettica fino alla radice dei capelli corti. Un viso a un tempo espressivo e imperscrutabile. Fratello Cadfael era uno dei pochi che sapessero leggerlo. Forse nemmeno Aline, sua moglie, capiva meglio Hugh. Cadfael aveva sessantadue anni e Hugh uno o due meno di trenta, ma quando si trovavano lì fra le erbe nel laboratorio di Cadfael, si sentivano coetanei.

« No », riprese Hugh soppesando le circostanze e traendone un certo cauto conforto, « non tutti. C'è ancora qualcuno di noi, e in posizione non troppo negativa per conservare ciò che abbiamo. La regina è nel Kent col suo esercito. Robert di Gloucester non volterà le spalle per venire qui a dare la caccia a noi mentre lei si trova ai margini meridionali di Londra. E con i gallesi di Gwynedd che ci coprono le spalle contro il conte di Chester, noi saremo in grado di conservare questa contea per re Stefano in attesa del momento buono. La fortuna che ha girato le spalle una volta può girarle una seconda. E l'imperatrice non è ancora regina d'Inghilterra. »

Tuttavia, pensò Cadfael rimestando in silenzio la sua miscela, destinata ai vitelli di fratello Aylwin colpiti da dissenteria, cominciava a sembrare che lo sarebbe stata ben presto. Tre anni di guerra civile fra due cugini in lotta per il regno d'Inghilterra non erano certo serviti a riconciliare le opposte fazioni, ma soltanto a far soffrire la popolazione costringendola a vivere in un clima d'incertezza, segnato da rapine e uccisioni. L'artigiano in città, il contadino nei campi, il servo della gleba nella proprietà terriera del signore sarebbero stati ben contenti di qualunque monarca che garantisse loro un paese tranquillo e ordinato in cui svolgere la propria modesta attività. Ma per un uomo come Hugh la situazione era ben diversa. Lui era un uomo di re Stefano, ora anche suo sceriffo per lo Shropshire, che aveva giurato di conservare per il suo re. Un re prigioniero nel castello di Bristol dopo la battaglia perduta di Lincoln. Era bastata una giornata dello scorso febbraio perché le fortune dei due pretendenti al trono si capovolgessero. L'imperatrice Maud era su, alta nel cielo, e Stefano, per quanto incoronato e consacrato, giù nel fango, in catene e guardato a vista, e suo fratello Enrico di Blois, vescovo di Winchester e legato del papa, di gran lunga il più influente dei magnati e finora sostenitore del fratello, si ritrovava in un grave dilemma. Poteva comportarsi da eroe e tener fede con dichiarata fermezza alla sua causa, incorrendo così nella formidabile animosità di una signora in ascesa che poteva essere molto pericolosa, oppure orientare diversamente le vele e rimediare ai rovesci di fortuna schierandosi al fianco dell'imperatrice. Con discrezione, naturalmente, e con le argomentazioni adatte a far apparire pienamente rispettabile il suo voltafaccia. Era anche possibile, pensò Cadfael, desideroso di rendere giustizia persino ai vescovi, che Enrico avesse sinceramente a cuore l'ordine e la pace e fosse pronto a sostenere quello, dei due contendenti, che sarebbe stato in grado di restaurarli.

«Ciò che mi cruccia», riprese Hugh inquieto, «è il fatto di non poter avere notizie affidabili. Voci ne corrono tante, sì, fin troppe, ognuna in totale contrasto con la precedente, ma niente di cui ci si possa fidare. Sarò l'uomo più felice del mondo quando tornerà l'abate Radulfus.»

«Lo saranno anche tutti i fratelli di questa casa», convenne con calore il monaco. «Eccettuato Jerome, forse, che è al settimo cielo quando è il priore Robert a fare le sue veci. In questo periodo, da quando cioè l'abate è stato chiamato a Winchester, è l'immagine della felicità. Ma il governo di Robert è molto meno gradito a tutti gli altri, credetemi.»

«Da quanto tempo è lontano, ormai? Sette od otto settimane, vero? Il legato del papa va tenendo la sua corte ben fornita di mitre e pastorali! Mantenere in gran pompa il proprio Stato gli è senza dubbio di aiuto nel confrontarsi con quello dell'imperatrice. Non è uomo da piegare la propria dignità davanti ai principi, Enrico, e sente il bisogno di avere alle spalle tutto il peso possibile.»

«Tuttavia lascia che una parte del suo clero si disperda, ora», osservò Cadfael. «E con questo può avere raggiunto una sorta di transazione. O forse è stato ingannevolmente indotto a pensare di averla raggiunta. Il padre abate ha mandato notizie da Reading. Dovrebbe essere qui nel giro di una settimana. Non potreste certo trovare un testimone migliore.»

Il vescovo Enrico era stato bene attento a mantenere nelle proprie mani la direzione degli eventi. Chiamando tutti i prelati e gli abati mitrati a Winchester, ai primi di aprile, e dichiarando con fermezza che si trattava di un sinodo legatizio e non di una semplice assemblea ecclesiastica, si era assicurata la supremazia nelle successive discussioni e la precedenza sull'arcivescovo Theobald di Canterbury che, in materie riguardanti esclusivamente la Chiesa inglese, sarebbe stato suo superiore. Poco male, forse. Cadfael dubitava che a Theobald importasse granché di essere aggirato. In quelle circostanze, un uomo quieto e timoroso poteva essere ben contento di restarsene tranquillamente nell'ombra, lasciando il legato pontificio esposto all'ardore del sole.

«Lo so. Non appena avrò udito da lui come sono andate le cose laggiù al sud, potrò adottare i provvedimenti del caso. Siamo abbastanza fuori mano, qui, e la regina, che Iddio la guardi, può disporre di forze ragguardevoli, ora che ha quelle dei fiamminghi salvatisi da Lincoln da aggiungere alle proprie. Smuoverà cielo e terra per liberare Stefano, con qualsiasi mezzo, leale o no. È un soldato più in gamba del suo signore», dichiarò Hugh con profonda convinzione, «e sì che è stato il miglior combattente in campo... Si dovrebbe cercare in tutta l'Europa per trovarne un altro come lui. Se lo aveste visto a Lincoln... Meraviglioso! Ma la regina è un generale più abile. Persegue accanitamente il proprio scopo, mentre lui si stanca e corre dietro a un'altra selvaggina. Mi dicono, e lo credo, che stia portando il suo cordone sempre più vicino a Londra, a sud del fiume. Quanto più vicino sarà la sua rivale a Westminster, tanto più si stringerà il cappio.»

«Ma è certo che i londinesi siano d'accordo di lasciar entrare in città l'imperatrice? Sappiamo che sono arrivati in ritardo al sinodo e che hanno avanzato qualche lamentela per Stefano prima di lasciarsi sottomettere. Ci vuole certo un bel coraggio per affrontare a faccia a faccia Enrico di Winchester e contraddirlo», sospirò Cadfael.

«Hanno accettato di ammetterla, il che equivale a riconoscerla, ma hanno posto determinate condizioni, a quanto ho saputo, e ogni ritardo è tanto di guadagnato per Stefano e per me.» La luce danzante riflessa dal vetro metteva a un tratto in risalto ogni tratto del viso concentrato ed eloquente di Hugh. «Se soltanto potessi far entrare a Bristol un uomo fidato! Vi sono molte maniere per introdursi nei castelli, anche nelle segrete. Due o tre uomini discreti e in gamba potrebbero farcela. Una manciata d'oro a un carceriere scontento... Altri re sono già stati liberati, persino dalle catene, e lui non è incatenato. L'imperatrice non è ancora arrivata a tanto. Oh, Cadfael, io sto sognando! Il mio posto è qui, e io sono a malapena all'altezza. E nemmeno ho i mezzi per fare qualcosa a Bristol.»

«Una volta liberato», convenne Cadfael, «il vostro re avrà bisogno di essere sicuramente padrone in questa contea.»

Levò dal braciere la sua pentola e la posò a raffreddarsi sopra una lastra di pietra che teneva per quello scopo. La sua schiena scricchiolò un poco mentre si rialzava. Di tanto in tanto cominciava a sentire i suoi anni, ma una volta dritto in piedi era vigoroso come sempre.

«Bene, questa è fatta», riprese strofinandosi le mani per cancellarne i segni lasciati dal mestolo. «Venite, usciamo a vedere i fiori che stiamo preparando per la grande festa di santa Winifred. Il padre abate tornerà certo in tempo per presiedere al suo trasporto da Saint Giles e avremo la casa piena di pellegrini cui provvedere. »

Avevano portato il reliquiario della santa gallese da Gwytherin, dov'era sepolta, quattro anni avanti e l'avevano collocata sull'altare nella chiesa dell'ospedale di Saint Giles, al margine del Foregate, il sobborgo di Shrewsbury dove venivano ricoverati e assistiti i malati contagiosi, i deformi, i lebbrosi che non potevano avventurarsi entro le mura della città. Di là poi la bara splendente con le sante reliquie era stata trasferita per qualche tempo, in gran pompa, sul suo altare nella chiesa dell'abbazia, come un ornamento miracoloso, strumento di benedizioni e di guarigione per i bisognosi venuti a visitarla reverentemente. E quell'anno si era deciso di ripetere la traslazione, di portare la santa in processione da Saint Giles e di riaprire il suo altare per tutti coloro che venissero a pregare e a portare offerte. Ogni anno essa aveva attirato una grande quantità di pellegrini. Quell'anno sarebbero stati una legione.

« Verrebbe fatto di chiedersi », osservò Hugh piantato a gambe divaricate fra le aiuole di fiori che stavano passando dai teneri colori della primavera a quelli ardenti dell'estate, « se non stiate preparando piuttosto uno sposalizio. »

C'erano siepi di nocciolo e candidi petali di biancospino sparsi e amenti verde-argento dondolanti tutt'intorno al recinto dove si trovavano, primavere odorose che costellavano il prato più oltre e fitti giaggioli in boccio sui loro steli rigidi. Anche le rose erano una messe di boccioli eretti e pronti ad aprirsi sfoggiando i primi colori. Nel rifugio recintato dell'erbario di Cadfael v'erano persino turgidi globi di peonie che cominciavano a spaccare le loro guaine verdi. Cadfael sapeva ricavare farmaci d'ogni genere dai loro semi e fratello Petrus, il cuoco dell'abate, li usava come spezie per le sue vivande.

« Uno sposo potrebbe non essere troppo lontano, se è

per questo», ribatté il monaco osservando compiaciuto i frutti delle sue fatiche. «Uno sposalizio purissimo ed eterno. Questa fanciulla gallese è rimasta vergine fino al giorno della sua morte.»

«E l'avete maritata voi dopo?»

Una domanda oziosa, fatta come reazione alle costanti riflessioni sugli affari di Stato. In un giardino come quello si poteva credere nella pace, nella fecondità e nell'amicizia. Ma la prima risposta fu un improvviso silenzio, così profondo e denso di significato che Hugh drizzò le orecchie, girando poi il capo a fissare l'amico con aria quasi furtiva, ancora prima della sua avventata risposta. Se avventata per mancanza di riflessione o per partito preso, non vi fu modo di capirlo.

«Maritata no», disse infatti Cadfael, «ma messa a letto, indubbiamente. Con un gran brav'uomo, anche, suo leale campione. Una ricompensa ben meritata.»

Hugh inarcò le sopracciglia in un'espressione interrogativa e girò di nuovo la testa a guardare, alle sue spalle, il lungo tetto della grande chiesa dell'abbazia, dove si riteneva che la sullodata signora dormisse dentro un reliquiario sigillato sopra il suo altare. Una raffinata bara lunga appena quanto bastava per contenere il piccolo corpo della santa gallese la cui ossatura, armoniosa e compatta, era tipica della sua razza.

«Non mi pare che possa esservi spazio per due, là dentro», osservò pacatamente.

«No, per due esseri grossi come noi, no, non là. Ma ve n'era più che a sufficienza dove li abbiamo messi.» Cadfael sapeva che l'amico lo stava ascoltando con estrema attenzione e con acuta intelligenza, anche se non ancora con totale comprensione.

«Mi state forse dicendo che la santa *non* è là in quel vostro elaborato reliquiario dove tutti *sanno* che è?» domandò Hugh con lo stesso tono soave.

«Posso dirvelo? Tante volte mi sono augurato che fosse possibile trovarsi in due posti contemporaneamente.

Troppo arduo per me, è ovvio, ma forse possibile per un santo... Lei è rimasta là dentro per tre giorni e tre notti, questo lo so. E potrebbe pure avervi lasciato qualche brandello della sua santità... non foss'altro che in segno di ringraziamento per averla rimessa dove, credo tuttora e crederò sempre, desiderava restare. Ma ciò non ostante », ammise Cadfael scuotendo leggermente la testa, « c'è sempre una punta di dubbio che mi turba. E se mi fossi sbagliato? »

« In tal caso la vostra unica risorsa sarebbero la confessione e la penitenza », ribatté Hugh in tono un po' fatuo.

« Non finché fratello Mark non sarà ordinato prete a tutti gli effetti! » Il giovane Mark aveva lasciato la sua casa madre e il suo gregge a Saint Giles per recarsi presso il vescovo di Lichfield grazie a una generosa donazione che gli avrebbe consentito di seguire gli studi per raggiungere lo scopo di tutti i suoi desideri, scopo che risplendeva lontano eppure chiarissimo davanti a lui: il sacerdozio al quale Dio lo aveva destinato. « Serbo per lui tutti quei peccati che, forse a torto, non mi sembrano peccati. È stato la mia mano destra e un pezzo del mio cuore per tre anni e mi conosce meglio di chiunque altro al mondo. Tranne voi, forse... » si affrettò ad aggiungere Cadfael, guardando l'amico con espressione innocente. « Lui vedrà la verità dentro di me e io mi rimetterò al suo giudizio, accettando qualunque penitenza riterrà necessaria per assolvermi. Il giudizio potreste pronunciarlo anche voi, Hugh, ma non l'assoluzione. »

« E tanto meno la penitenza », ribatté Hugh ridendo. « Sicché ditelo a me e andatevene libero senza penale. »

L'idea di confidarsi con lui apparve inaspettatamente piacevole e accettabile al monaco. « È una storia lunga », disse quasi per metterlo in guardia.

« Allora è proprio il momento giusto, perché ciò che potevo fare qui l'ho già fatto: non mi resta altro che vigilare e avere pazienza; perché dovrei farlo annoiandomi quando potrei svagarmi con una bella storia interessante?

E voi siete libero fino al vespro. Potreste persino acquistarvi qualche merito », aggiunse Hugh componendo il viso a una solennità sacerdotale, « scaricando la vostra anima sul braccio secolare. E io sarò segreto più di un confessionale. »

« Aspettate, allora, prendo un sorso di quel vino che sta maturando e ci mettiamo là sulla panca dove batte il sole di pomeriggio. Tanto vale che ce ne stiamo comodi mentre parlo. »

« È stato circa un anno prima che ci conoscessimo », cominciò Cadfael appoggiando le spalle contro il muro caldo e ruvido dell'erbario. « Allora non avevamo un nostro santo particolare, qui all'abbazia, e provavamo una certa invidia per Wenlock dove la comunità cluniacense aveva appena scoperto la propria fondatrice sassone, Milburga, e ne faceva un gran chiasso. Poi ci era pervenuto qualche segno quando un confratello malato era andato nel Galles per bagnarsi alla fonte miracolosa di Holywell, dove questa giovane Winifred era morta la prima volta, facendo scaturire dal terreno una sorgente risanatrice. La giovane aveva un suo patrono, san Beuno, che l'aveva subito riportata in vita, ma la sorgente era rimasta, operando prodigi. Così venne in mente al priore Robert che si sarebbe forse potuto ottenere che la signora, morta una seconda volta e sepolta a Gwytherin, venisse a portare la propria gloria qui da noi, a Shrewsbury. Chiamò anche me a far parte del gruppo che portò con sé per trattare coi parrocchiani e persuaderli a concederci le ossa della santa. »

« Tutto questo lo so già », l'interruppe Hugh. « Come lo sanno tutti, qui. »

« Certo, ma non conoscete il seguito. A Gwytherin c'era un signore gallese che si oppose strenuamente alla nostra richiesta e non ci fu verso di fargli cambiare idea né con la persuasione, né con la corruzione, né con le minacce. E morì, Hugh... assassinato. Per mano di uno di noi, un confratello di alto rango che aveva già messo gli occhi su una mitra. E quando il cerchio dei sospetti fu vicino a stringersi su di lui, si trattò di scegliere fra la sua vita e qualcosa di meglio. Il suo delitto aveva messo in pericolo due giovani, la figlia del signore e il suo innamorato che, alla vista della sua amata ferita e sanguinante, fu preso, con buona ragione, da un furioso impeto di collera. Ma lui non immaginava di essere tanto forte. L'assassino finì con il collo spezzato.»

«Quanti lo seppero?» domandò Hugh, con gli occhi pensierosamente socchiusi fissi sulle foglie lucenti dei cespugli di rose.

«Al momento, soltanto i due innamorati, il morto e io. E santa Winifred, naturalmente, che era già stata tolta dalla sua tomba e messa nella bara. *Lei* sapeva. Era lì, lei. Ero stato io a levarla dalla sua tomba, a ricomporla... e ne sono ancora felice... Dal momento in cui scoprii quelle esili ossa sentii nelle mie che esse desideravano soltanto essere lasciate in pace. Era un cimitero così piccolo, naturale e quieto, con la piccola chiesa fuori uso da gran tempo, con fiori di prato dappertutto e monticelli verdeggianti. E terreno gallese! Lei era gallese come me, la sua Chiesa era quella dell'antica religione, che cosa ne sapeva lei di questa contea inglese? E io avevo quei due giovani esseri da salvaguardare. Chi avrebbe creduto alla loro o alla mia parola contro tutta la forza della Chiesa? Avrebbero serrato i loro ranghi per seppellire lo scandalo e con esso il ragazzo, non colpevole d'altro che di avere difeso ciò che gli era più caro. Quindi adottai i provvedimenti più opportuni.»

Le mobili labbra di Hugh si torsero un poco. «Adesso mi sorprendete veramente! Quali provvedimenti? Con un confratello morto di cui render conto e il priore Robert da tenere buono...»

«Oh, be', Robert è un'anima più semplice di quanto lui stesso non creda... e poi fu proprio il confratello morto a darmi una mano. Si era dato un gran da fare per crearsi una reputazione di santità, proclamando di avere ricevuto messaggi dalla stessa santa – era stato lui a dirci che essa offriva la propria tomba rimasta vuota al signore ucciso – e cadendo in preda a sonni inquieti, popolati di visioni, pregando di essere tolto da questo mondo e trasportato nella beatitudine eterna... E noi gli abbiamo fatto questo piccolo favore. Aveva trascorso la notte in veglia solitaria nella vecchia chiesa: al mattino si ritrovarono il suo saio e i suoi sandali ben sistemati sopra e accanto all'inginocchiatoio come se il corpo ne fosse stato sfilato senza scomporli, tra profumi soavi e una pioggia di petali di biancospino. Così, aveva detto, la santa lo aveva già visitato altre volte, dunque perché il priore Robert non avrebbe dovuto crederlo? Era indubbiamente sparito. Perché perdere tempo a cercarlo? Un modesto confratello della nostra casa sarebbe mai fuggito attraverso i boschi del Galles nudo come mamma lo aveva fatto? »

« Mi state dicendo che ciò che è qui nel reliquiario *non* è... » azzardò cautamente Hugh. « Ma la bara non era già stata sigillata? » Le sue sopracciglia inarcate avevano quasi raggiunto la radice dei capelli neri, ma la sua voce era calma e senza traccia di stupore.

« Be'... » Cadfael si strinse il naso fra il pollice e l'indice. « Era stata sigillata, sì, ma c'è modo di rimuovere un sigillo senza danneggiarlo e per fortuna non me lo ero dimenticato. »

« Così avete rimesso la signora dove si trovava prima, insieme con il suo campione? »

« Era un uomo buono e perbene e si era battuto per lei con nobili parole. Winifred non gli avrebbe certo negato un po' di spazio. Anzi, ho sempre pensato che non fosse affatto dispiaciuta con noi. Ha sempre continuato a dar prova del proprio favore con parecchi miracoli, a Gwytherin, perciò non posso credere che sia in collera. Non di meno mi turba il fatto che non abbia ancora concesso a noi, qui, alcun segno notevole della sua protezione, per fare felice Robert e tranquillizzare me. Sì, qualche cosuccia, ma niente di carattere assolutamente inequivocabile. E se l'avessi veramente contrariata, dopo tutto? Pazienza per me, che *so* che cosa c'è là dentro, sull'altare... *Mea culpa* se ho sbagliato! Ma per quegli innocenti, che *non* sanno e vengono qui in buona fede, sperando di ottenere una grazia da lei? Se io fossi stato la causa della loro frustrazione, dell'inanità delle loro preghiere?»

«Capisco», disse Hugh, comprensivo. «Sarà bene che fratello Mark si affretti nei suoi studi per l'ordinazione a sacerdote e venga presto a liberarvi da questo peso. A meno che», aggiunse con un sorriso malizioso, «santa Winifred non si muova a compassione verso di voi e non vi mandi qualche segno.»

«Io continuo a non vedere che cos'altro avrei potuto fare», mormorò Cadfael meditabondo. «È stata una conclusione soddisfacente per tutti. Quei due giovani sono stati liberi di sposarsi ed essere felici, il villaggio ha ancora la sua santa e lei ha ancora la sua gente intorno a sé. Robert ha ciò che era andato a cercare... o quanto meno pensa di averlo, che è poi la stessa cosa. E l'abbazia di Shrewsbury ha la sua festa, con la ragionevole speranza di averne anche una foresteria piena di pellegrini e di ricavarne gloria e guadagno a un tempo. Se soltanto quella santa signora volesse gettare un'occhiata indulgente da questa parte e strizzarmi un occhio per farmi sapere che ho interpretato giustamente i suoi desideri!»

«Non avete mai detto niente a nessuno di tutto questo?»

«Neanche una parola. Ma a Gwytherin lo sanno tutti», ammise Cadfael con un sorrisetto nostalgico. «Nessuno ha detto niente, nessuno ha avuto bisogno di dirlo, ma tutti lo sanno. Erano tutti là, nessuno escluso, quando siamo partiti col nostro reliquiario. Ci hanno aiutati loro stessi a caricarlo. Sul carro costruito da loro. Robert credeva proprio di averli ammansiti, anche quelli che erano stati più riluttanti, al principio. Un'immensa gioia per lui, che in fondo è un'anima semplice. Sarebbe un delitto disilluderlo, ora che sta persino scrivendo una biografia della santa in cui narra anche come lui l'abbia portata a Shrewsbury. »

« Oh, io non avrei certo il coraggio di dargli un dolore simile », convenne Hugh. « Meno si parla, tanto di guadagnato per tutti. Ma, grazie a Dio, io non ho niente a che vedere con la legge canonica, la legge comune di un paese senza legge mi crea già abbastanza fastidi. » Non era necessario dire a Cadfael che poteva contare sul suo silenzio: quello era già scontato da ambe le parti. « Bene, voi parlate la stessa lingua della signora, non v'è dubbio che vi ha capito benissimo, con o senza parole. Chissà! Forse quando avrà luogo questa vostra festa... il ventidue giugno, vero?... forse avrà pietà di voi e vi manderà qualche miracolo strepitoso per mettervi il cuore in pace. »

Chissà, pensò Cadfael un'ora dopo, mettendosi in cammino per rispondere alla campana del vespro. Non che lui si fosse meritato tanto onore, ma doveva pure esservi qualcuno che lo meritava, nell'incessante processione di pellegrini, qualcuno che sarebbe stato ingiusto respingere. E lui sarebbe stato perfettamente, umilmente e gioiosamente soddisfatto di quello. Che importava se la santa era a un'ottantina di miglia da lì, con quanto restava del suo corpo? Era stato un corpo miracoloso nella sua vita terrena, riportato in vita dopo essere stato brutalmente ucciso: quali limiti di tempo o di spazio potevano essere posti a un tale essere? Se le faceva piacere, poteva essere quieta e soddisfatta là nella sua tomba con Rhisiart, cullata dal canto degli uccelli tra i rami dei biancospini, e attenta e incorporea qui, una lieve fiammella di spirito nella bara dell'immeritevole Columbanus, che aveva ucciso non per la sua gloria, ma per la propria.

Fratello Cadfael andò al vespro pervaso da uno strano sollievo per avere confidato all'amico un segreto anteriore al tempo in cui si erano conosciuti, dapprima come potenziali antagonisti, ricorrendo a sottili astuzie per mettersi vicendevolmente nel sacco, poi scoprendo via via quanto avevano in comune, il vecchio (solo con se stesso, Cadfael ammetteva di avere sorpassato il pieno rigoglio della virilità) e il giovane, ancora ai primi passi, ma eccezionalmente dotato di saggezza e di astuzia, sulla via di costruirsi la propria fortuna e di guadagnarsi una moglie. E aveva avuto successo in entrambe le imprese, perché adesso era l'incontrastato sceriffo dello Shropshire, anche se in nome di un re esautorato e prigioniero, e là in città, nei pressi della chiesa di Saint Mary, una moglie e un figlioletto di un anno formavano un nido per la sua felicità privata, quando chiudeva la porta sui suoi oneri pubblici.

Cadfael pensò al suo figlioccio, il vigoroso demonietto che aveva già imparato ad aggirarsi a proprio piacere in tutte le stanze della casa di città di Hugh, ad arrampicarsi senza aiuto sulle ginocchia del padrino, a emettere balbettii di approvazione, di curiosità, di sdegno e di affetto. Ogni uomo chiede al cielo un figlio. Hugh aveva il proprio, il ramoscello più promettente che fosse mai spuntato da uno stelo. E lo stesso, per procura, era per lui, Cadfael, un figlio in Dio.

V'era, dopo tutto, tanta felicità umana al mondo, anche in un mondo così straziato e mutilato da guerre, crudeltà e avidità. Così era sempre stato e sarebbe stato sempre. E così fosse, purché non avesse mai a spegnersi l'indomabile scintilla della gioia.

In refettorio, dopo la cena e il ringraziamento, nel gradito tepore e nella luce prolungata della fine di maggio, il priore Robert Pennant si alzò per primo, ma rimase fermo al proprio posto, ergendosi in tutto il suo metro e ottanta di prelato magro e austero, dalla tonsura argentea e dai lineamenti d'avorio.

«Fratelli, ho ricevuto un altro messaggio dal padre abate. È arrivato a Warwick, sulla via del ritorno, e spera di essere con noi per il quattro giugno, se non prima. Ci raccomanda di mettere la massima diligenza nei preparativi dei festeggiamenti per la traslazione di santa Winifred, la nostra graziosa patrona.» Forse l'abate aveva veramente impartito quelle istruzioni, com'era suo dovere, ma era il priore Robert che le enfatizzava, vedendo se stesso, come faceva, quale patrono della patrona. I suoi grandi occhi patrizi si spostarono dall'uno all'altro tavolo, soffermandosi sui confratelli che avevano maggiori responsabilità. «Fratello Anselm, avete già pronta la musica?»

Fratello Anselm, il maestro del coro, la cui mente si staccava di rado da neumi e strumenti per parecchi secondi consecutivi, alzò vagamente lo sguardo, poi si riscosse e fissò il priore spalancando gli occhi. «Tutti i tempi della processione e dell'ufficio, sì», disse, amabilmente sorpreso che qualcuno avesse ritenuto necessario chiederlo.

«E voi, fratello Denis, avete fatto tutti i preparativi occorrenti per provvedere al mantenimento di un gran numero di persone? Perché avremo certo bisogno di ogni letto e di ogni piatto che sarà possibile procurarsi.»

Fratello Denis, il dispensiere, avvezzo ad affrontare situazioni d'emergenza e a governare con mano ferma il proprio dominio, assicurò tranquillo di aver fatto le più ampie provviste che considerava necessarie e di avere in più accantonato riserve cui attingere all'occorrenza.

«Avremo anche molti ammalati ai quali provvedere. La speranza della guarigione è una potente calamita.»

Fratello Edmund, il responsabile dell'infermeria, che non si aspettava di essere chiamato in causa, disse seccamente di avere tenuto in conto i probabili bisogni e di essere preparato per tutte le possibili richieste di letti e di medicine. Aggiunse anche che fratello Cadfael, dal canto suo, aveva già fatto scorta di tutti i rimedi dei quali riteneva più probabili le richieste ed era pronto a fronteggiare qualsiasi altra necessità avesse a presentarsi.

«Molto bene», approvò il priore Robert. «Ora il padre abate ha qualcos'altro da chiederci, in attesa del suo ritorno, una richiesta particolare. Chiede che si recitino a ogni messa preghiere speciali per il riposo dell'anima di un uomo buono ucciso a tradimento a Winchester dove si stava battendo per il ristabilimento della pace e la riconciliazione delle fazioni avverse, com'era suo dovere di buon cristiano.»

Per un momento parve a Cadfael, e forse alla maggior parte dei presenti, che la morte di *un* uomo, nel lontano sud, forse non meritasse una menzione tanto solenne e un così cospicuo segno di rispetto in un paese dove la morte era da tanto tempo un fatto ordinario, dal campo di battaglia di Lincoln disseminato di cadaveri al sacco di Worcester, dove il sangue scorreva per le strade, dalle diffuse stragi feudali da parte di conti insoddisfatti al sordido brigantaggio nei villaggi, là dove la legge era da tempo venuta meno.

Poi riconsiderò le cose dal punto di vista dell'abate. Un brav'uomo assassinato proprio nella città dove prelati e baroni stavano discutendo su questioni di pace e di sovranità, ucciso mentre cercava di impedire che una fazione saltasse alla gola dell'altra. Addirittura ai piedi, a quanto pareva, del legato del vescovo. Un orribile sacrilegio, non meno che se fosse stato massacrato sui gradini dell'altare. Non era soltanto la morte di un uomo, ma l'amaro simbolo dell'abbandono della legge, del rifiuto della speranza e della riconciliazione. Così l'aveva vista Radulfus, per questo voleva che egli fosse ricordato nelle funzioni della sua chiesa. *Quel* morto meritava un riconoscimento solenne, una lapide commemorativa eretta nel cielo.

«Il nostro abate», continuò il priore Robert, «ci chiede di offrire ringraziamenti per il nobile sforzo e preghiere per l'anima di Rainald Bossard, un cavaliere al servizio dell'imperatrice Maud.»

«Un nemico, dunque», osservò, più tardi, un dubitoso giovane novizio parlandone con i compagni nel chiostro. Tanto si era avvezzi, in quella contea, a considerare la causa del re come la propria perché era la sua legge quella che vi manteneva l'ordine da quattro anni, preservandola dal caos che sconvolgeva altrove l'Inghilterra.

«Niente affatto», protestò fratello Paul, il precettore dei novizi, in tono di bonario rimprovero. «Nessun uomo buono e onesto è un nemico, anche se si dà il caso che parteggi per la fazione opposta. La fedeltà a un signore terreno non ci riguarda, ma dobbiamo comunque tenerne conto come di un valore sostanziale che impegna quanti l'hanno promessa come i nostri voti impegnano noi. Le rivendicazioni di quei due cugini sono valide entrambe, in un certo senso. Non sono venuti meno a una fede giurata, né il re né l'imperatrice. E questo doveva essere senza dubbio un uomo meritevole, altrimenti il padre abate non lo avrebbe raccomandato alle nostre preghiere.»

Fratello Anselm, frattanto, si rigirava nella mente le sillabe di quel nome e ne batteva il ritmo sulla pietra della panca dov'era seduto, ripetendo sottovoce fra sé: «Rainald Bossard, Rainald Bossard...»

Un ritmo giambico che rimase nell'orecchio di fratello Cadfael, facendosi a poco a poco strada nella sua mente. Un nome che non significava ancora nulla per nessuno, lì, un nome senza forma né viso, senza età né carattere. Un corpo senz'anima, o un'anima senza corpo. Lo seguì mentre saliva alla propria cella nel dormitorio, mentre recitava le ultime preghiere e si scrollava dai piedi i sandali prima di coricarsi.

Forse quel ritmo continuò a pulsare nella sua mente anche mentre lui dormiva, pur senza sognare, perché il primo segno del temporale avvertito da Cadfael fu un silenzioso, duplice lampeggiare che pareva seguire la stessa cadenza giambica dietro le sue palpebre ancora chiuse e che lo tenne sveglio in attesa del tuono. L'intervallo fu così lungo da indurlo a pensare di avere sognato, ma finalmente lo udì: lontanissimo, sommesso, eppure sinistro. Dietro le palpebre abbassate di Cadfael, i lampi silenziosi balenarono e si spensero e i rombi risposero con tanto ritardo, così sommessi, così lontani...

Lontani, forse, come quella mitica città di Winchester, dove si erano decise questioni di enorme importanza, una città che Cadfael non aveva mai vista e che probabilmente non avrebbe visto mai. Una minaccia da una città tanto lontana non avrebbe scosso nessun muro, lì, nessun cuore, non più di quanto tuoni altrettanto lontani avrebbero potuto abbattere le mura di Shrewsbury. Eppure l'incessante mormorio d'allarme gli echeggiava ancora nelle orecchie quando Cadfael si riaddormentò.

CAPITOLO II

L'ABATE Radulfus tornò all'abbazia dei santi Pietro e Paolo il tre giugno, scortato dal suo cappellano e segretario, fratello Vitalis, e festeggiato da tutti i cinquantatré confratelli, sette novizi e sette scolari, come da tutto il personale laico della casa.

L'abate era sui cinquantacinque anni, alto, magro e vigoroso, con un viso scarno e ascetico e l'occhio penetrante dello studioso, e di costituzione fisica così forte che, appena smontato da cavallo, andò a presiedere alla messa cantata ancora prima di ritirarsi nel proprio alloggio per levarsi di dosso la polvere del viaggio e rinfrescarsi un poco dopo la lunga cavalcata. E non dimenticò di offrire la preghiera, già chiesta ai confratelli, per il riposo dell'anima di Rainald Bossard, trucidato a Winchester la sera di mercoledì nove aprile di quell'anno del Signore 1141. Otto settimane dopo, e a una distanza pari a metà dell'Inghilterra, quale significato poteva avere Rainald Bossard per quell'indifferente città di Shrewsbury o per i membri di quella lontana casa benedettina?

Soltanto al capitolo del mattino seguente i suoi componenti avrebbero udito dall'abate il racconto di quell'importantissimo sinodo tenuto al sud per decidere il futuro dell'Inghilterra; eppure quando, a metà pomeriggio, Hugh Beringar venne a chiedere udienza, Radulfus non lo fece aspettare nemmeno un minuto. La situazione richiedeva una stretta collaborazione tra il potere secolare e quello clericale, a difesa del poco rimasto in Inghilterra quanto a ordine e rispetto della legge.

Il parlatorio privato nell'alloggio dell'abate era austero come lui, arredato con la massima semplicità, ma inondato dal sole che dilagava dalle due finestre spalancate e rallegrato dalla vista del verde lussureggiante e dai fiori smaglianti del piccolo giardino recintato. Tremori di luce radiosa lampeggiavano e svanivano, si ritraevano e si scontravano sulla pannellatura scura della stanza per l'effetto congiunto del rinnovato sbocciare della vita, della fresca brezza e della luce esuberante all'esterno. Hugh, seduto in ombra, osservava il profilo tagliente dell'abate, nitido e incisivo sullo sfondo luminoso.

«Voi conoscete bene la mia fedeltà, padre abate», esordì ammirando l'impassibilità di quella nobile maschera così incorniciata, «come io conosco la vostra. Ma abbiamo molto altro in comune e a me servirebbe sapere ciò che potete dirmi di quanto è accaduto a Winchester.»

«Me ne rendo perfettamente conto», convenne Radulfus con un mesto sorriso. «Sono stato chiamato da chi aveva il diritto di chiamarmi e sono andato già sapendo come stavano le cose: il re prigioniero e l'imperatrice padrona di tanta parte del sud e in posizione di reclamare la sovranità per diritto di conquista. Sapevamo entrambi, noi due, di che cosa si sarebbe discusso là. Posso dirvi soltanto ciò che ho visto. Il primo giorno del convegno, lunedì sette aprile, è stato dedicato per intero alle cerimonie di benvenuto e alla lettura delle lettere di giustificazione, ed erano tante, di quanti non si erano presentati. L'imperatrice risiedeva in città, in quei giorni, benché si spostasse di frequente nella regione, recandosi a Reading e in altri posti, mentre noi discutevamo. Non assistette neppure a una delle nostre sedute. Conosce la discrezione, quella signora», commentò l'abate, asciutto, senza lasciar intendere se considerava tale discrezione un pregio o una manchevolezza. «Il secondo giorno...» Radulfus fece una pausa, riandando con la mente a ciò che era accaduto, e Hugh aspettò attento e immobile.

«Il secondo giorno, otto aprile, il legato fece il suo grande discorso...»

Non fu difficile immaginarselo. Enrico di Blois, vescovo di Winchester, legato pontificio, fratello minore e fino ad allora fedele partigiano di re Stefano, ben sistemato nel rifugio inespugnabile della sala del capitolo nella propria cattedrale, sicuro conoscitore del polso politico dell'Inghilterra, il manipolatore più abile del regno e sul terreno scelto da lui stesso... eppure costretto a tenersi sulla difensiva dalla paura di ciò che sarebbe pur sempre potuto accadere anche a un professionista esperto come lui.

Hugh non lo aveva mai visto, non era mai stato neppure nei pressi di Winchester: aveva soltanto udito parlare di Enrico di Blois, eppure ora gli sembrava di vederlo mentre presiedeva con imperiosa compostezza l'assemblea dei suoi poco volonterosi vescovi. Una parte non facile, quella che doveva recitare per districarsi dalla sua notoria fedeltà al fratello e al tempo stesso salvare la faccia, la posizione e l'influenza agli occhi di coloro che l'avevano condivisa. Per di più con una donna dura ed esperta che controllava da vicino ogni sua parola, riservandosi di usare il potere recentemente acquisito per distruggerlo o mantenerlo al suo posto, a seconda del modo in cui avrebbe manovrato il suo gregge mal disciplinato in quella scabrosa circostanza.

« Un discorso un po' noioso », riprese candidamente l'abate, « ma il nostro legato è un oratore abilissimo. Ha insistito nel dirci che eravamo riuniti lì per cercare di salvare l'Inghilterra dal caos e dalla rovina. Ha parlato del tempo del defunto re Enrico, quando in tutto il paese regnavano l'ordine e la pace. E ci ha rammentato come il vecchio re, in mancanza di un figlio maschio, avesse comandato ai suoi baroni di giurare fedeltà e obbedienza alla sua unica figlia, l'imperatrice Maud, ora vedova e risposata con il conte d'Angiò. »

E così avevano fatto i baroni, quasi tutti, non ultimo questo Enrico di Blois, vescovo di Winchester. Hugh Beringar, che non si era mai posto il problema della scelta tra i due finché non era stato in grado di decidere in modo autonomo, sporse un labbro in un'espressione di disprezzo e di commiserazione a un tempo, annuendo come a dire che capiva. « Sua signoria aveva qualcosa di cui rendere conto. »

L'abate si trattenne dall'indicare, con un cenno o una parola, se concordava con l'implicita critica mossa da Hugh al fratello ecclesiastico. «La prospettiva del lungo tempo che sarebbe certo trascorso prima che l'imperatrice potesse raggiungere la Normandia, ha detto, aveva causato una naturale preoccupazione per il benessere dello Stato. Un periodo di incertezza sarebbe stato pericoloso, dunque, quando si era fatto avanti suo fratello, il conte Stefano, era stato accettato ed era divenuto re per consenso generale. Lo stesso Stefano, ha precisato il vescovo, ha ammesso la parte da lui avuta in quell'accettazione e si è impegnato davanti a Dio e agli uomini a onorare e riverire la Santa Madre Chiesa nonché a mantenere le leggi buone e giuste del nostro paese. Un impegno al quale il re è disonorevolmente venuto meno, ha aggiunto Enrico. Pur con grande dolore e mortificazione, lui non esitava a dichiararlo, perché era stato garante per il fratello davanti a Dio.»

Così dunque aveva giustificato il proprio umiliante cambiamento di rotta, pensò Hugh. Addebitando ogni colpa a Stefano, che aveva ingannato il reverendo fratello e scordate tutte le promesse a tal punto che un servo di Dio poteva ben essere trascinato oltre i limiti della pazienza ed essere indotto ad accettare di buon grado un altro sovrano, mitigando il proprio dolore con il sollievo.

«In particolare», continuò Radulfus, «ha sottolineato come il re abbia perseguitato alcuni suoi vescovi causando la loro rovina e la loro morte.»

C'era più di un grano di verità, in quello, benché l'unica morte in questione, quella di Robert di Salisbury, fosse risultata del tutto naturale, per l'età avanzata, l'amarezza e la disperazione per avere perduto ogni potere.

«Perciò, *ha detto*», proseguì l'abate con fredda determinazione, «il giudizio di Dio ha colpito il re, permettendo che venisse fatto prigioniero dai suoi nemici. E lui, leale nel suo servizio alla Santa Madre Chiesa, doveva scegliere tra la devozione al fratello mortale e quella al padre immortale e non poteva fare altro che inchinarsi all'editto del cielo. Per questo ci aveva riuniti, per garantire che un regno privato della testa non avesse a cadere nella rovina totale. Proprio di quell'argomento, ha comunicato all'assemblea, si era discusso il giorno precedente tra la maggior parte del clero inglese cui, *ha detto*, compete una prerogativa superiore a tutte le altre nell'elezione e nella consacrazione di un re.»

Nella voce secca e misurata dell'abate v'era qualcosa che indusse Hugh a drizzare le orecchie. Perché quella era stata una dichiarazione grave e senza precedenti che Radulfus palesemente giudicava più che sospetta. Il legato pontificio aveva una faccia da salvare e una lingua bene oliata con la quale costruirvi davanti una rete protettiva di parole.

«Ma c'era stata una simile riunione? Voi vi avevate partecipato, padre?»

«Una riunione c'era stata, sì, piuttosto breve e non molto chiara nel suo svolgimento. Era stato in massima parte il legato a parlare. E non mancavano i seguaci dell'imperatrice.» Radulfus lo disse in tono pacato e tollerante, ma era chiaro che lui non aveva fatto parte di quel gruppo. «Non ricordo che il vescovo abbia rivendicato una tale prerogativa per noi. Né che si sia fatto un conteggio.»

«E nemmeno una dichiarazione, penso. Non si sarebbe trattato di contare le teste o le mani.» Troppo facile, in tal caso, fare un controconteggio atto a confondere i risultati.

«Ha proseguito col dire», riprese l'abate con voce secca e glaciale, «che noi avevamo scelto come Signora dell'Inghilterra la figlia del defunto re, l'erede della sua nobiltà e della sua volontà di pace. E come il padre ha avuto meriti senza uguali ai nostri tempi, così la figlia potrebbe mostrarsi un'ottima sovrana e riportare, come lui, la pace in questo tribolato paese dove noi – *ha detto!* – le offriamo la nostra profonda e sincera fedeltà.»

Così dunque Enrico si era levato, con impareggiabile abilità, dall'imbarazzo. Ciò nonostante una signora risoluta, coraggiosa e vendicativa come l'imperatrice avrebbe sicuramente guardato di traverso una fedeltà tanto profonda e sincera che le era stata giurata già una volta, che poi era stata prontamente ritrattata sotto la pressione degli eventi e che poteva essere ritrattata ora con altrettanta prontezza. Se era saggia, avrebbe tenuto a freno il proprio risentimento e badato a tener d'occhio il legato, così come il legato andava cautamente tenendo d'occhio lei, ma non avrebbe mai dimenticato né perdonato.

«E nessuno si è alzato a protestare?» domandò Hugh.

«Nessuno. Ma ne hanno avuto scarsa possibilità e ancor meno incentivo. Poi il vescovo ha annunciato di aver invitato una deputazione da Londra che sarebbe dovuta arrivare quel giorno stesso, così che era opportuno sospendere la nostra discussione e rimandarla al giorno seguente. Ma i londinesi sono arrivati appunto il giorno seguente e la riunione ha avuto luogo un po' più tardi del solito. Comunque, sono venuti. Col viso duro e il collo rigido. Rappresentavano l'intera comunità di Londra, hanno dichiarato, della quale dopo la battaglia di Lincoln erano entrati a far parte parecchi baroni e tutti, pur senza voler contestare la legittimità della nostra assemblea, desideravano avanzare all'unisono la richiesta che venisse rimesso in libertà il re.»

«Un bel coraggio!» commentò Hugh inarcando le sopracciglia. «E sua signoria come ha reagito? Ha perso le staffe?»

«Credo che fosse molto scosso, ma non eccessivamente, non in quel momento. Ha tenuto un altro lungo discorso – un'ottima maniera per tenere zitti gli altri almeno per qualche tempo – rimproverando la città per avere accolto nella propria comunità uomini che avevano abbandonato il loro re in guerra, dopo averlo fuorviato con cattivi consigli, tanto da indurlo a dimenticare Dio e il diritto ed essere così condannato alla sconfitta e alla prigionia dalla quale le preghiere di quegli stessi falsi amici non potevano ora riscattarlo. Gli uomini che ora vi adulano e vi assecondano, ha detto, soltanto per il proprio vantaggio.»

«Se alludeva ai fiamminghi che si sono dati alla fuga a Lincoln», riconobbe Hugh, «ha detto soltanto la verità.

Ma per quale scopo recondito si dovrebbe adulare e corteggiare la città? Che cos'è accaduto dopo? Hanno avuto l'ardimento di mantenere la propria posizione contro di lui? »

« Avevano le idee un po' confuse su ciò che avrebbero dovuto ribattere e si sono appartati per consigliarsi. Allora, approfittando di quella pausa, si è fatto avanti un uomo che ha teso al vescovo Enrico una pergamena chiedendogli poi di leggerla ad alta voce, con tanta sicurezza di sé che mi chiedo ancora come mai il legato non lo abbia fatto immediatamente. Invece questi l'ha aperta, ha preso a leggere in silenzio e un attimo dopo stava tuonando infuriato che quello scritto era un insulto a tutta la reverenda compagnia presente: l'argomento era disdicevole, coloro che lo avevano sottoscritto erano potenziali nemici della Santa Madre Chiesa e lui non ne avrebbe letta una sola parola in un posto sacro come la sua casa del capitolo. Dopo di che », riferì mestamente l'abate, « l'uomo gliel'ha strappata di mano e l'ha letta lui stesso a voce altissima, sopraffacendo quella del vescovo che cercava di farlo tacere. Era una petizione della nostra regina a tutti i presenti, e in particolare al legato, fratello del re, perché tornassero alla fedeltà giurata e reintegrassero il re nei suoi diritti, liberandolo dall'ignobile cattività in cui si trovava per opera di coloro che lo avevano tradito. Io, ha precisato l'uomo che leggeva, sono al servizio della regina Matilda e se volete conoscere il mio nome, mi chiamo Christian e sono un vero cristiano come tutti voi, leale verso chi mi dà il pane. »

« Bravissimo! » esclamò Hugh, con un fischio sommesso. « Ma dubito che gli sia servito molto. »

« Il legato ha ribattuto con un altro lungo discorso, sul tipo di quello del giorno precedente, ma in tono ben più appassionato, intimidendo a tal punto i londinesi da indurli a ritirare le corna e ad accettare, a malincuore, di deferire ai loro concittadini l'elezione del consiglio e di appoggiarla come meglio avrebbero potuto. Quanto a quel Christian che aveva fatto infuriare tanto il vescovo, è stato aggredito quella sera stessa per la strada, mentre si accingeva a tornare a mani vuote dalla regina. Aggredito nell'oscurità da quattro o cinque ribaldi rimasti sconosciuti perché si sono dati alla fuga non appena è intervenuto con i suoi uomini un cavaliere dell'imperatrice, gridando che era una vergogna servirsi dell'omicidio come argomento in una disputa e per di più contro un uomo onesto che aveva soltanto fatto la propria parte, dimostrando coraggio e franchezza. L'uomo se l'è cavata con nulla più di qualche livido, ma la peggio l'ha avuta il cavaliere, colpito alle spalle con una pugnalata che gli ha trapassato il cuore. È morto nel rigagnolo di una strada di Winchester. Una vergogna per tutti noi, che dichiariamo di voler fare la pace e accogliamo come amici i nostri nemici. »

A giudicare dalla collera che oscurava il viso dell'abate, quell'atto immotivato che smentiva ogni finzione di buona volontà, di giustizia e di rappacificazione doveva averlo turbato nel profondo del cuore. Colpire a tradimento un uomo soltanto perché professava onestamente una fede diversa e poi un altro, generoso e cavalleresco, che cercava di impedire quell'oltraggio... Pessimi auspici per la pace futura del legato pontificio.

« Nemmeno per l'assassinio è stato preso nessuno? » domandò Hugh aggrottando la fronte.

« No, sono spariti nel buio. Se qualcuno li conosce o sa dove si nascondono, non ne ha detto niente. La morte è diventata un fatto tanto comune, ormai, anche furtivamente e a tradimento, nella notte, che pure questa sarà ben presto dimenticata. E il giorno seguente il nostro concilio si è chiuso con una sentenza di scomunica contro un gran numero di uomini del re Stefano, la benedizione del legato per tutti coloro che avrebbero benedetto l'imperatrice e la maledizione per quelli che l'avessero maledetta. E con questo ci ha congedati. Esclusi tuttavia noi monaci, che siamo stati trattenuti al suo servizio ancora per qualche settimana. »

« E l'imperatrice? »

« Si è ritirata a Oxford, mentre proseguono i lunghi negoziati con la città di Londra per la sua ammissione a Westminster: come e quando dovrebbe avvenire, a quali condizioni, con quante persone al seguito. Punti sui quali si sono accapigliati a ogni passo. Ma, nel giro di otto o dieci giorni, l'imperatrice sarà installata là e subito dopo incoronata. » Radulfus alzò una mano lunga e nervosa e poi la lasciò ricadere sulle ginocchia. « Così pare, almeno. Che altro posso dirvi di lei? »

« Vorrei che mi diceste come sopporta queste lungaggini, come si comporta coi suoi baroni convertiti di recente, quali sono i loro reciproci rapporti. Non deve essere facile tenere insieme vecchi e nuovi vassalli e impedire che si prendano per la gola. Un castello conteso qui e là, alcuni campi tolti all'uno e dati all'altro... Sapete anche voi com'è, credo, come lo so io. »

« Non direi che sia molto saggia », rispose l'abate soppesando le parole. « Sa fin troppo bene come molti abbiano giurato fedeltà a lei perché lo aveva ordinato suo padre e poi siano passati dalla parte di re Stefano, pronti ora a tornare a lei perché è in ascesa. Posso anche capire che prenda piacere nel pizzicare sul vivo dove può, fra loro. Non è saggio, però è umano. Ma che si mostri altezzosa e fredda con quelli che non hanno mai tentennato... Perché ve ne sono alcuni », sottolineò l'abate con rispettosa ammirazione, « che le sono sempre rimasti fedeli pur con gravi perdite e che non tentenneranno nemmeno ora, qualunque cosa ella possa fare... È un'enorme follia e una gravissima ingiustizia trattare in maniera così tirannica coloro che sono stati per tutto questo tempo il suo braccio destro e anche il sinistro. »

Mi confortate, padre, pensò Hugh osservando attentamente il viso scarno e tranquillo del monaco. Quella donna è fuori di senno se schernisce persino uomini come Robert di Gloucester, ora che si sente vicina al trono.

« Ha offeso profondamente il vescovo-legato », riprese Radulfus, « rifiutando di permettere che passassero al figlio di Stefano i diritti e i titoli paterni dei feudi di Boulogne e di Mortain, ora che suo padre è prigioniero. Sarebbe stata solo giustizia. Ma no, lei non ha voluto saperne. Il vescovo Enrico aveva lasciato per qualche tempo la sua corte e lei ha dovuto faticare non poco per indurlo a tornare.»

Di bene in meglio, pensò Hugh valutando con cura la propria posizione. Se è tanto caparbia da allontanare da sé persino Enrico, può accaderle di disfare ciò che lui e altri hanno fatto per lei. Mettiamole una corona fra le mani e potrebbe non solo lasciarla cadere, ma addirittura gettarla contro coloro con i quali ha qualche conto da pareggiare. Si mise d'impegno per scavare ogni particolare del susseguente comportamento dell'imperatrice e fu cautamente incoraggiato. Aveva preso terre a qualcuno per darle a qualcun altro. Aveva accolto con arroganza i suoi nuovi, comprensibilmente timorosi seguaci e rinfacciato loro in tono minaccioso la passata ostilità. Alcuni li aveva addirittura respinti infuriata, rievocando vecchie offese. Chi aspirava a una corona contesa sarebbe dovuto essere più accomodante e pronto a dimenticare. Lasciala perdere e prega! Forse sarebbe stata lei stessa, più di chiunque altro, la causa della propria rovina.

Alla fine di una lunga ora, Hugh si alzò e prese congedo, avendo in mente un quadro molto chiaro delle eventualità che potevano presentarglisi. Anche le imperatrici potevano imparare e non era ancora da escludere che Maud si guadagnasse la pacifica ammissione a Westminster e venisse incoronata. Sarebbe stato sciocco sottovalutare la nipote di Guglielmo di Normandia, la figlia di Enrico I, eppure proprio una tale stirpe sarebbe potuta cadere in rovina per la sua stessa implacabile forza.

In seguito, Hugh non avrebbe saputo dire lui stesso perché all'ultimo momento si fosse voltato per chiedere: «Padre abate, quel Rainald Bossard che è stato ucciso... Un cavaliere dell'imperatrice, avete detto. Al seguito di chi?»

Tutto ciò che aveva appreso, Hugh lo riferì a fratello Cadfael, nella sua capanna dell'erbario, mettendo alla prova nel confronto con l'impassibile solidità dell'amico le proprie impressioni e i propri dubbi, come chi affilasse una falce sulla pietra di una lapide. Cadfael, indaffarato con un vino troppo spumeggiante, pareva non ascoltare, ma Hugh non si lasciò trarre in inganno. Il suo amico possedeva un orecchio sensibilissimo persino alle minime sfumature e talvolta gettava alle proprie spalle una rapida occhiata come a cercare conferma di ciò che aveva udito e tirare le somme.

« Meglio che ve ne restiate tranquillo a vedere che cosa seguirà, allora », disse infine Cadfael. « E forse potreste anche mandare un uomo fidato a Bristol, a guardarsi un po' in giro. Stefano è il solo ostaggio dell'imperatrice. Col re libero, oppure Robert, o Brian FitzCount, o qualcun altro di sufficiente importanza fatto prigioniero per far pari con lui, sareste su terreno sicuro. Ma che Dio mi perdoni, perché mai do suggerimenti a voi, che non siete asservito a nessun principe? »

Hugh però non era certo che fosse completamente vero. Non aveva dimenticato i brevi rapporti avuti con Stefano né la simpatia provata per lui anche quando il re gli era apparso sotto la sua luce peggiore, quando cioè aveva sconsideratamente sterminata la guarnigione del castello di Shrewsbury, per rammaricarsene amaramente dopo, finché la sua memoria in ebollizione aveva continuato a punzecchiarlo col ricordo di quella violenza. Ma chissà che ora, nella sua segreta a Bristol, non avesse finito col dimenticarsi di quell'atto di barbarie tanto estraneo al suo carattere.

« Ma lo sapete », domandò Hugh, scacciando con risolutezza quei pensieri, « chi era quel cavaliere Rainald Bossard lasciato a morire dissanguato in un vicolo di Winchester? Quello per il quale il vostro abate vi ha chiesto di pregare? »

Cadfael trascurò per un momento il suo vaso effervescente per fissare in viso l'amico, socchiudendo gli occhi. «Ci è stato detto soltanto che era un cavaliere dell'imperatrice. Ma vedo che voi state per dirmi qualcosa di più.»

«Era al seguito di Laurence d'Angers.»

Cadfael si raddrizzò con un imprudente scatto ed emise un gemito allo scricchiolio delle sue vecchie ossa. Era il nome di un uomo che nessuno di loro due aveva mai visto, ma che ridestò in entrambi un vivido ricordo.

«Sì, proprio *quel* Laurence! Un barone del Gloucestershire e fedele seguace dell'imperatrice. Uno dei pochi che non hanno mai voltato gabbana in tutti questi andirivieni, lo zio dei due fanciulli che avete aiutato a fuggire da Bromfield quando si erano sperduti dopo il sacco di Worcester. Un inverno così gelido, ve lo ricordate? Col vento che spazzava la neve sulle colline durante la notte e l'ammucchiava in cumuli recenti prima della mattina? Mi sembra ancora di sentirlo, fino nelle ossa...»

Come avrebbe mai potuto dimenticare quel viaggio in pieno inverno, Cadfael?* Era passato a malapena un anno e mezzo... L'attacco a Worcester, la fuga dei due fanciulli, fratello e sorella, verso Shrewsbury, col tempo più inclemente che si fosse visto da anni. Laurence d'Angers era stato soltanto un nome, allora come ora. Seguace dell'imperatrice Maud, gli era stato proibito di entrare nei territori di re Stefano alla ricerca dei due giovani nipoti, ma aveva mandato in segreto uno dei suoi scudieri a cercarli e portarli in salvo. Aver dato una mano nella fuga di quei tre era stata un'impresa che Cadfael avrebbe ricordato per tutto il resto della sua vita. Erano ancora vivi nella sua mente: il piccolo Yves, di tredici anni, schietto, valoroso e gentile, sempre capace di sporgere un caparbio mento normanno di fronte al pericolo; la sua sorella maggiore Ermina, appena alle soglie della femminilità, risoluta nell'assumersi l'onere delle proprie follie. E il terzo...

«Mi sono chiesto sovente come se la siano cavata in se-

* Cfr. Ellis Peters, *La vergine nel ghiaccio*, TEA, Milano, 1993.

guito», disse Hugh soprappensiero. «Ero certo che li avreste fatti partire senza correre rischi, se avessi lasciato fare a voi, ma avevano ancora un viaggio lungo e pericoloso davanti a sé. Chissà se ci manderanno mai loro notizie. Un giorno, il mondo sentirà certo parlare di Yves Hugonin.» Al pensiero di quel ragazzo, Hugh sorrise affettuosamente. «E quell'altro venuto a prenderli, così scuro di pelle, vestito come un boscaiolo e capace di battersi come un paladino... Ho l'impressione che sapeste di lui molto più di quanto non ne saprò mai io.»

Cadfael sorrise nel riverbero del braciere, senza confermare né negare. «E il suo signore è là al seguito dell'imperatrice, allora? E questo cavaliere ucciso era al servizio di d'Angers? Un fatto molto grave, Hugh.»

«È ciò che pensa anche l'abate Radulfus», convenne tristemente Hugh.

«Nel buio e nella confusione... Sono tutti fuggiti senza danno, compreso quello che aveva maneggiato il coltello. Una faccenda sporca, perché non è certo stata un'aggressione casuale. Quel Christian era sfuggito loro di mano, ma uno degli aggressori si è fermato per colpire l'uomo che accorreva in suo aiuto, prima di sparire. Denota un odio profondo per un semplice oppositore, avere rischiato tanto all'ultimo momento, prima di mettersi in salvo. E non si è fatto niente? Proprio a Winchester, in quel momento piena degli uomini che più di tutti dovrebbero essere i difensori della giustizia?»

«Oh, più d'uno sarebbe stato addirittura contento se quel Christian fosse morto dissanguato nel rigagnolo, come il cavaliere. Senza contare che qualcuno sarebbe stato ben lieto di lanciarsi al suo inseguimento.»

«Meno male per il buon nome dell'imperatrice che almeno uno dei suoi seguaci è stato tanto leale da rispettare un onesto oppositore e restare accanto a lui a costo della propria vita», osservò Cadfael. «E sarà un'immensa vergogna se quella morte resterà invendicata.»

«Amico mio», ribatté mestamente Hugh alzandosi per

congedarsi, «l'Inghilterra ha dovuto ingoiare molte di tali vergogne, in questi ultimi anni. È diventata un'abitudine fare un sospiro, una scrollata di spalle e dimenticare. Cosa in cui voi non siete affatto bravo, lo so. Vi ho visto cambiare abitudini più di una volta, felice e soddisfatto. Ma nemmeno voi, ormai, potete fare molto per Rainald Bossard, salvo che pregare per la sua anima. È tanto lontana Winchester!»

«Non tanto», mormorò Cadfael, più a se stesso che all'amico. «Molte miglia in meno di quanto fosse un'ora fa.»

Andò a vespro, a cena in refettorio e poi a compieta sempre con quel viso nella mente, così che prestò soltanto un'attenzione saltuaria alle letture e trovò qualche difficoltà persino a concentrarsi nelle preghiere. Per quanto potesse essere una sorta di preghiera anche ciò che era andato offrendo, con gratitudine, lode e umiltà.

Un viso così dolce, giovane, scuro e vivo, di una bellezza sorprendente quando lo aveva visto la prima volta apparire di sopra la spalla della fanciulla, il viso del giovane scudiero mandato a prendere i giovani Hugonin per riportarli al loro zio e tutore. Un viso lungo e scarno, dalla fronte ampia, il naso tagliente come una scimitarra, la bocca morbida e fiera, impavidi occhi dorati da falco. Il capo incorniciato da folti capelli ondulati nero-blu che si increspavano alle tempie e aderivano alle guance come ali ripiegate. Così giovane eppure con un viso così ben delineato, una mistura di oriente e occidente, perfettamente rasato come un normanno e di pelle olivastra come un siriano, tutti i ricordi della Terrasanta riuniti nell'aspetto di un uomo. Lo scudiero preferito di Laurence d'Angers, tornato a casa con lui dalla crociata. Olivier de Bretagne.

Se il suo signore era là al sud col proprio seguito, alla corte dell'imperatrice, dove altro poteva essere Olivier? Forse l'abate si era persino trovato a spalla a spalla con lui, senza sapere chi fosse, oppure l'aveva visto passare al fianco del suo signore e aveva ammirato per un momento la sua bellezza. Pochi volti come quello risplendono fra l'umile massa della gente comune, pensò Cadfael, il dito di Dio non può fare altro che contrassegnarli perché siano notati e i suoi soldati quaggiù saranno i primi a riconoscerli.

E quel Rainald Bossard che è morto, un uomo onorevole che si è comportato generosamente con un onorevole oppositore, era un compagno di Olivier, legato allo stesso signore, votato allo stesso servizio. La sua morte sarà un grande dolore per Olivier. E il dolore di Olivier è il mio dolore, un torto fatto a lui è un torto fatto a me. Per quanto lontana possa essere Winchester, io sono là a piangere in quel vicolo buio dove un uomo è morto per avere compiuto un atto generoso nel quale, spinto dalla stessa fede, non ha fallito perché quel Christian viveva soltanto per tornare dalla sua signora, la regina, dopo avere fedelmente portato a termine il proprio incarico.

I sommessi fruscii nel dormitorio, oltre il fragile tramezzo della cella di Cadfael, si erano spenti da un pezzo quando lui, inginocchiato a pregare, finalmente si alzò e si scosse dai piedi i sandali. La piccola lampada accanto alla scala che si usava la notte gettava soltanto un tenue barlume sulle travi del soffitto, un tetto grigio perla sopra il buio della sua cella, la sua casa ormai da... Diciotto o diciannove anni? Aveva perduto il conto. Era come se una parte di lui, cuore, mente, anima, qualunque fosse quell'essenza, non si fosse tanto ritirata lì, quanto fosse piuttosto tornata a casa per prendere definitivamente possesso di un retaggio suo fino dalla nascita. E ricordava con gratitudine e gioia il dono degli anni che aveva vissuto su questa terra, l'infanzia vigorosa, l'avventurosa giovinezza, la presa della croce e la passione della crociata, le donne che aveva conosciuto e amato, gli anni di navigazione al largo delle coste del Santo Regno di Gerusalemme, tutti i pellegrinaggi che alla fine lo avevano portato lì, nel luogo che aveva scelto come suo ritiro. Nulla era stato sprecato, anche se folle o segnato da errori, nulla era andato perduto, nulla era stato inutile: tutto era servito in qualche modo a prepararlo per la minuscola nicchia dove ora serviva e riposava. Dio gli aveva dato un segno, non era necessario che si pentisse di niente, ma soltanto che fosse sincero su tutto e se ne riconoscesse responsabile. Agli occhi di Dio, non degli uomini.

Giacque tranquillo nel buio, disteso e immobile come in una bara, ma calmo, con le braccia abbandonate lungo i fianchi e gli occhi socchiusi fissi sulla volta sopra a lui dove la luce fioca giocava fra le travi.

Non v'erano lampi, quella notte, ma soltanto una sorta di continuo rotolio di tuoni, prima e ancora dopo il mattutino e le laudi, ma così poco allarmante che ben pochi confratelli lo notarono. Cadfael lo udì quando si alzò e quando tornò a letto. Gli parve un confortante memento che Winchester si era fatta davvero più vicina e lo consolò il pensiero che la sua lagnanza non era stata ignorata in Cielo e che lui poteva aspettarsi di avere una parte nella riscossione del debito che qualcuno aveva nei confronti di Rainald Bossard. E su una tale garanzia si addormentò.

CAPITOLO III

IL diciassette giugno l'elaborata bara di quercia ornata d'argento e foderata di piombo con le reliquie di santa Winifred fu rimossa dal suo posto d'onore e riportata, con una austera e tranquilla cerimonia, a quello del suo temporaneo riposo nella cappella dell'ospedale di Saint Giles ad aspettare, come già un'altra volta, il fausto giorno, il ventidue giugno. Il tempo era splendido, soleggiato e senza vento, con appena qualche nuvoletta in cielo, tuttavia abbastanza fresco per viaggiare: il tempo ideale per i pellegrini. I primi cominciarono ad arrivare già il diciotto, una sparuta avanguardia del flusso compatto che sarebbe seguito.

Fratello Cadfael aveva visto partire il reliquiario per il suo viaggio commemorativo con un lieve senso di colpa, e ciò non ostante la sua convinta dichiarazione che, quella notte d'estate a Gwytherin, non avrebbe potuto fare altrimenti. In quel momento, aveva sentito così fortemente l'intima natura gallese della santa, il suo piacere nell'udire intorno a sé la lingua natia, il quieto scorrere delle stagioni sopra la sua tomba solitaria dove aveva dormito tanto a lungo serena nella sua beatitudine, operando tanti piccoli amorosi miracoli per la sua gente... No, non poteva credere di avere sbagliato nel fare ciò che aveva fatto là. Se soltanto lei avesse volto lo sguardo dalla sua parte e sorriso, dicendo: « Bravo! »

Il primo pellegrino arrivò con aria vagamente indagatrice nel recinto dell'erbario: vi era giunto, seguendo le indicazioni di fratello Denis, a cercare un compagno della sua stessa arte. Era tardo pomeriggio e Cadfael era intento a ripulire dalle erbacce le aiuole di menta, timo e salvia: un lavoro lungo e sistematico, ma in fondo quasi piacevole da compiere in quel giugno estremamente favorevole, dopo una primavera durante la quale sole e piogge si erano bene equilibrati, e le nuove pianticelle formavano una splendida distesa verde. Rialzandosi da un'aiuola ormai ben ripulita, il monaco si girò sorpreso a guardare l'inatteso visitatore, vestito anch'egli di un saio nero e con una figura all'incirca come la sua, anche se probabilmente di una quindicina d'anni più giovane di lui. Rimasero a fissarsi per un momento, due solidi, squadrati fratelli dello stesso ordine, riconoscendosi immediatamente.

«Voi dovete essere fratello Cadfael, vero?» disse l'estraneo con una melodiosa voce da basso. «Il fratello dispensiere mi ha detto che vi avrei trovato qui. Mi chiamo Adam, sono un fratello di Reading, dove svolgo il vostro stesso lavoro, e ho sentito parlare di voi, anche laggiù nel lontano meridione.»

Mentre parlava, i suoi occhi erravano dall'uno all'altro dei rari tesori di Cadfael: i papaveri orientali portati dalla Terrasanta e coltivati con cura ansiosa, il fico delicato che riusciva a prosperare contro il riparo del muro a nord dove il sole batteva più a lungo. Cadfael lo prese subito in simpatia per quei suoi sguardi di ammirazione e per la lieve invidia che gli coloriva il viso tondo e ben rasato. Un uomo robusto e vigoroso, che si muoveva perfettamente a proprio agio, che avrebbe potuto dar prova di saperci fare, in caso di necessità. E palesemente avvezzo a vivere all'aria aperta.

«Siete più che benvenuto, fratello», disse cordialmente Cadfael. «Vi tratterrete per la festa della santa? Avete trovato un posto in dormitorio? Vi sono alcune celle libere per eventuali confratelli cui capiti di farci visita, come voi.»

«Vengo da Reading con una missione affidatami dal nostro abate per la nostra casa consorella di Leominster», spiegò fratello Adam, saggiando con la punta di un piede il terreno ricco e ben fertilizzato dell'aiuola di menta e inarcando poi un sopracciglio in segno di ammirazione. «Ho chiesto se potevo prolungare la mia assenza per presenziare alla traslazione di santa Winifred e ne ho avuto il permesso. Non avevo mai sperato di arrivare così a nord e sarebbe un vero peccato perdere un'occasione simile.»

«Spero che vi abbiano trovato un letto fra di noi, almeno.» Non si poteva sprecare un uomo come quello, benedettino, giardiniere ed erborista, mandandolo a dormire nella foresteria. Cadfael lo sogguardava con affettuosa simpatia, notando il brillio degli occhi allorché si appuntavano sulle coltivazioni meglio riuscite.

«Il fratello dispensiere è stato molto gentile. Mi ha messo in una cella accanto ai novizi.»

«Allora saremo abbastanza vicini», osservò Cadfael soddisfatto. «Venite, ora, vi mostrerò quello che merita di essere visto qui, perché il giardino principale si trova sul lato opposto del sobborgo, lungo il fiume. Ma il mio erbario lo tengo qui. E se vi fosse qualcosa che potreste portare senza danno a Reading, sarò ben contento di darvene qualche talea.»

Intavolarono una gradevole e varia conversazione mentre si aggiravano per i sentieri del giardino recintato, mettendo a confronto le proprie esperienze circa la coltivazione e l'uso delle varie piante. Fratello Adam aveva l'occhio pronto per le rarità e probabilmente sarebbe tornato a Reading con un bottino considerevole. Ammirò l'ordine e l'accuratezza del laboratorio di erboristeria di Cadfael, la collezione di fruscianti erbe essiccate appese alle travi del soffitto e sotto le grondaie nonché lo schieramento di bottiglie, vasi e flaconi sugli scaffali. Aveva anche lui qualche consiglio e qualche suggerimento da offrire e quell'amabile gara li tenne felicemente occupati per tutto il pomeriggio. Quando tornarono insieme nel cortile principale, per il vespro, lo trovarono notevolmente animato, come se i festeggiamenti fossero già cominciati. Cavalli che venivano condotti nelle scuderie e fagotti che venivano portati in foresteria. Un robusto signore anziano, ben equipaggiato per cavalcare, si stava dirigendo, seguito da un servo, verso la chiesa per il debito omaggio all'arrivo.

I pupilli più giovani di fratello Paul, tutti occhi e curiosità, si aggiravano nei pressi della portineria per vedere i primi arrivi e fratello Jerome, indaffarato come sempre per gli incarichi del priore, cercava invano di allontanarli. Obbedivano per un momento e poi tornavano ad accostarsi di nuovo non appena Jerome spariva. A sua volta, un gruppo di abitanti del sobborgo si era radunato nella strada a guardare, mentre alcuni cani correvano eccitati fra le loro gambe.

« Domani i pellegrini saranno molti di più », commentò Cadfael osservando la scena. « Questo è appena il principio. Se si manterrà il bel tempo, avremo davvero una grande festa per la nostra santa. »

Ed ella capirà che tutto questo si fa in suo onore, pensò, anche se è tanto lontana. E chissà che non abbia a farci una visita, per bontà di cuore? Che cos'è la distanza per una santa, che può trovarsi dove vuole in un batter d'occhi?

Il giorno seguente la foresteria si riempì rapidamente. Arrivarono pellegrini per tutto il corso della giornata, alcuni soli, altri in gruppi che si erano incontrati e avevano fatto amicizia durante il viaggio; altri ancora a piedi o in groppa a pony; certi in perfetta salute e contenti di godersi una vacanza, certi altri che avevano percorso soltanto poche miglia oppure venivano da molto lontano; c'erano poi quelli che camminavano con le grucce o erano guidati da amici che ci vedevano meglio di loro, e non mancavano nemmeno poveri infelici affetti da dolorose deformità e da malattie della pelle o da infermità debilitanti: tutti accomunati dalla fervida speranza di un qualche sollievo.

Cadfael si dedicò col solito impegno ai propri doveri della giornata, dividendosi tra chiesa ed erbario, ma con un occhio attento a tutto ciò che meritava un qualche interesse e che lui scorgeva attraversando la corte principale ora ribollente di attività. Ogni nuovo arrivato, ogni faccia nuova, attirava la sua attenzione, seppure, fino a quel momento, soltanto da lontano, perché nessuno aveva un nome che lo distinguesse dagli altri. Se poi qualcuno avesse avuto bisogno del suo aiuto, lo avrebbero mandato da lui; nel caso poi che qualcun altro avesse a trovarsi fortuitamente sul suo cammino, sarebbe stato trattato con la massima affabilità, chiunque fosse.

La prima persona che gli accadde di notare fu una donna che, poco dopo la Prima, attraversava indaffarata la corte, dalla portineria alla foresteria, reggendo su un braccio un canestro colmo di pane appena sfornato e dolcetti comprati al mercato del Foregate. Una massaia premurosa, se usciva così di buon'ora a far provviste anche in vacanza, sapendo bene che cosa voleva e non fidandosi del forno dell'abbazia per procurarselo. Una donna robusta, sicura di sé, più o meno sulla cinquantina, tuttavia fresca come una rosa. Vestita di un abito semplice e sobrio ma di ottima stoffa e portato con fierezza, con un angolo candido come la neve sotto il grande fazzoletto di lino scuro. Non era alta, anche se il suo portamento eretto la faceva sembrare tale, e aveva un viso tondo, con grandi occhi e guance larghe e il mento risoluto.

Sparì rapidamente nella foresteria e, per quanto Cadfael non avesse avuto modo di osservarla a lungo, la sua immagine gli rimase fissa nella mente durante tutte le funzioni e i compiti della prima mattina. La scorse poi di nuovo tra i fedeli all'uscita dalla messa, con le braccia allargate come le ali di una chioccia intorno ai suoi pulcini, sospingendo davanti a sé quelli che parevano i *suoi* due pulcini quasi nascosti dai fianchi ampi e dalle abbondanti pieghe delle gonne. Tutto in lei sembrava essere all'insegna della larghezza: il fazzoletto che portava sul capo sicuramente più ampio del necessario, i fianchi accentuati dalle voluminose sottane, l'aria autoritaria e indaffarata che contraddistingueva in ogni occasione il suo comportamento esuberante. Cadfael si sentì inondare da un senso di calore per quella vigorosa irruenza, pur riserbando un pizzico di simpatia per i pulcini cui faceva da mamma, così stipati sotto ali tanto ampie e soffocanti.

Cadfael fu occupato per tutto il pomeriggio nel suo piccolo regno. Il monaco, intento a preparare i vari medicamenti che avrebbe dovuto portare la mattina seguente a Saint Giles perché avessero scorte sufficienti per tutto il periodo delle feste, non pensò più alla donna né ad altri ospiti della foresteria, poiché nessuno finora aveva avuto bisogno del suo aiuto. Tuttavia, mentre stava riempiendo una scatoletta di pasticche calmanti per il mal di gola, un'ombra voluminosa bloccò la porta aperta del suo laboratorio e una voce chiara e vivace disse: « Domando scusa, fratello, ma fratello Denis mi ha suggerito di venire da voi e mi ha indirizzata qui ».

Era lei, che occupava l'intero vano della porta con le sue spalle quadrate, le mani incrociate sopra la cintola e la testa eretta. I suoi occhi, grandi e distanziati, erano di un azzurro brillante: le ciglia erano rade e chiarissime, ma le pupille erano ferme e fisse sul loro obiettivo.

« Si tratta del mio nipotino, fratello », proseguì in tono sicuro, « il figlio di mia sorella, che è stata tanto sciocca da andarsene a sposare un gallese vagabondo di Builth. Poi lui è morto e dopo un poco è morta anche lei, lasciando orfani i due figli, con nessuno al mondo per badare a loro all'infuori di me. Che ho perduto io pure il marito e debbo badare al suo mestiere, senza il conforto di un figlio mio. Non che non sappia cavarmela benissimo col lavoro e con gli operai, perché in questi vent'anni ho imparato tutto ciò che c'era da imparare nel campo della tessitura, eppure un figlio mi sarebbe stato di grande aiuto. Ma non era destino e il figlio di una sorella è lui pure il benvenuto, anche se non gode di molta salute, perché è il ragazzo più caro che si sia mai visto. Ed è questo il mio dolore, vedete, fratello. Non sopporto di vederlo soffrire, anche se non si lamenta mai. Per questo sono venuta da voi. »

Cadfael fu svelto a incunearsi nella prima pausa di quel torrenziale flusso di parole per dire a sua volta qualcosa.

«Entrate, signora, e siate la benvenuta. Ditemi di che cosa soffre questo vostro nipote e che cosa posso fare io, e lo farò ben volentieri. Ma sarebbe meglio che lo vedessi io stesso e parlassi con lui, di modo che possa dirmi dove gli fa male. Sedete, mettetevi comoda e parlatemi di lui, intanto.»

La donna entrò con piglio sicuro e sedette sulla panca contro la parete, allargando con gesto risoluto le gonne, poi osservò con curiosità e interesse i ripiani ricolmi, i fasci di erbe appesi alle travi, il braciere, i vasi e le fiasche, senza tuttavia dar segno di alcuna soggezione davanti a Cadfael o ai suoi misteri.

«Vengo dalla regione dei tessitori, laggiù dalle parti di Campden, fratello. Era il mestiere di mio marito, come lo era stato di suo padre e di suo nonno, ed è quello che continuo a fare anch'io, Alice Weaver. Ma quella mia sorella minore se n'era andata con un gallese e adesso sono morti entrambi e i loro due figli vivono con me. Una fanciulla di diciotto anni, ormai, buona e lavoratrice, e penso che si troverà un compagno adatto a lei, prima o poi, anche se sentirò molto la sua mancanza, perché è brava in tutto, forte e sana, diversamente da suo fratello. Porta lo strano nome di una santa gallese, Melangell. Avete mai sentito niente di simile?»

«Sono gallese anch'io», disse gaiamente il monaco. «I nostri nomi risultano un po' ostici per le lingue inglesi, lo so.»

«Oh, be', il nome del ragazzo invece è corto e abbastanza semplice. Si chiama Rhun. Ha sedici anni, due meno di sua sorella, ma purtroppo non è robusto come lei, povero figliolo. È abbastanza ben sviluppato e molto bello, anche, ma fin da bambino ha avuto qualche guaio con la gamba destra che è contorta e molto debole, al punto che lui può appena appoggiare per terra la punta del piede e anche quello è tutto girato da una parte e non regge alcun peso... può a malapena toccare il suolo. Cammina con due stampelle. E l'ho portato qui con la speranza che santa Winifred possa fare qualcosa per lui. Ma gli costa una gran pena camminare, anche se siamo partiti tre settimane fa per poter fare tappe molto brevi.»

«E ha fatto tutto il viaggio a piedi?» domandò Cadfael, sgomento.

«Non sono tanto ricca da poter permettermi un cavallo, oltre a quello di cui ci serviamo a casa per il lavoro. Due volte abbiamo trovato carrettieri gentili che lo hanno portato fin dove hanno potuto, ma per il resto gli è toccato zoppicare con le sue stampelle. Tuttavia molti altri, venuti a questa festa, fratello, avranno fatto altrettanto nelle stesse condizioni o peggio. Ma ormai è qui, al sicuro nella foresteria, e se le mie preghiere potranno fare qualcosa per lui, se ne tornerà a casa con le due gambe sane come quelle di un bel giovane vigoroso. Ma intanto soffre più che mai.»

«Avreste dovuto portarmelo qui», osservò Cadfael. «Che tipo di dolore è? Gli fa male quando si muove o quando sta fermo? Sono le ossa o i muscoli della gamba?»

«È peggio la notte, quando è a letto. L'ho sentito spesso piangere, la notte, anche se cerca di non farsi sentire per non disturbarci. A volte non riesce quasi a chiudere occhio. Gli fanno male le ossa, sì, ma anche i nervi del polpaccio si annodano in crampi tali da farlo gemere suo malgrado.»

«Per questo, qualcosa si può fare», mormorò il monaco, riflettendo. «Quanto meno possiamo provare. In ogni caso c'è qualche pozione che gli allevierà il dolore e gli consentirà di dormire, la notte.»

«Non è che io non abbia fede nella santa», si affrettò ad assicurare Alice Weaver. «Ma, frattanto, che possa almeno riposare un poco, dico io. Perché un povero figliolo che soffre non dovrebbe chiedere l'aiuto di semplici, bravi uomini mortali come voi, che hanno a un tempo fede e sapienza?»

«Più che giusto, certo! Anche l'ultimo di noi può essere strumento di una grazia, anche se non per proprio merito. Meglio che lo portiate qui, quel ragazzo, dove potremo starcene tranquilli. Alla foresteria ci sarà una quantità di gente e di baccano, nell'erbario invece non ci disturberà nessuno. »

Soddisfatta, la donna si alzò per congedarsi, tuttavia non prima di aver descritto a Cadfael il viaggio lungo e faticoso, la scarsa cortesia dei compagni di strada e gli altri pellegrini che li avevano sorpassati arrivando prima di loro.

« Ce n'è più d'uno, là », aggiunse accennando col capo all'alto muro posteriore della foresteria, « che avrà bisogno del vostro aiuto, oltre al mio Rhun. Per esempio due giovani con i quali ci siamo accompagnati negli ultimi giorni, che procedevano lentamente come noi. Oh, uno era abbastanza sano e vigoroso, ma doveva tenersi al passo col suo compagno, che aveva percorso a piedi nudi ancora più miglia di quante non ne avesse percorse il mio Rhun con le grucce e aveva i piedi in uno stato da far pietà. Ma che cosa credete, che si fosse preoccupato di fasciarseli almeno con qualche straccio? Macché! Ha detto che aveva fatto voto di camminare scalzo per tutto il viaggio. Con una grossa croce appesa al collo, per giunta, con una cordicella che a lungo andare gli ha persino scorticato la pelle. Ma anche quello faceva parte del voto. Io non riesco proprio a capire perché un giovane così a modo scelga di sottoporsi volontariamente a una simile tortura, ma la gente è tanto strana, a volte, e suppongo che quel poveretto speri di ottenere qualche grazia straordinaria in compenso delle sue sofferenze. In ogni caso penso che potrebbe cercare qualche balsamo per i suoi piedi, mentre si riposa qui, non vi pare? Debbo dirgli di venire da voi? Mi farebbe piacere essere di qualche aiuto a quei due. Matthew, quello sano, ha tratto in salvo mia nipote da un grave pericolo quando alcuni cavalieri, che galoppavano come fossero impazziti, per poco non ci hanno scaraventati tutti nel fosso; senza contare che, dopo, quel ragazzo si è fatto carico di quei fagotti che doveva portare lei, perché io avevo il mio da fare ad aiutare Rhun. E per essere sincera, penso che si sia persino un po' innamorato della nostra Melangell perché si occupava tanto di lei, quando abbiamo proseguito il viaggio assieme. Quasi più che del suo amico, benché naturalmente gli restasse sempre vicino. Un voto è un voto, suppongo, e se un uomo decide di procurarsi volutamente tante sofferenze, che cosa può fare un altro per impedirglielo? Può soltanto restargli vicino, come fa per l'appunto Matthew, che non lo lascia mai.»

Era già fuori della porta, allargando le narici ad aspirare il profumo delle erbe inondate di sole, quando girò la testa per aggiungere: «Vi sono altri che non perdono occasione per dichiararsi ad alta voce pellegrini, ma di un paio di loro io non mi fiderei nemmeno a un miglio di distanza. Eppure i bricconi, suppongo, sanno intrufolarsi dappertutto, persino tra i santi!»

«Sempre che i santi abbiano denaro nella borsa o qualcos'altro che valga la pena di rubare», convenne amaramente Cadfael. «Allora i bricconi non saranno mai lontani.»

Che Alice Weaver avesse parlato o no con i suoi strani compagni di viaggio, furono proprio loro che comparvero nell'erbario dopo circa mezz'ora, ancora prima di Rhun. Fratello Cadfael si era rimesso a diserbare le sue aiuole quando li udì arrivare, o quanto meno udì i passi quieti e pazienti del giovane sano scricchiolare sulla ghiaia dei vialetti. L'altro non faceva alcun rumore perché camminava piano, guardingo, sui margini erbosi, freschi e riposanti per i suoi piedi in pessime condizioni. Se qualche rumore tradiva il suo avvicinarsi, era semmai il suo respiro ansante e faticoso, palesemente trattenuto, di tanto in tanto, per una fitta di dolore. Non appena si raddrizzò, girando il capo, Cadfael indovinò chi erano.

All'incirca della stessa età, più o meno uguali per corporatura e colorito, più alti della media, almeno quello che non stava curvo per la fatica di camminare, scuri di occhi e di capelli, sui venticinque, ventisei anni. Tuttavia non così uguali da essere scambiati per fratelli o parenti stretti. Il sano era di carnagione più scura, come se fosse abituato a stare all'aria aperta e al sole, con zigomi e mandibola più larghi, un viso fiero e caparbio, riservato, di un'immobilità sconcertante, impenetrabile. Il volto del sofferente invece era lungo e mobilissimo, appassionato, con zigomi alti e guance incavate, la bocca tirata o per il dolore attuale o per un atteggiamento costante. Uno dei suoi compagni abituali poteva essere la collera, un altro forse un bruciante fervore. Il suo amico Matthew camminava dietro a lui, silenzioso e con una sorta di gelosa attenzione.

Memore delle loquaci confidenze di Alice Weaver, Cadfael girò lo sguardo dai piedi gonfi e martoriati al collo escoriato. Sotto il colletto della semplice casacca scura, il devoto pellegrino si era avvolta una benda di lino per alleviare lo sfregamento della cordicella cui era appesa la pesante croce che gli pendeva sul petto, una croce di ferro con un disegno a foglie formato da un filo che sembrava oro. Il lino era segnato soltanto da una lieve linea rossa e questo poteva significare due cose: o era stato cambiato di fresco o non era servito a niente. Restava il fatto che la cordicella era terribilmente sottile e la croce certamente molto pesante. A quale scopo un uomo così giovane poteva avere deciso di torturarsi a quella maniera? E quale piacere poteva pensare che provassero Dio o santa Winifred nel vedere le sue sofferenze?

Occhi di uno splendore febbrile scrutarono il monaco mentre una voce sommessa chiedeva: « Siete fratello Cadfael? È questo il nome che mi ha dato il fratello dispensiere. Ha detto che voi avreste avuto qualche unguento capace di aiutarmi. Sempre che », aggiunse il giovane guardando Cadfael con scintillante fissità, « esista da qualche parte qualcosa capace di aiutarmi ».

Cadfael l'osservò per qualche momento soprappensiero, ma non fece domande finché non l'ebbe accompagnato nel suo laboratorio, insieme con l'amico, e fatto sedere sulla panca per poter esaminarlo con la debita cura. Matthew si fermò invece accanto alla porta aperta, attento a non bloccare la luce, ma rifiutando di entrare.

«Avete camminato un bel po' a piedi nudi», osservò il monaco, inginocchiandosi per controllare da presso i danni. «Era proprio necessaria tanta crudeltà?»

«Certo. Non mi detesto al punto di infliggermi tutto questo senza scopo.» Il suo silenzioso compagno accanto alla porta perse un poco della propria compostezza, ma non aprì bocca. «Ho fatto un voto e intendo mantenerlo», riprese il giovane, come se sentisse il bisogno di giustificarsi, prevenendo le domande. «Mi chiamo Ciaran, sono figlio di una gallese e sto tornando là dove sono nato, per finire la mia vita dove è cominciata. Voi vedete le ferite sui miei piedi, fratello, tuttavia ciò che mi affligge maggiormente non lo si vede in nessuna parte del mio corpo: una malattia mortale, non pericolosa per gli altri, ma che mi porterà ben presto alla tomba.»

Era possibile, pensò Cadfael indaffarato a cospargere un olio detergente sulle piante di quei poveri piedi gonfi e sugli alluci tagliuzzati da ghiaia e sassi. Il fuoco febbrile di quegli occhi infossati poteva ben essere il riverbero di un fuoco ancora più ardente dentro il suo corpo. Un corpo giovane, era vero, ora più rilassato per il riposo, armonioso e non smagrito: tuttavia non era da escludere che celasse in sé un male incurabile. La voce di Ciaran era sommessa, ma pacata e ferma, come se lui fosse ormai venuto a patti con la morte che sapeva di portarsi dentro.

«Per questo torno in pellegrinaggio penitenziale, per la salute della mia anima, che importa più di tutto. Scalzo e gravato di un peso, raggiungerò la casa canonicale di Aberdaron, per poter essere sepolto nella sacra isola di Ynys Enlli, dove il terreno è formato dalle ossa e dalla polvere di migliaia e migliaia di santi.»

«Avrei pensato», obiettò con dolcezza Cadfael, «che tale privilegio si sarebbe potuto acquisirlo anche andandovi calzato normalmente, umile e sottomesso come chiunque altro. » Ciò non ostante, era un'aspirazione comprensibilissima in un uomo devoto, di estrazione gallese, consapevole di essere prossimo alla fine. Aberdaron, all'estremità della penisola di Lleyn, di fronte al mare selvaggio e alla più sacra isola della Chiesa gallese, era stata l'ultimo porto per molti fedeli e l'ospitalità della casa canonicale non era mai stata rifiutata a nessuno. « Non voglio affatto mettere in dubbio il valore del vostro sacrificio, eppure la scelta di imporsi una sofferenza mi pare un segno di arroganza, non di umiltà. »

« Può darsi », ammise vagamente Ciaran. « Ma ormai è fatta, mi sono impegnato. »

« È vero », confermò Matthew dal suo angolo accanto alla porta. Una voce misurata eppure brusca, più profonda di quella del compagno. « Solennemente impegnato! Lo siamo tutti e due, io non meno di lui. »

« Ma non per lo stesso voto! » ribatté Cadfael. Perché Matthew portava ottime scarpe, un po' logore ai calcagni, ma solide contro i sassi delle strade.

« No, non lo stesso, ma non meno impegnativo. E io non dimentico il mio, come lui non dimentica il suo. »

Cadfael posò il piede che aveva cosparso di linimento sopra una pezzuola ripiegata e prese il suo compagno. « Dio mi guardi dal tentare di indurre qualcuno a rompere un giuramento. Farete entrambi ciò che vi siete impegnati a fare, ma voi, Ciaran, potreste almeno lasciar riposare i vostri piedi sin dopo le feste, così avranno tre giorni per risanarsi. Qui dentro l'abbazia, in ogni caso, il terreno non è così aspro. E quando saranno guariti, ho uno spirito molto forte che servirà a indurirvi le piante per il giorno in cui vi rimetterete in cammino. A meno che non abbiate giurato anche di rinunciare a qualsiasi aiuto umano. Ma, poiché siete venuto da me, suppongo che non siate ancora arrivato a questo punto. Ecco fatto, ora restatevene seduto ancora per un poco e lasciateli asciugare. »

Il monaco si rialzò, osservando con occhio critico il

proprio lavoro, prima di dedicare la propria attenzione alla benda di lino attorno al collo di Ciaran. Prese delicatamente fra le dita la cordicella che reggeva la croce e fece l'atto di sfilargliela dal capo.

«No, no, lasciatela!» Con un sommesso ma selvaggio grido di allarme, Ciaran afferrò contemporaneamente cordicella e croce, l'una con la destra, l'altra con la sinistra, stringendosele contro il petto. «Lasciate! Non toccatele!»

«Ma potrete pure sfilarvele mentre vi medico le ferite che vi hanno provocato, no?» proruppe il monaco, sbalordito. «Sarà questione di un momento.»

«*No!*» Ciaran incrociò con forza le mani sopra la croce. «Mai, nemmeno per un momento, né di giorno né di notte! No! Non toccatela!»

«Sollevatela, allora», suggerì Cadfael, rassegnato. «E tenetela così mentre vi medico questo taglio. No, non abbiate paura, non sto cercando di ingannarvi. Lasciate però che vi tolga questa benda e veda che cosa c'è sotto.»

«Eppure dovrà pur togliersela, quella croce», intervenne Matthew in tono sommesso. «L'ho pregato tante volte di farlo... Altrimenti come potrà mai guarire?»

Cadfael sciolse la benda di lino, osservò la lunga linea di sangue essiccato solo in parte, e si mise all'opera con una lozione pungente per ripulirla dalla polvere e dai minuscoli frammenti di pelle morta, poi spalmando una pomata cicatrizzante di attaccavesti; infine rimise a posto la benda, sistemandola con cura sotto la cordicella.

«Ecco, così non avete infranto il vostro voto. Se terrete sollevata la croce con le mani quando camminate e lascerete lenta la cordicella quando siete a letto, sarete guarito prima di rimettervi in viaggio.»

Gli sembrò che avessero entrambi una gran fretta di andarsene perché uno posò cautamente i piedi per terra non appena fu libero di farlo e l'altro uscì subito alla luce del sole aspettando, come se montasse la guardia, che uscisse anche il compagno. Il primo senza sprecarsi in ringraziamenti, il secondo con nulla più che un lieve cenno di saluto.

« Ma vorrei ricordare a entrambi », disse il monaco fissandoli con occhi penetranti, « che siete presenti alla festa di una santa che ha compiuto tanti miracoli, persino a dispetto della morte. Una santa che può avere la vita stessa fra i suoi doni », precisò calcando sulle parole, « anche per un uomo già condannato a morte. Tenetelo bene in mente, perché può darsi stia ascoltando, in questo momento! »

Nessuno dei due giovani parlò, né scambiò un'occhiata col compagno.

Rimasero a fissare per qualche momento Cadfael dallo splendore olezzante del giardino con occhi sbigottiti e circospetti, poi si voltarono di scatto, contemporaneamente, e si allontanarono, l'uno con passo sicuro, l'altro zoppicando.

CAPITOLO IV

DOPO un brevissimo intervallo, e dunque ben poco lavoro, ecco apparire la seconda coppia che, riflettè Cadfael, doveva essersi incontrata con la prima appena fuori dell'erbario e forse essersi soffermata a scambiare qualche amichevole parola, visto che avevano proceduto a fianco a fianco per le ultime miglia del loro cammino.

La fanciulla camminava sollecita accanto al fratello, lasciandogli la parte meno accidentata del sentiero e tenendo una mano sotto il suo gomito sinistro: lo toccava appena ma era pronta a sorreggerlo se fosse stato necessario. Il suo sguardo poi era sempre fisso su di lui, rivelando un'affettuosa preoccupazione. Se Rhun era il cocco per il quale si avevano tutte le cure e lei la sana bestia da soma, la fanciulla non si risentiva certo della diversità di trattamento. Anche se una volta, ma una volta sola, girò il capo a guardare indietro con un'espressione diversa e un sorriso esitante. Melangell era linda e semplice nel vestito campagnolo di ottima stoffa; i capelli erano austeramente raccolti in due trecce, ma il viso era vivace e splendente come una rosa e, anche adeguandosi al passo del fratello, i movimenti scattanti e tuttavia armoniosi parlavano di uno spirito nobile e appassionato. A differenza della maggior parte delle gallesi, i capelli della ragazza non erano bruni, bensì di un oro ramato e le sopracciglia più scure si inarcavano sopra grandi occhi azzurri. Alice Weaver non doveva essere stata molto lontana dal vero supponendo che un baldo giovane, dopo avere portato sulle braccia una donnina così graziosa per sottrarla a un pericolo, potesse ricordare con estremo piacere quell'esperienza e non essere contrario a ripeterla. Sempre che riuscisse a staccare gli occhi dal suo amico pellegrino quanto sarebbe bastato per tentarlo!

Il ragazzo si appoggiava pesantemente sulle stampelle, con la gamba destra che penzolava inerte e l'alluce rivolto verso l'interno, sfiorando a malapena il terreno. Se avesse potuto tenersi eretto, sarebbe stato di tutta la testa più alto della sorella, ma, così curvo, sembrava persino più piccolo. Il suo giovane corpo, tuttavia, era ben proporzionato, concluse Cadfael dopo averlo osservato mentre si avvicinava: aveva infatti spalle larghe e fianchi stretti, e la gamba sana era lunga, vigorosa e ben modellata. Un po' più magro di quanto sarebbe dovuto essere, certo, ma se trascorreva le sue giornate in preda alle sofferenze, era poco probabile che godesse di un sano appetito.

Cadfael cominciò il suo esame dal piede storto, risalendo poi lungo le gambe e il corpo, fino al viso. Rhun era più biondo della sorella, con capelli e sopracciglia del colore del grano maturo, il viso sottile levigato come l'avorio e occhi di un luminoso grigio-azzurro, limpidi come cristallo tra lunghe ciglia scure. Un viso immobile e quieto, un viso che aveva imparato la paziente sopportazione e si aspettava di averne bisogno per tutto il resto della vita. Fino dalla prima occhiata che scambiarono, fu chiaro per il monaco che Rhun non contava su alcuna guarigione miracolosa, quali che fossero le speranze di sua zia Alice.

«Se non vi dispiace», disse esitante la fanciulla, «vi ho portato mio fratello, come mi ha detto la zia. Lui si chiama Rhun e io Melangell.»

«Sì, mi ha parlato di voi», ribatté Cadfael invitandoli con un cenno a seguirlo verso il laboratorio. «Avete fatto un viaggio molto lungo. Venite dentro e mettetevi comodi per quanto è possibile, mentre io esamino questa povera gamba. Ha subìto qualche incidente? Una brutta caduta, il calcio di un cavallo? O un accesso di febbre delle ossa?» Fece sedere il ragazzo sulla panca, gli prese le grucce e le mise in disparte, poi lo sistemò in modo che potesse stendere le gambe sul sedile.

Con gli occhi seri fissi sul viso del monaco, Rhun scosse lentamente la testa. «No, nessun incidente», rispose con voce chiara ma sommessa, da adulto. «Il male è venuto a poco a poco, mi pare, ma non ricordo un tempo in cui non lo avessi. Dicono che ho cominciato a zoppicare e cadere quando avevo tre o quattro anni.»

«Rhun vi spiegherà tutto lui stesso», intervenne improvvisamente Melangell che si era fermata esitante sulla soglia. «Si sentirà più a proprio agio solo con voi. Io tornerò fra un poco e aspetterò sulla panca lì fuori finché non ci sarà bisogno di me.»

Gli occhi chiari e lucenti di Rhun, trasparenti come ghiaccio al sole, le sorrisero di sopra la spalla di Cadfael. «Vai, vai. È una giornata così bella, cerca di godertela senza avere me che ti ciondolo addosso.»

Lei lo fissò per un lungo momento con occhi ansiosi, ma una parte della sua mente era già lontana: certa di lasciare il fratello in buone mani, Melangell fece un'affrettata riverenza e se ne andò lasciando i due a guardarsi, ancora estranei eppure già sulla via della confidenza.

«Va a cercare Matthew», disse candidamente Rhun, fiducioso di essere capito. «È stato molto premuroso con lei. E anche con me... Una volta mi ha portato sulle spalle per l'ultimo tratto di strada fino al nostro alloggio per la notte. Le piace, Matthew, e lei piacerebbe a lui se soltanto riuscisse a vederla com'è veramente. Ma quello ha occhi quasi soltanto per Ciaran.»

Quella franca semplicità avrebbe potuto farlo apparire persino ingenuo, ma sarebbe stato un grave errore. Descriveva ciò che vedeva – purché, sperò Cadfael, avesse già preso le misure della persona con cui parlava –, tuttavia vedeva assai più di molti altri poiché aveva tanto più bisogno di vedere e di memorizzare, per riempire le lunghe ore delle sue giornate.

«Sono stati qui?» domandò sollevando le anche perché il monaco potesse sfilargli le calze-brache.

«Sì.»

«Vorrei tanto che lei fosse felice.»

«L'ha dentro di sé la felicità, lei», osservò Cadfael con una bonarietà quasi involontaria. La luminosa spontaneità di quel ragazzo rendeva naturali, quasi inevitabili, risposte spontanee. Aveva calcato un poco la voce, era sembrato, su quel « lei ». Rhun nutriva poche speranze di poter mai essere felice, ma desiderava con tutta l'anima che lo fosse la sorella. « Ora stai bene attento, perché è molto importante », riprese il monaco chinandosi su di lui. « Chiudi gli occhi, rilassati e dimmi dove ti fa male, quando ti tocco. Anzitutto, hai qualche dolore, così a riposo? »

Rhun chiuse docilmente gli occhi e lasciò passare qualche minuto, respirando piano. « No, sto benissimo, così. »

Bene, significava che i suoi nervi erano sciolti e distesi e almeno in quella posizione non dolevano. Cadfael scese tastando lungo la gamba, dalla coscia al polpaccio e alla caviglia, dapprima con dita leggere, poi premendo ed esplorando. Così steso e in riposo, l'arto distorto riassumeva in parte il suo naturale allineamento e appariva ben formato, anche se molto più scarno del sinistro e deturpato dalla punta del piede rivolta all'interno e da alcuni grumi duri e nodosi al polpaccio. Cadfael prese a massaggiarli, affondandovi le dita, cercando di sciogliere i tessuti induriti.

« Ecco, lì lo sento », disse Rhun ansando un poco. « Non è proprio un dolore... Fa male, sì, ma non da piangere. È un dolore quasi piacevole... »

Fratello Cadfael si unse le mani, le passò con calma sul polpaccio contratto e continuò a lavorare con dita ferme sui tendini non esercitati da anni, all'infuori di quel lieve tocco dell'alluce sul terreno. Massaggiò con dolcezza, lentamente, cercando i punti di maggior resistenza. C'era una tensione innaturale, lì, che non si sarebbe ancora sciolta sotto le sue dita che si muovevano con delicatezza, mentre la sua mente vagava altrove.

« Sei rimasto orfano molto presto, ho saputo. Da quanto tempo stai con tua zia? »

« Da sette anni, ormai », mormorò Rhun quasi assopito, rilassato dal tocco di quelle abili dita. « So che siamo un peso per lei, eppure mia zia non lo dice mai, né permette che lo dica qualcun altro. Ha un buon lavoro, ma modesto, sufficiente per le sue necessità e per tenere due operai:

di certo non è ricca. Melangell lavora sodo per badare alla casa e alla cucina e si guadagna il suo sostentamento. Io ho imparato a tessere, ma sono troppo lento. Non posso stare né in piedi né seduto molto a lungo e non sono di alcun profitto per la zia. Però lei non dice mai niente, benché abbia una lingua tagliente, quando vuole.»

«E posso capirla», convenne pacatamente Cadfael. «Una donna con tante preoccupazioni può ben essere brusca, a volte, senza cattive intenzioni. Vi ha portati qui con la speranza di un miracolo, lo sai? Sennò perché vi sareste sobbarcati a un viaggio così lungo e faticoso, misurando le tappe giorno per giorno secondo le tue possibilità? Però mi sembra che tu non ti aspetti niente. Non credi che santa Winifred possa fare miracoli?»

«Io?» Rhun trasalì, spalancando gli occhi più limpidi delle acque limpide sulle quali Cadfael aveva navigato tanti anni addietro nei mari d'oriente, lungo spiagge dove la sabbia era bianca e scintillante. «Oh, mi avete giudicato male. Certo che lo credo! Ma perché a me? Migliaia di persone che stanno come me e centinaia che stanno peggio si rivolgono a lei. Come potrei osare di essere annoverato tra i primi? Oltretutto, io posso sopportare il mio male, mentre tanti altri non possono sopportare quello che hanno. La santa saprà chi scegliere. E non v'è alcun motivo perché la sua scelta abbia a cadere su di me.»

«Allora perché sei venuto qui?»

Rhun girò la testa di lato e palpebre venate di violetto, simili a petali d'anemone, velarono i suoi occhi. «Sono state loro a voler venire e io ho acconsentito. E poi c'era Melangell...»

Sì, Melangell, bella e piena di vita, una festa per gli occhi, pensò Cadfael. Suo fratello sapeva che non aveva dote e desiderava per lei un po' di gioia e un matrimonio decoroso, ma là a casa, relegata com'era fra le mura domestiche e conosciuta come la nipote povera, di certo i corteggiatori non abbondavano. E un viaggio così lungo e avventuroso, che l'avrebbe portata a conoscere una quantità di gente... chi sapeva quali occasioni avrebbe potuto offrirle?

Un movimento brusco stirò un nervo contratto nella gamba malata di Rhun che si appoggiò contro la parete di tronchi con dolorosa cautela. Cadfael tornò a infilargli le calze-brache, gliele sistemò per bene, poi gli fece posare il piede sano e quello malato sul pavimento di terra battuta.

« Torna da me domani, dopo la messa solenne, perché penso di poter aiutarti, almeno un poco. Ora resta lì seduto, mentre io vedo se tua sorella è tornata. Se non c'è ancora, puoi riposarti finché non verrà. Ti darò una medicina da prendere stasera, quando andrai a letto. Ti calmerà i dolori e ti aiuterà a dormire. »

Melangell era già là, sola e immobile contro la parete riscaldata dal sole, con lo splendore del viso un po' offuscato, come se un'ansiosa aspettativa si fosse tramutata in una grigia delusione. Tuttavia, nello scorgere Rhun che usciva dalla capanna, si alzò con un sorriso risoluto e la sua voce fu gaia e incoraggiante come sempre mentre si allontanava lentamente col fratello.

Cadfael ebbe l'opportunità di osservarli tutti, il giorno seguente, alla messa. La sua mente sarebbe dovuta essere rivolta ad argomenti meno terreni, ma si ostinò ad attardarsi sull'ampio fazzoletto che ricopriva il capo di Alice Weaver e sulla massa di capelli scuri e ricciuti che incoronava quello di Matthew. Quasi tutti gli ospiti della foresteria, gli eletti che occupavano stanze separate e i pellegrini, uomini e donne, che condividevano i due dormitori comuni, erano presenti con i loro abiti migliori a quella funzione solenne, qualunque cosa si ripromettessero di fare poi per il resto della giornata. Alice Weaver seguiva devotamente ogni parola della santa messa e più di una volta diede di gomito a Melangell per richiamarla al dovere, perché spesso il capo della fanciulla era girato di lato e il suo sguardo fisso su Matthew invece che rivolto all'altare. Nessun dubbio che la sua mente, se non il suo cuore, era profondamente impegnata in quella direzione. Quanto a Matthew, se ne stava come sempre accanto a Ciaran, ma un paio di volte almeno si guardò intorno e i suoi occhi pensierosi si soffermarono, senza mutare espressione, su Melangell. Tuttavia quando, una volta, i loro occhi si incontrarono, fu lui a distogliere bruscamente i propri.

Quel giovane, rifletté Cadfael cui non era sfuggita la piccola scena, aveva un compito da assolvere, un compito che a nessuna fanciulla era consentito ostacolare o rovinare: portare l'amico sano e salvo alla fine del suo viaggio, ad Aberdaron.

Lo conoscevano già tutti, lì all'abbazia, quel Ciaran. Si sapeva già tutto di lui, che parlava liberamente e umilmente di se stesso. Aveva avuto l'intenzione di prendere gli ordini sacri, ma non era arrivato oltre il primo grado, quello di suddiacono, non aveva ancora avuto la tonsura e ormai non l'avrebbe avuta mai più. Fratello Jerome, sempre pronto a insinuarsi dove vi fosse qualche segno di superlativa virtù o di santità, lo aveva corteggiato e interrogato, affrettandosi poi a raccontare quanto aveva appreso a ogni confratello che fosse disposto ad ascoltarlo. La storia della malattia mortale di Ciaran e del suo pellegrinaggio penitenziale fino ad Aberdaron era ormai nota a tutti e avevano fatto profonda impressione le sofferenze che lui stesso si infliggeva. Fratello Jerome riteneva che fosse un onore per la casa ospitare un uomo simile. E in realtà quel viso scarno e appassionato, quegli occhi ardenti sotto i lunghi capelli scuri rivelavano una forza e un fervore eccezionali.

Rhun non poteva inginocchiarsi, ma rimase stoicamente ritto sulle sue grucce per tutta la durata della messa, con gli occhi scintillanti fissi all'altare. Nella luce morbida e tenue della chiesa, dove lo splendore di una giornata senza nubi si rifletteva sfumato da ogni superficie di pietra, Cadfael notò la sua bellezza, i tratti del suo viso morbidi e delicati come quelli di una fanciulla, l'onda dei capelli biondi sulle orecchie e sulle guance di una purezza e di una castità angeliche. Chi avrebbe potuto stupirsi se una donna senza figli propri si era tanto affezionata a lui ed era stata pronta ad abbandonare per molte settimane il lavoro dal quale traeva i mezzi per vivere, nella speranza di un miracolo che lo guarisse?

Poiché la sua attenzione, al pari dei suoi occhi, si andava ostinatamente sviando, Cadfael abbandonò la lotta e lasciò che l'una e gli altri corressero in libertà su tutte quelle teste devote che riempivano la chiesa. Un pellegrinaggio di quell'importanza finiva con l'assomigliare molto a una fiera, richiamando tutti i parassiti che solevano accorrere in tali occasioni: borsaioli, venditori di false reliquie, di dolci o di farmaci miracolosi, indovini, giocatori d'azzardo, imbroglioni e truffatori d'ogni genere. Molti di questi assumevano l'aspetto di persone rispettabili ed esercitavano di preferenza la propria professione all'interno dell'abbazia, invece che disporsi lungo il Foregate come a un mercato. Era sempre consigliabile tenere d'occhio tutta quella gente lì dentro, come stavano sicuramente facendo i sergenti di Hugh con quella di fuori, per individuare un'eventuale fonte di guai prima che il guaio scoppiasse.

Quell'assemblea aveva senza dubbio l'aspetto di ciò che dichiarava di essere, ma ciò non ostante c'era qualcuno che meritava un'attenzione particolare. Tre modesti, tranquilli artigiani, per esempio, che, arrivati a poca distanza l'uno dall'altro, avevano fatto amicizia lì, in apparenza senza essersi mai incontrati prima: Walter Bagot, guantaio; John Shure, sarto, e William Hales, maniscalco. Onesti lavoratori che avevano fatto di quel pellegrinaggio la loro vacanza estiva e si accingevano a goderne onestamente. Perché no? Eppure Cadfael aveva avuto modo di osservare le mani del sarto, devotamente intrecciate, e aveva notato le sue unghie, lunghe e ben curate come quelle di un borsaiolo da fiera, ben poco adatte al suo lavoro. Prese nota mentalmente dei loro volti: tondo e lucido quello del guantaio, come se lo avesse trattato con gli stessi prodotti che usava per le sue pelli; magro e composto quello del sarto, quasi lugubre nella cornice dei capelli flosci; quadrato e bruno quello del maniscalco, con occhi ammiccanti, l'immagine dell'onesto buonumore.

Forse erano davvero ciò che dicevano di essere. O forse no. Hugh sarebbe stato in guardia, e altrettanto avrebbero fatto gli attenti tavernieri del sobborgo e della città, per nulla desiderosi di tenere la porta aperta a chi si accingeva a tosare, a scuoiare i loro vicini e i loro clienti.

Cadfael uscì dalla messa con i confratelli, immerso in gravi pensieri, e trovò Rhun ad aspettarlo nell'erbario.

Quieto e obbediente, il ragazzo si sottomise alle manipolazioni del monaco, senza aprir bocca dopo un rispettoso saluto. Il ritmo monotono delle dita che cercavano di allentare i tessuti irrigiditi aveva un effetto calmante, anche quando affondavano tanto da provocare dolore. Rhun abbandonò la testa contro i tronchi della parete e a poco a poco i suoi occhi si chiusero. Le labbra e le guance contratte indicavano che non dormiva, ma Cadfael ebbe modo di osservare da presso il suo viso, mentre lavorava, e di notare il suo pallore, le ombre scure attorno ai suoi occhi.

« Hai preso la medicina che ti ho dato per la notte? » domandò.

« No. » Rhun aprì gli occhi, turbato, per vedere se avesse meritato un rimprovero, ma non lesse sorpresa né biasimo sul viso del monaco.

« Perché non l'hai presa? »

« Non lo so. Tutt'a un tratto ho sentito di non averne bisogno. Ero felice », rispose Rhun richiudendo gli occhi per studiare meglio le proprie azioni e i motivi che lo avevano spinto. « Ho pregato. Non che io dubiti dei poteri della santa, ma all'improvviso mi è sembrato di non dover neppure desiderare la guarigione... di dover offrire il mio male spontaneamente, non come prezzo di un favore. Tutti portano offerte ai santi e io non ho altro da offrire. Pensate che possa essere accettato? Lo faccio con profonda umiltà. »

Quanti, fra i devoti della santa, avrebbero potuto fare un'offerta più costosa? si domandò Cadfael. Quel figliolo aveva percorso una strada lunga e difficile che lo aveva portato a comprendere che privazione, dolore e invalidità non contano niente di fronte all'intima convinzione della grazia, alla segreta pace dell'anima. Una conclusione che può essere accettata soltanto per se stessi, mai per qualcun altro. Il dolore degli altri non dev'essere tollerato, se si può fare qualcosa per alleviarlo.

« E hai dormito bene? »

« No. Ma non mi importava. Sono rimasto tranquillo per tutta la notte, cercando di sopportare il dolore con gioia. Non ero sveglio soltanto io. » Certo, dovevano esservi molti altri, là nel dormitorio degli uomini, che soffrivano quanto lui, oltre ai malati più gravi e ai possibili contagiosi che fratello Edmund aveva isolato nell'infermeria.

« Anche Ciaran era irrequieto », riprese Rhun. « Quando è stato tutto tranquillo, dopo le laudi, si è alzato senza fare rumore, cercando di non disturbare, e si è avviato verso la porta. Ma mi è sembrato strano che portasse con sé la sua cintura e la bisaccia... »

Cadfael ascoltava con maggiore attenzione, ora. Difatti, quale poteva essere il motivo per cui un uomo, al quale abbisognava soltanto un po' di riposo, decideva di caricarsi sulle spalle tutto ciò che possedeva e di portarselo via? Era però vero che l'abituale paura dei ladri, in una promiscuità come quella, poteva perdurare anche in un uomo mezzo addormentato e per di più in un convento.

« Davvero? E poi che cos'è accaduto? »

« Il pagliericcio di Matthew è proprio vicino al suo e anche la notte lui sta con una mano tesa a toccare Ciaran. Inoltre sembra che capisca per istinto che cosa lo tormenta. Così si è alzato immediatamente anche lui e lo ha afferrato per un braccio. E Ciaran ha fatto un salto, trattenendo il respiro, si è guardato in giro sbattendo le palpebre, come se fosse stato svegliato bruscamente, e ha sussurrato che stava sognando e nel sogno gli era sembrato che fosse l'ora di rimettersi in cammino. Allora Matthew gli ha preso la bisaccia e l'ha rimessa al suo posto, poi entrambi si sono coricati di nuovo e tutto è tornato tranquillo. Ma non credo che Ciaran abbia dormito molto, dopo: quel sogno lo aveva turbato troppo. L'ho udito girarsi e rigirarsi a lungo.»

«Si erano accorti che eri sveglio anche tu e che avevi udito tutto?»

«Non lo so. Non ho fatto finta di dormire, avevo tanto male, non potevo fare a meno di rigirarmi e mi avranno udito di certo, penso. Ma naturalmente non ho lasciato capire che li avevo uditi, sarebbe stato scortese.»

Così dunque quella fuga era stata mascherata da sogno, forse a beneficio di Rhun o di chiunque altro potesse essere sveglio come lui. Certo, era possibile che un malato irrequieto sentisse il bisogno di alzarsi di notte e lo facesse furtivamente per non disturbare il compagno. Ma poi, se quel compagno si fosse comunque svegliato e avesse cercato di trattenerlo, lui non avrebbe dovuto fare altro che spiegare perché si era alzato e andarsene. Invece no, quello aveva tirato in ballo un sogno ingannevole e si era coricato di nuovo. Tuttavia, chi si alza mentre sta sognando si muove pure senza fare rumore, quasi di soppiatto. Poteva essere, *doveva* essere semplicemente ciò che sembrava.

«Hai percorso alcune miglia con quei due, Rhun. Come vi siete trovati, camminando così tutti insieme? Dovresti essere arrivato a conoscerli abbastanza bene.»

«Siamo rimasti insieme dopo che mia sorella era stata sul punto di venire travolta da un cavallo: Matthew allora era corso a prenderla fra le braccia e aveva saltato il fosso con lei, perché loro camminavano lentamente come noi. Ci stavano quasi raggiungendo, in quel momento, e in seguito abbiamo proseguito tutti assieme per farci compagnia. Ma non direi che siamo arrivati a conoscerli... Quei due hanno occhi soltanto l'uno per l'altro. Inoltre Ciaran soffriva molto e non parlava quasi mai. Però ci ha detto dove stava andando e perché. Melangell e Matthew, poi, erano sempre dietro, per ultimi, e lui portava le nostre poche cose, invece di lasciarlo fare a lei, dato che aveva ben poco di suo da portare. Ma non mi sono mai stupito che Ciaran fosse tanto taciturno, considerato ciò che doveva sopportare. E del resto zia Alice sa parlare per due», concluse innocentemente Rhun.

Senza dubbio, e di sicuro lo aveva fatto, per tutto il resto del tragitto, fino a Shrewsbury.

«Ma quei due, Ciaran e Matthew», riprese Cadfael proseguendo nel suo cauto sondaggio, «non vi hanno detto come mai fossero insieme? Se erano parenti, o amici, o se si erano semplicemente incontrati e avevano deciso di farsi compagnia? Hanno all'incirca la stessa età, sembrano più o meno dello stesso ceto, due giovani abbastanza istruiti, preparati per un posto di segretario o di scudiero, direi, eppure in un certo modo tanto diversi. Viene da chiedersi come mai si siano imbarcati insieme in questo viaggio. Vi siete incontrati a sud di Warwick, vero? Chissà se venivano da qualche posto ancora più a sud!»

«Non ne hanno mai parlato», disse Rhun, pensandoci lui stesso per la prima volta. «Ma è stato un conforto avere la compagnia di un uomo giovane e robusto, almeno uno. Le strade possono essere pericolose per due donne accompagnate soltanto da uno storpio come me. Ma, ora che ne avete parlato... No, non abbiamo mai saputo da dove venissero né che cosa li unisse. A meno che non ne abbia parlato Matthew con mia sorella.» Rhun si accomodò in maniera da aiutare fratello Cadfael nelle sue manipolazioni. «A volte loro due chiacchieravano molto, come vecchi amici, dietro a noi.»

Cadfael dubitava molto che l'argomento delle loro conversazioni, mentre camminavano a fianco a fianco lungo le strade assolate, avesse riguardato altro che loro stessi; lei con il costante ricordo del momento in cui era stata afferrata e portata oltre il fosso stretta contro il cuore di Matthew, lui in costante contemplazione della deliziosa creatura che danzava al suo fianco e col ricordo del suo peso lieve, caldo e impaurito contro il proprio petto.

«Ma adesso la guarda appena», continuò Rhun con rammarico. «È troppo legato a Ciaran e Melangell sarebbe un'intrusa. Ma gli costa comunque fatica stare lontano da lei.»

Cadfael massaggiò un'ultima volta la gamba deformata e si raddrizzò per pulirsi le mani. «Ecco, basta così per oggi. Ma resta lì tranquillo a riposare un poco prima di andartene. La prenderai la medicina, stasera? Tienitela almeno vicino e fa' come ti sembra meglio e giusto. Tuttavia ricorda che a volte è una cortesia accettare un aiuto, una cortesia verso chi te lo offre. Vuoi infliggerti volontariamente un tormento, come Ciaran? No, non tu. Sei troppo modesto per atteggiarti a eroe, il più bravo di tutti e il più degno di ammirazione! Ma non pensare di fare qualcosa di male risparmiandoti qualche sofferenza. Comunque, tocca a te scegliere: fa' quello che ti sembra più opportuno.»

Quando Rhun, reggendosi alle sue grucce, s'incamminò lungo il sentiero che portava alla corte principale, Cadfael rimase a guardarlo da lontano per osservare i suoi progressi senza metterlo in imbarazzo, ma non notò alcun cambiamento. Il pollice distorto osava appena sfiorare il terreno ed era sempre rivolto verso l'interno. Eppure i nervi, pur così annodati, conservavano una certa forza, invece di essere rinsecchiti e atrofizzati come lui si sarebbe aspettato. Se potessi averlo con me abbastanza a lungo, rifletté, potrei restituire un po' di funzionalità a quella gamba. Ma purtroppo dovrà andarsene così com'è venuto. Fra tre giorni sarà tutto finito, ormai, la festa sarà conclusa e la foresteria si starà svuotando. Ciaran e il suo guardiano se ne andranno nel Galles e Alice Weaver si riporterà a Campden i suoi pulcini. E quei due, che avrebbero potuto formare una coppia felice se la situazione fosse stata diversa, se ne andranno ognuno per la propria strada e non si rivedranno mai più. È nella natura delle cose che coloro che si radunano in gran numero per le feste della Chiesa abbiano poi a disperdersi di nuovo, tornando alle proprie occupazioni. Ma non è detto che tutti se ne vadano via immutati.

CAPITOLO V

FRATELLO Adam di Reading, ospitato nel dormitorio con i monaci dell'abbazia, aveva avuto la possibilità di osservare gli altri pellegrini della foresteria soltanto alle funzioni religiose e nei loro occasionali andirivieni dentro le mura. Tuttavia un giorno, a metà pomeriggio, gli accadde di tornare dal giardino insieme con Cadfael proprio mentre Matthew e Ciaran stavano attraversando la corte diretti verso il recinto del chiostro per sedersi là al sole per un paio d'ore prima del vespro. C'era molta gente, in giro, monaci, servitori laici e ospiti, variamente occupati, eppure la figura di Ciaran e il suo passo lento e guardingo attirarono subito la sua attenzione.

«Quei due li ho già visti», osservò fermandosi. «Ad Abingdon, dove ho trascorso la prima notte dopo la partenza da Reading. Hanno dormito là anche loro.»

«Ad Abingdon!» esclamò Cadfael soprappensiero. «Sicché sono venuti dall'estremo sud. Li avete mai rivisti in seguito?»

«Non era molto probabile che li rivedessi. Io ero a cavallo e avevo quell'incarico del mio abate per Leominster, che mi ha portato fuori strada. No, li rivedo soltanto ora. Ma, visti una volta, non si può più dimenticarli.»

«Che cosa ci facevano ad Abingdon?» domandò Cadfael seguendo con lo sguardo le due figure inseparabili finché non furono scomparse nel chiostro. «Direste che fossero in cammino da lungo tempo, prima della sosta di quella notte? Uno ha fatto voto di arrivare scalzo fino ad Aberdaron e non ci saranno volute molte miglia per rovinargli i piedi.»

«Zoppicava già, allora. Ed entrambi erano già abbastanza impolverati. Sarebbe anche potuto essere il loro primo giorno di viaggio, ma ne dubito.»

«Ieri è venuto da me a farsi curare i piedi e debbo vederlo di nuovo oggi, prima di sera. Due o tre giorni di riposo lo rimetteranno in sesto per la prossima tappa del viaggio.» Da una giornata o più di cammino a sud di Abingdon fino all'estrema punta del Galles... Una bella passeggiata davvero! «Un atto di devozione abbastanza strano, persino sbagliato, direi, addossarsi ostentatamente tali patimenti quando c'è al mondo tanta povera gente afflitta da sofferenze non volute e sopportate con santa umiltà!» esclamò Cadfael.

«Le anime semplici credono che la sofferenza procuri qualche merito», osservò in tono tollerante fratello Adam. «E forse, in mancanza di altre virtù particolari, lui si aggrappa a questa convinzione.»

«Oh, ma quell'uomo non è un'anima semplice, credetemi!» ribatté con fermezza Cadfael. «Mi ha detto di essere affetto da una malattia mortale e di voler finire i suoi giorni nella pace benedetta di Aberdaron ed essere poi sepolto nell'isola di Ynys Enlli. Una nobile ambizione per un uomo di sangue gallese. La sua deliberata ostentazione del dolore potrebbe persino essere una sfida, una sorta di sberleffo alla morte. E potrei capirlo, ma non approvarlo.»

«È più che naturale da parte vostra», convenne Adam con sorridente indulgenza. «Voi siete addestrato ad alleviarle, le sofferenze, le sentite come un nemico sacrilego. Per la stessa virtù di queste piante che abbiamo imparato a usare.» Batté una mano sulla piccola bisaccia di pelle che portava alla cintola e gli rispose il mormorio sommesso dei semi che essa conteneva. Cadfael gli aveva mostrato la propria raccolta e lui se n'era fatte dare due o tre specie che non aveva nel proprio erbario. «È un drago da combattere non meno degli altri di questo mondo, il dolore.»

Si stavano avvicinando alla gradinata in pietra che portava all'ingresso principale della foresteria, senza fretta, godendosi l'inconsueta animazione della corte, quando fratello Adam si fermò di colpo, spalancando gli occhi.

«Guarda guarda, credo che forse vi siete acquistato qualcuno dei nostri peccatori meridionali, oltre ai nostri santi in erba!»

Cadfael, sorpreso, seguì la direzione del suo sguardo aspettandosi che fratello Adam aggiungesse qualcos'altro perché l'individuo in questione sembrava, a prima vista, non avere assolutamente niente di eccezionale. Se ne stava fermo accanto alla portineria, uno dei tanti che sostavano abitualmente in quel punto per assistere ai nuovi arrivi e curiosare intorno. Un uomo grande e grosso, eppure così ben proporzionato che le sue misure non apparivano fuori del comune, con i pollici infilati nella cintura della veste semplice e ampia, di buon taglio e di una foggia non da gentiluomo ma nemmeno da popolano, la veste di un uomo solido e rispettabile, di ceto medio e ben provvisto di denaro, probabilmente un mercante. Uno di quelli che costituivano la spina dorsale di molte città inglesi e potevano permettersi un pellegrinaggio come una forma di vacanza ben meritata. Si guardava in giro con un'espressione benevola sul viso grassoccio, scaltro e ben rasato e un largo sorriso soddisfatto che sembrava di generosa approvazione per tutto il creato.

« Quello », spiegò Cadfael, « è, o così almeno mi hanno detto, un certo Simeon Poer, un mercante di Guildford venuto in pellegrinaggio per la salute della sua anima e perché la stagione promette di essere bella e invitante. E perché non avrebbe dovuto? Sapreste dirmene qualche motivo? »

« Può anche farsi chiamare Simeon Poer o in dieci modi diversi in caso di necessità », ribatté fratello Adam. « Non ho mai saputo come si chiamasse veramente, ma la sua faccia e la sua figura le conosco fin troppo bene. Il padre abate affida a me gran parte dei suoi affari fuori del chiostro, perciò ho l'occasione di visitare numerosi mercati e fiere nella nostra contea e dintorni. E quel tipo l'ho visto in una quantità di posti, non vestito come un borgomastro com'è adesso, ma pur sempre con l'aria di cavarsela benissimo. In giro per le fiere, a coltivare la compagnia dei tanti giovani spacconi e sempliciotti che frequentano tali assembramenti. Per il contenuto delle loro tasche, naturalmente.

Dadi, per lo più. E per lo più truccati. Per quanto non direi certo che sdegnasse qualche borseggio, in mancanza d'altro. Un mezzo più spiccio, anche se più rischioso, per raggiungere lo stesso scopo. »

Adam era dunque un confratello bene informato ed esperto delle cose del mondo quale Cadfael non aveva incontrato da anni fra tanti uomini semplici. Tante escursioni fuori del chiostro per conto del suo abate erano senza dubbio servite ad allargare i suoi orizzonti. Cadfael si girò a guardarlo con affettuoso rispetto, poi tornò a osservare con occhio più attento il benevolo, sorridente mercante.

« Siete certo che si tratti proprio di lui? »

« Che sia lo stesso uomo sì, senz'alcun dubbio. Ma altrettanto certo delle sue malefatte, al punto di sfidarlo apertamente, no, perché non si è mai fatto cogliere con le mani nel sacco, tranne una volta e anche allora è riuscito a sfuggire di mano allo sceriffo. Però tenetelo d'occhio, chissà che non abbia a fare proprio qui uno scivolone, come accade prima o poi a tutti i bricconi, e ricevere il compenso che si merita. »

« Ma, se le cose stanno come voi dite, non vi pare che si sia spinto piuttosto lontano dal suo nido? L'esperienza di tanti anni, in passato, mi ha insegnato che tipi come lui lasciano di rado la regione della quale conoscono il terreno meglio di qualsiasi balivo. Oppure al sud la terra ormai gli scottava sotto i piedi tanto da spingerlo a cercare un territorio più fresco? Questo sottintenderebbe qualcosa di peggio che l'imbroglio coi dadi. »

Fratello Adam alzò dubbioso le spalle. « Potrebbe essere. Una parte della nostra feccia ha scoperto che la lotta tra opposte fazioni può essere molto proficua, per i suoi scopi, quanto può esserlo, per i loro, a signori e padroni. Le battaglie non si addicono ai furfanti: sono troppo pericolose per la salute. Ma i disordini che nascono nelle città dove si scontrano i partiti avversi sono pane per i loro denti. Borse da svuotare, risse che si possono provocare restando in disparte, al sicuro, innocui vecchi dall'aspetto danaroso cui sarebbe facile dare una bastonata in testa o una coltellata alle spalle o tagliare, nella confusione, i cordoni della borsa... Tutto ciò è più semplice e sicuro che starsene rintanati nei boschi a vivere come selvaggi nell'attesa della preda, come fanno i loro simili nelle campagne. »

Assembramenti, pensò Cadfael. Come quello di Winchester, dove un uomo era stato per l'appunto accoltellato alle spalle e lasciato a morire per la strada. Non poteva essere che quel benevolo mercante fosse stato costretto ad allontanarsi tanto dal suo abituale terreno di caccia perché al sud era ricercato dalla legge? E ricercato per qualche colpa più grave dell'aver alleggerito del proprio denaro stolti giovincelli, servendosi di dadi truccati? Qualcosa di orribile come un omicidio?

« In foresteria ve ne sono altri due o tre sul conto dei quali nutro qualche dubbio », disse infine Cadfael. « Ma, a quanto ho potuto vedere, questo finora non ha avuto alcun contatto con loro. Tuttavia starò all'erta, li terrò d'occhio e dirò a fratello Denis di fare altrettanto. E prima di sera riferirò anche a Hugh Beringar ciò che mi avete raccontato. Lui e il borgomastro saranno ben contenti di essere stati avvisati. »

Ciaran se ne stava tranquillamente seduto nel chiostro e a fratello Cadfael parve un delitto costringerlo ad attraversare tutto il giardino e l'erbario per andare a farsi medicare, quando lui aveva piedi robusti e calzati di solidi sandali. Andò dunque a prendere l'unguento usato il giorno avanti per le sue piaghe e lo spirito che gli avrebbe tonificato e indurito le piante dei piedi e li portò al chiostro. Si stava bene là, al sole, con l'erba folta, morbida e fresca sotto i piedi scalzi. Le rose erano in piena fioritura e il loro profumo aleggiava nell'aria come una benedizione. Eppure quei due volti erano così chiusi e senza sole! Davvero uno dei due era condannato a una morte prematura e l'altro destinato a perdere e a piangere un amico tanto caro?

Mentre Cadfael si avvicinava, Ciaran stava parlando e a tutta prima non si avvide di lui. Comunque, anche quando si rese conto della sua presenza, proseguì sino alla fine. «... Stai soltanto sprecando il tuo tempo, perché non accadrà. Non cambierà niente, non aspettartelo. Mai! Tanto vale che mi lasci perdere e te ne torni a casa.»

Uno dei due credeva nei poteri di santa Winifred e pregava e sperava in un miracolo? E l'altro, il malato, la pensava come Rhun e offriva con ardore la propria morte prematura come un volontario sacrificio, invece di chiedere la guarigione?

Matthew non si era ancora accorto di Cadfael. La sua voce profonda, misurata e risoluta, ribatté: «Risparmia il fiato! Perché io verrò con te, passo per passo, sino alla fine».

Soltanto quando Cadfael fu davanti a loro si riscossero dalle proprie angosce private, assunsero un atteggiamento difensivo, e si sforzarono di affrontare il mondo esterno con un'espressione serena. Si scostarono un poco sulla panca, accogliendo il monaco con un sorriso un po' stiracchiato.

«Non ho ritenuto necessario farvi venire da me quando è tanto più facile per me venire da voi», disse Cadfael inginocchiandosi e aprendo la sua bisaccia sul lucente tappeto verde. «Mettetevi comodo, dunque, e lasciatemi vedere che cosa si può fare ancora perché possiate rimettervi in viaggio a cuor leggero.»

«Siete molto buono, fratello», replicò Ciaran, alzandosi con un sospiro. «Ma state tranquillo, io vado a cuor leggero, perché il mio pellegrinaggio è breve e l'arrivo certo.»

«Amen!» sussurrò la voce di Matthew all'altro capo della panca.

Poi più nessuno parlò, mentre il monaco spalmava l'unguento sulle piante tumefatte e le massaggiava vigorosamente con lo spirito per farlo penetrare nella pelle maltrattata – certo avvezza, prima d'allora, a essere sempre ben protetta da ottime calzature – e infine medicava con la pomata di attaccavesti le escoriazioni in via di guarigione.

«Ecco fatto! Cercate di non camminare ancora per tutto domani, salvo che per andare alle funzioni cui pensate di dover assistere. Qui non avete bisogno di muovervi molto. Tornerò a vedervi domani e vi metterò in condizioni di poter stare in piedi un po' più a lungo posdomani, quando si riporterà a casa la santa.» Quando parlava di lei, ora, Cadfael non sapeva più molto bene se alludesse alle spoglie mortali di santa Winifred (che, come tutti credevano, sarebbero dovute essere in quella bara incrostata d'argento), oppure a una sorta di benefico distillato del suo spirito, capace di colmare di santità persino una bara vuota, o addirittura una che contenesse pietose, fallibili ossa umane, immeritevoli della sua grazia ma soggette, come ogni cosa mortale, alla capricciosa, sorridente mercé di quelli lassù, al di fuori di ogni discussione. Se, quando accadeva un miracolo, si fosse potuto ragionare in base alla logica, non sarebbe più stato un miracolo, no?

Si strofinò le mani con un cencio di lana e si alzò in piedi. Mancava poco al vespro, ormai.

Era quasi arrivato all'arcata che immetteva nella corte principale quando udì dei passi affrettati alle proprie spalle; poi una mano lo prese esitante per una manica e la voce di Matthew gli disse all'orecchio: «Fratello Cadfael, avete dimenticato questo».

Era il suo vasetto di unguento, di ruvida terracotta verdastra, quasi invisibile fra l'erba. Il giovane lo teneva sul palmo di una mano larga, forte, avvezza al lavoro, dalle dita lunghe e ben fatta, mentre occhi scuri, riservati eppure curiosi, scrutavano il viso del monaco.

Cadfael prese il vasetto, ringraziando, e lo ripose nella bisaccia. Ciaran era rimasto seduto come Matthew lo aveva lasciato, col viso e lo sguardo ardente rivolti verso di loro che ora stavano a una certa distanza, fra lui e il resto del mondo, e per un attimo apparve come un'anima abbandonata nell'assoluta solitudine in un mondo popoloso.

Cadfael e Matthew rimasero per qualche momento a guardarsi negli occhi, con esitante curiosità. Questo dunque era il giovane abile e svelto, balzato al soccorso di Melangell in pericolo, un giovane cui lei aveva rivolto il suo cuore giovane e inesperto e che Rhun aveva certo considerato una via che si apriva per la sorella, senza preoccuparsi per se stesso. Di buona razza, rampollo della piccola nobiltà, che aveva imparato un po' di latino oltre al maneggio delle armi. Che cosa, se non un amore insano, poteva avere spinto un giovane siffatto a vagare per il paese come un vagabondo povero in canna, senza alcun legame né affetto, se non per un moribondo?

«Siate sincero con me», disse Cadfael. «È proprio vero... è certo che Ciaran sta camminando incontro alla morte?»

Matthew non rispose subito. I suoi occhi parvero farsi più grandi e più scuri quando disse finalmente, con voce sommessa ma risoluta: «Sì, è vero. È già segnato per la morte. A meno che la vostra santa non ci faccia un miracolo, niente potrà salvarlo. Né lui né me», finì bruscamente, poi girò sui tacchi per tornare alla sua devota vigilanza.

Rinunciando alla cena in refettorio, Cadfael uscì nel sobborgo e si avviò verso la città. Raggiunse il ponte sul Severn, oltrepassò la grande porta, salì la curva in pendio del Wyle e arrivò alla casa di città di Hugh Beringar. Appena entrato, si sedette e si mise a coccolare il suo figlioccio Giles, un bel bambinone capriccioso, biondo come sua madre, con braccia e gambe lunghe che facevano presagire come un giorno avrebbe superato di un bel po' il suo bruno e sardonico genitore che non spiccava certo per la sua altezza. Aline portò cibo e vino per l'ospite e per il marito, poi ritornò al proprio lavoro di cucito, gettando di tanto in tanto ai due uomini una sorridente occhiata di intima soddisfazione. Quando Giles si addormentò sulle ginocchia del monaco, andò a prenderlo per portarlo a letto. Era già troppo pesante per lei, ma aveva imparato a reggerlo in modo da distribuire il peso fra il braccio e la spalla e Cadfael la seguì con uno sguardo affettuoso mentre passava nella stanza attigua e si richiudeva la porta alle spalle.

« È mai possibile che quella figliola diventi ogni giorno più bella e radiosa? A volte il matrimonio fa perdere ogni splendore anche a una bella donna. A lei invece si addice come l'aureola a una santa. »

« Oh, c'è molto da dire sul matrimonio », ribatté Hugh sorridendo. « Vi sembra che a me abbia fatto male? Benché mi renda conto che possa essere difficile giudicare per un uomo come voi, dopo un così lungo celibato... e chissà quali avventure di gioventù! Non dovete avere mai avuto una grande opinione del matrimonio, altrimenti vi ci sareste avventurato anche voi. Avete pronunciato i voti soltanto dopo i quarant'anni e dopo essere stato un crociato e avere percorso in lungo e in largo le terre e i mari d'oriente. Chi può dire che non abbiate avuto anche voi una vostra Aline nascosta da qualche parte, che vi era cara quanto la mia è per me? E forse persino un vostro Giles », aggiunse maliziosamente, « un Giles Dio sa dove, ormai adulto... »

Il silenzio e l'immobilità del monaco, per quanto sereni e compiaciuti, parvero tuttavia un tacito avvertimento all'acuta sensibilità di Hugh che, quasi assopito tra i cuscini dopo una lunga, faticosa giornata all'aperto, fissò socchiudendo gli occhi il viso assorto dell'amico e poi cambiò prudentemente discorso.

« Bene, dunque il nostro Simeon Poer è ben noto al sud. Sono molto grato a voi e a fratello Adam per la segnalazione, anche se finora quel messere non ha fatto niente di irregolare. Ma quegli altri che mi avete descritto... Alla taverna di Wat, al Foregate, sono bene esercitati nell'individuare i forestieri che arrivano qui per una festa o una fiera e si aggirano per la città. Wat ha detto ai miei uomini che c'è un gruppo di buontemponi che frequenta il suo locale: alcuni di essi sono forestieri, e chissà che non siano quelli di cui avete parlato voi. Certi, naturalmente, sono i soliti giovani della città e del sobborgo, con più denaro che cervello, che bevono molto e giocano ai dadi. Ma a Wat non piace il modo in cui quei dadi cadono.»

«Come pensavo», annuì Cadfael. «Per ognuna delle nostre messe, loro celebreranno una 'messa del giocatore' da qualche altra parte. Lasciando che gli sciocchi puntino il proprio denaro come credono meglio, così le probabilità sembrano pari. Ma Wat sa riconoscere un dado truccato, quando ne vede uno.»

«E sa anche come liberare la sua taverna da avventori indesiderabili. Ha sussurrato all'orecchio di uno dei forestieri che essa è sorvegliata e che sarebbe meglio per loro se andassero a divertirsi altrove. E stasera ha un uomo di guardia, per scoprire dove si incontreranno. Così domani sera potremo sorprenderli e liberarvi di loro prima della vostra festa, se tutto va bene.»

E sarebbe stata una liberazione molto gradita, pensava Cadfael mentre riattraversava il ponte nel primo, limpido crepuscolo, con l'acqua del fiume che turbinava sotto di lui riflettendo la luce in mille sprazzi argentei fra i quali, nella magra estiva, si disegnavano isolotti di erba scura. Ma nessuna luce, nemmeno riflessa in bagliori spettrali, si spandeva ancora su quella morte avvenuta tanto lontano, nella regione del sud dal quale veniva Simeon Poer. In pellegrinaggio per la sua rispettabile anima? O per sottrarsi a una legge ridestata (con troppo vigore, per sentirsi al sicuro) da qualcosa di più grave del gabbare gli sciocchi? Eppure Cadfael non si considerava abbastanza saggio per compiacersi neppure di quello, benché fosse opinione generale che chi barava al gioco, qualunque disavventura gli capitasse, se l'era meritata.

Il portone dell'abbazia era chiuso, ormai, ma il portello era spalancato e lasciava entrare l'ultima luce del sole al tramonto. In quella luce Cadfael si trovò a spalla a spalla con un'altra persona che entrava e fu un po' sorpreso di sentirsi sospingere con deferenza da una mano ferma che gli si era posata su un gomito.

« Buonanotte a voi, fratello », gli sussurrò all'orecchio una voce calda, e la figura solida, vigorosa e ben vestita di Simeon Poer, sedicente mercante di Guildford, lo sorpassò veleggiando maestosa verso la gradinata in pietra della foresteria.

CAPITOLO VI

La mattina del ventuno giugno, vigilia della traslazione di santa Winifred, fedeli e confratelli stavano uscendo dalla messa solenne nella luce radiosa del sole quando il padre abate, che procedeva senza fretta verso il proprio alloggio, fu bruscamente costretto a fermarsi da un grido di sgomento tra la folla che si stava disperdendo. Un improvviso trambusto ne scompose le file aprendo un solco dal quale emerse una figura esagitata, a piedi nudi, che avanzò barcollando verso l'abate e, dopo essersi piegata ad afferrare un lembo del suo saio, esplose in un appello appassionato.

« Padre abate, siate buono con me e rimediate a un'ingiustizia! Sono stato derubato! Un ladro, c'è un ladro fra noi! »

Stupito e preoccupato, padre Radulfus abbassò gli occhi a guardare in viso Ciaran, sconvolto e congestionato per il risentimento e l'angoscia.

« Vi scongiuro, padre, vedete che sia fatta giustizia! Sono perduto se voi non mi aiutate! »

Rendendosi conto, un po' in ritardo, della sconveniente veemenza del proprio comportamento, il giovane si gettò ai piedi dell'abate. « Oh, perdonatemi, perdonatemi! Sono stato troppo impetuoso e molesto, ma quasi non so quello che dico! »

Lo scompiglio tra i fedeli in festa si era acquietato a un tratto ma, invece di allontanarsi, tutti si strinsero intorno ai due a guardare e ascoltare incuriositi, mentre i confratelli, impediti a proseguire ordinatamente per la loro strada, indugiavano contrariati. Cadfael guardò oltre la figura genuflessa e implorante di Ciaran alla ricerca della sua anima gemella e vide Matthew che si faceva strada fra la ressa, con la bocca aperta e gli occhi spalancati per lo stupore, e si fermava a qualche passo dall'amico, girando uno sguardo perplesso da lui all'abate nel tentativo di capire quale fosse la causa di quell'improvviso subbuglio. Possibile che a uno di quei due inseparabili fosse accaduto qualcosa che l'altro non sapeva?

« Alzatevi! » disse calmo l'abate. « Non è necessario che stiate in ginocchio. Dite ciò che avete da dire e vi sarà resa giustizia. »

Il silenzio generale dilagò fino ai limiti estremi della corte principale e quelli che si erano già allontanati tornarono indietro, con gli occhi spalancati e le orecchie tese, aggiungendosi alla cerchia dei curiosi.

Ciaran si rialzò barcollando. « Padre, avevo un anello, copia di uno che monsignore il vescovo di Winchester tiene per le occasioni importanti, con il suo stemma e il suo motto. Ne dà sempre uno uguale, come lasciapassare, a coloro che manda in missione per lui, insieme con la sua benedizione, perché apra loro le porte e serva a proteggerli durante il viaggio. E ora me l'hanno rubato, padre! »

« Ve lo ha dato personalmente Enrico di Blois, questo anello? » domandò Radulfus.

« No, padre, non personalmente. Ero al servizio del priore dell'abbazia di Hyde, come segretario laico, quando sono stato colto da una malattia mortale e ho fatto questo voto di trascorrere il resto dei miei giorni al canonicato di Aberdaron. È stato appunto il priore – sapete che a Hyde non hanno un abate – a chiedere a monsignore il vescovo che avesse la bontà di concedermi qualunque protezione fosse in grado di darmi per il viaggio... »

Quello dunque era stato il punto di partenza di quel lungo cammino a piedi nudi, pensò Cadfael, vedendo finalmente una luce. La stessa Winchester, o le sue immediate vicinanze, perché il vescovo della Cattedrale Nuova, sempre gelosa rivale della Vecchia, dove imperava Enrico di Blois, trent'anni prima era stato costretto ad abbandonare la sua residenza in città ed era stato confinato a Hyde Mead, alla periferia nord-occidentale. Non correva troppo buon sangue tra Enrico e la comunità di Hyde, perché era stato proprio lui a manovrare per tenerla così a lungo senza abate, spinto dalla propria ambizione di trasformare l'abbazia in un monastero episcopale. La contesa si era prolungata alquanto, tra il vescovo che ricorreva a stratagemmi vari per raggiungere il proprio scopo e il priore che usava ogni mezzo per impedirglielo. A quanto pareva, tuttavia, Enrico aveva avuto ancora la bontà di mostrare compassione anche per un servitore della casa nemica, quando la sventura di una malattia mortale si era abbattuta su di lui. Un viaggiatore sul quale il legato papale aveva steso la sua mano protettrice sarebbe passato indisturbato ovunque la legge conservasse ancora la propria forza. Soltanto dei fuorilegge incalliti avrebbero osato infastidirlo.

« E ora il mio anello è sparito, padre, rubato proprio stamattina. Ecco, guardate, era appeso a queste funicelle tagliate. » Ciaran mostrò la bisaccia di lino scuro che portava appesa alla cintola, indicando i due capi recisi di netto. « Una lama affilata... Qualcuno qui deve avere un'arma del genere. E il mio anello non c'è più! »

Il priore Robert si era avvicinato all'abate, una volta tanto meno fedele alla propria argentea compostezza. « Ciò che dice quest'uomo è vero, padre. Mi ha mostrato quell'anello. Donato per assicurargli aiuto e ospitalità durante il suo viaggio, che ha un tristissimo e solenne significato. Se ora non si trova più, non dovremmo far chiudere il portone, mentre iniziamo le ricerche? »

« Si faccia », convenne Radulfus e rimase a guardare in silenzio fratello Jerome che, sempre solerte e assiduo alle calcagna del priore, correva a provvedere perché si eseguisse l'ordine. « Ora calmatevi, figliolo, il vostro anello non può essere andato molto lontano. Non lo portavate, dunque, ma lo tenevate sempre ben legato dentro la vostra bisaccia? »

« Sì, padre. Era prezioso oltre ogni dire, per me. »

« E quando avete controllato che fosse sempre lì, al sicuro? »

« Stamattina stessa, padre, ne sono certo. Le poche cose che posseggo sono qui, davanti a voi. Come avrei potuto mancare di vederlo se questa fune fosse stata tagliata durante la notte, mentre io dormivo? No, no, stamattina tutto era come lo avevo lasciato ieri sera. Mi era stato ordinato di riposare perché i miei piedi potessero risanarsi. Sono uscito soltanto stamattina per la messa. E proprio qui in chiesa, in mezzo alla calca dei fedeli, un malvagio ha infranto ogni regola e si è impadronito del mio anello.»

In realtà, rifletté Cadfael girando lo sguardo sul cerchio dei curiosi, non doveva essere stato difficile per un ladro, in quella ressa, individuare le funicelle cui era legato l'anello, sfilarle dal loro nascondiglio, tagliarle e andarsene indisturbato senza che nessuno badasse a lui e senza che la vittima si rendesse conto dell'accaduto. Un lavoretto pulito, fatto con tanta perizia che nemmeno Matthew, cui non sfuggiva mai niente di ciò che riguardava l'amico, si era accorto di quell'impudenza. Perché ora se ne stava lì con gli occhi sbarrati, palesemente colto di sorpresa, senza sapere come comportarsi in quella circostanza. Col viso imperscrutabile e gli occhi socchiusi, girava lo sguardo da un volto all'altro, via via che fossero Ciaran o l'abate o il priore a parlare. Cadfael notò che Melangell gli si era avvicinata furtivamente e lo aveva preso esitante per una manica. E lui non si era liberato. Un lieve movimento del capo e degli occhi rivelò a Cadfael che sapeva chi lo aveva toccato e infatti la sua mano cercò quella di lei e la strinse, mentre la sua attenzione sembrava concentrata per intero su Ciaran. Poco lontano da loro, Rhun si reggeva sulle stampelle e aggrottava la fronte sbigottito, mentre zia Alice gli stava al fianco, attenta, ardendo di curiosità. Siamo tutti qui, pensò Cadfael, e nessuno sa che cosa passi per la mente degli altri, né chi ha fatto ciò che è stato fatto, né che cosa potrà derivarne.

«Non siete in grado di dire chi ci fosse accanto a voi durante la messa?» domandò il priore Robert inquieto e addolorato. «Se davvero qualcuno è stato tanto sacrilego da approfittare addirittura della celebrazione di una santa messa per commettere un furto...»

«Padre, io guardavo soltanto l'altare.» Ciaran tremava di sacro fervore, tenendo la bisaccia aperta davanti a sé, con le sue poche cose bene in vista. «Eravamo così stretti, con tutta quella gente... com'è naturale in un santuario simile... Matthew era appena dietro a me, come sempre, ma come potrei dire chi altro poteva essermi accanto? Eravamo tutti circondati da ogni parte.»

«È vero», confermò il priore Robert, che si era molto compiaciuto di quell'eccezionale affluenza. «Padre, il portone ora è chiuso, quanti hanno assistito alla messa sono tutti qui. E certo desideriamo tutti che questo torto venga riparato», disse poi rivolgendosi all'abate.

«Tutti tranne uno», corresse questi. «Colui che ha portato qui dentro un coltello o un pugnale, abbastanza affilati da recidere nettamente queste corde. Se avesse poi avuto altre intenzioni, sarà meglio che rifletta e tremi per la sua anima. Robert, si deve ritrovare questo anello. Tutti gli uomini di buona volontà, qui, offrano il proprio aiuto e mostrino senza riserve quanto hanno con sé. Altrettanto faranno tutti i nostri ospiti, che non abbiano furti o sacrilegi da nascondere. E vedete anche che si faccia un'indagine per sapere se sia venuto a mancare qualcos'altro di prezioso. Perché un furto significa che c'è un ladro, dentro queste mura.»

«Sarà fatto senz'altro, padre», assicurò con fervore Robert. «Nessun pellegrino onesto e devoto rifiuterà il proprio aiuto. Chi può accettare di condividere con un ladro l'ospitalità ricevuta?»

A quelle parole seguì un mormorio di approvazione e di consenso, forse con un leggero ritardo perché tutti, uomini e donne, avevano dato un'occhiata ai propri vicini prima di parlare. Provenienti da direzioni diverse, sconosciuti l'uno all'altro fino a quel momento, diventati più o meno amici lì, nell'euforia della vacanza, come potevano sapere chi fosse immacolato e chi disonesto, dopo quella sconcertante scoperta?

«Padre», invocò Ciaran ancora sudato e tremante per l'angoscia, «in questa bisaccia c'è tutto ciò che ho portato con me. Esaminate il suo contenuto, accertatevi che sono stato davvero derubato. Sono venuto scalzo, ogni mio avere è qui nelle vostre mani. E il mio compagno Matthew aprirà lui pure la propria bisaccia davanti a voi, senza riserve, come esempio per tutti gli altri, che potranno liberarsi così da ogni sospetto. Nessuno vorrà rifiutarsi di fare ciò che noi facciamo.»

A quelle parole, Matthew aveva ritirato bruscamente la mano che stringeva quella di Melangell per spostare sul fianco la bisaccia scura, uguale a quella di Ciaran. Le poche cose di quest'ultimo ora erano nelle mani del priore, che le andava riponendo via via nella sacca.

«Ecco, a voi, padre», disse Matthew facendosi avanti e sganciandosi la bisaccia dal fianco.

Robert accettò l'offerta con un grave cenno del capo, aprì la borsa e ne esaminò con delicatezza il contenuto. Una camicia e mutande di lino, sgualcite per essere state così ammucchiate e probabilmente lavate più volte nel corso del viaggio, un rasoio, un pezzo di sapone, un breviario rilegato in pelle, un magro portamonete... Robert tirò fuori l'unico oggetto che si sentì in obbligo di mostrare: un pugnale inguainato quale qualsiasi gentiluomo avrebbe potuto portare al fianco, poco più lungo di una spanna.

«Sì, è mio», disse subito Matthew, guardando dritto negli occhi l'abate Radulfus. «Ma non è stato quello a tagliare quelle funi. Non è uscito dalla mia bisaccia da quando ho messo piede nell'abbazia, padre abate.»

Radulfus girò lo sguardo dal pugnale al suo proprietario e fece un breve cenno di assenso. «Capisco perfettamente che nessun uomo si metterebbe in viaggio sulle nostre strade, oggi, senza un mezzo per difendersi. Tanto più se ha qualcun altro da difendere, qualcuno che non porta armi. Capisco la vostra situazione, figliolo. Tuttavia non avreste dovuto portare armi dentro queste mura.»

«E che altro avrei potuto fare?» ribatté Matthew in un tono quasi di sfida.

«Ciò che dovete fare ora», dichiarò con fermezza l'abate. « Affidarlo al frate portinaio, come hanno già fatto altri. Potrete riaverlo quando partirete. »

Non restava che chinare il capo e rassegnarsi con garbo, cosa che Matthew riuscì a fare in maniera decente, anche se a contraggenio. « Lo farò subito, padre, e vi prego di perdonarmi se non ho chiesto consiglio prima. »

« Ma padre, il mio anello... » gemette Ciaran, ansioso. « Come potrò sopravvivere senza il mio salvacondotto? »

« Non temete, lo cercheremo dappertutto », lo rassicurò Radulfus. « E nessuno rifiuterà di lasciar ispezionare la propria roba, se non ha niente da temere », aggiunse alzando la voce perché potessero udirlo anche i più lontani, tra la folla silenziosa. « Provvedete voi, Robert! »

Finalmente il padre abate proseguì per la propria strada e i fedeli, rimasti per qualche momento immobili a seguirlo con lo sguardo, si dispersero con un improvviso mormorio di concitati commenti, mentre il priore Robert, prendendo Ciaran sotto le proprie ali, se ne andava con lui verso la foresteria per chiedere l'aiuto di fratello Denis nelle ricerche dell'anello. E Matthew, dopo una titubante occhiata a Melangell, girò sui tacchi e li seguì.

Non sarebbe stato facile trovare un gruppo di persone più candide e volonterose degli ospiti dell'abbazia di Shrewsbury in quel giorno. Tutti si affrettarono ad aprire fagotti o cassette, ansiosi di provare la propria immacolata virtù. Le ricerche, condotte con la maggiore delicatezza possibile, si protrassero per tutto il pomeriggio, ma dell'anello non si trovò alcuna traccia. In compenso, un paio degli ospiti più abbienti del dormitorio comune, che fino a quel momento non avevano avuto occasione di rovistare in fondo ai loro bagagli, andarono incontro a dolorose sorprese, quando dovettero farlo. Un piccolo proprietario terriero di Lichfield trovò il proprio portamonete di riserva alleggerito di oltre metà del proprio contenuto. Mastro Simeon Poer, che era stato uno dei primi a mettere in mostra ciò che possedeva e il più chiassoso nel condannare un crimine così blasfemo, dichiarò di essere stato derubato di una catena d'argento che intendeva offrire all'altare il giorno seguente. Un povero parroco di campagna, che con quel pellegrinaggio aveva realizzato il più bel sogno della sua vita, lamentò la scomparsa di un cofanetto, fabbricato da lui stesso più di un anno avanti e decorato con intarsi d'argento e vetro, nel quale aveva sperato di riportarsi a casa un ricordo del viaggio, qualche fiore essiccato del giardino o magari addirittura due o tre fili staccati dalla frangia della tovaglia d'altare sotto il reliquiario di santa Winifred. Infine un mercante di Worcester non riuscì più a trovare la bella cintura in pelle della sua veste migliore che intendeva indossare il giorno seguente e altre due persone ebbero il sospetto che alcuni loro oggetti fossero stati manomessi e poi sprezzati, il che, per loro, fu probabilmente un'offesa ancora più grave.

Era tutto finito, e senza risultato, quando Cadfael poté finalmente rifugiarsi nel suo laboratorio giusto in tempo per aspettare Rhun, che arrivò puntuale all'ora fissata, pensieroso e sconcertato, e si sottomise senza parlare alle manipolazioni del monaco, che si spingevano ogni giorno un po' più a fondo nei suoi tessuti nodosi e ostinati.

«Fratello», disse finalmente alzando gli occhi, «non avete trovato nessun altro pugnale nella borsa di qualcuno?»

«No, nessuno.» Si era trovato, naturalmente, un certo numero di coltelli comuni, di quelli che occorrono a un uomo per tagliare il pane e la carne nelle locande lungo le strade o per un pasto al riparo di una siepe, ma, per quanto molti fossero abbastanza affilati per la maggior parte delle occorrenze quotidiane, nessuno lo era tanto da recidere di netto due funi, senza il minimo strappo che potesse dare l'allarme. «Ma gli uomini che non portano la barba hanno bisogno di un rasoio e un rasoio non affilato sarebbe un'assurdità. Quando un ladro entra nel recinto, figliolo, è difficile per gli uomini onesti tenergli testa. Chi è senza scrupoli è sempre in vantaggio su chi si attiene alle regole. Ma ora non stare ad angustiarti, tu non hai fatto male a nessuno. Non lasciare che questo incidente ti rovini la giornata di domani.»

«No», mormorò il ragazzo, sebbene apparisse preoccupato. «Però, fratello, qualcun altro ha un pugnale... almeno uno. Con fodero e tutto e piuttosto lungo. Lo so, ero premuto contro quell'uomo ieri a messa. Ero in piedi, sulle mie grucce, e lui aveva alla cintura una grande bisaccia di lino che mi premeva contro la mano e il fianco. Così ho sentito la forma del pugnale, la croce dell'impugnatura e tutto. Ne sono certo! Però non lo avete trovato.»

«E chi era l'uomo che se ne stava così armato a messa?» domandò Cadfael continuando a manipolare con cura i tessuti che non cedevano sotto le sue dita.

«Quel mercante grande e grosso con quella bella veste... di lana della valle. Simeon Poer. Ma il pugnale non lo avete trovato. Forse lo avrà consegnato anche lui al frate portinaio, come Matthew.»

«Forse», convenne Cadfael. «Te ne sei accorto ieri, hai detto. E oggi? Era di nuovo vicino a te?»

«No, oggi no.»

No, quel giorno era rimasto a guardare tranquillo lo spettacolo, con occhi e orecchie all'erta, pronto ad aprire la sua borsa lì davanti a tutti, se fosse stato necessario, sorridendo compiaciuto mentre l'abate disarmava un altro. Lui non aveva di certo il pugnale con sé, quale che fosse il luogo in cui l'aveva messo nel frattempo. V'erano nascondigli a sufficienza, lì dentro le mura dell'abbazia, per un'arma come per qualsiasi oggetto di valore rubato. Le stesse ricerche effettuate nel pomeriggio erano state soltanto un'ostentazione di zelo, a meno che l'autorità non fosse preparata a tenere le porte chiuse e gli ospiti relegati lì dentro finché non fosse stato cavato ogni metro dei giardini e non si fosse fatto a pezzi ogni letto e ogni panca del dormitorio e della sala. I peccatori cominciano sempre come uomini onesti.

«Non è stato giusto far consegnare il pugnale a Matthew mentre un altro si teneva il suo», osservò Rhun. «E il povero Ciaran è così atterrito da avere persino paura a muoversi, senza il suo anello. Rifiuta addirittura di uscire dal dormitorio, fino a domani. È disperato per averlo perduto.»

Sì, era verosimile. Tuttavia, rifletté Cadfael, non era strano che un uomo che aveva dichiarato con la massima calma di essere un condannato a morte si angosciasse tanto per la perdita del suo salvacondotto? Come mai tanta paura? Ogni paura sarebbe dovuta essere morta.

Mah, gli uomini sono strani, disse a se stesso. E una morte serena e benedetta ad Aberdaron, ben preparato e circondato dalle preghiere e dalla pietà di altri uomini devoti, poteva sembrare tutt'altra cosa, rispetto a una morte per mano di un predone sconosciuto, lungo una strada deserta.

E quel Simeon Poer... Se portava un pugnale il giorno avanti, poteva ben averlo avuto anche quel giorno, tra la folla presente alla messa. In tal caso, come se ne era liberato tanto in fretta, prima che Ciaran si avvedesse della scomparsa dell'anello? E come aveva saputo di dover sbarazzarsene al più presto? Chi poteva aver sentito una tale necessità, se non il ladro?

«Non stare più a scervellarti», disse Cadfael osservando il bel viso vulnerabile di Rhun. «Né per Matthew né per Ciaran. Pensa soltanto a domani, quando sarai vicino alla santa. Lei e Dio vedono tutto, non hanno bisogno che diciamo loro di che cosa abbiamo bisogno noi. Dobbiamo soltanto starcene tranquilli ad aspettare ciò che sarà. Perché, qualunque cosa sia, non sarà fatta a caso. Hai preso la tua medicina, ieri sera?»

Gli occhi chiari e brillanti di Rhun erano spalancati, sole e ghiaccio, di una limpidezza abbagliante. «No. Era stata una buona giornata, e volevo rendere grazie. Oh, non è che non apprezzi tutto ciò che fate per me. Volevo soltanto dare qualcosa anch'io. E ho dormito, ho dormito bene, davvero... »

« Allora fallo anche stasera », disse affettuosamente il monaco, passando un braccio sotto il corpo del suo piccolo paziente per aiutarlo a tirarsi su. « Di' le tue preghiere, pensa tranquillo a ciò che dovresti fare, fallo e dormi. Nessun uomo al mondo, né re né imperatore, può fare di più o di meglio e fidare in messe più ricca. »

Quel giorno, Ciaran non si mosse dalla foresteria. Lo fece invece Matthew, emergendo per la prima volta senza il compagno sotto l'arcata della porta e fermandosi in cima alla gradinata di pietra, con le braccia tese a toccare gli stipiti e la testa lievemente piegata all'indietro a inalare profonde sorsate d'aria. Era appena passata l'ora di cena, e poca gente si aggirava nella corte principale, godendosi la fresca, piacevole calma prima di compieta.

Fratello Cadfael aveva lasciato la sala del capitolo prima che fossero finite le letture perché aveva alcune cosucce da fare nel suo erbario. Si era diretto verso il giardino quando scorse il giovane, ritto all'inizio della gradinata, che respirava a pieni polmoni e con evidente piacere. Chissà come, Matthew sembrava più alto, così solo, e più giovane, mentre il viso riservato pareva sereno nella morbida luce della sera. Quando si mosse e cominciò a scendere i gradini, Cadfael cercò istintivamente la figura che sarebbe dovuta essere appena dietro a lui, o come al solito un passo avanti, ma Ciaran non comparve. Bene, era stato sollecitato a riposare e probabilmente era ben contento di farlo, tuttavia Matthew non si era mai allontanato da lui, prima d'allora, né di giorno né di notte, in movimento o in riposo che fossero. Neppure per seguire Melangell, tranne che con lo sguardo e suo malgrado.

La gente è infinitamente misteriosa, pensò il monaco proseguendo senza fretta per la propria strada, e io sono infinitamente curioso. Un peccato da confessare, non c'era dubbio, e che meritava certo una penitenza. Ma è la curiosità che tiene vivo un uomo. Perché la gente fa quello che fa? Perché, se sai di essere malato, prossimo alla morte, e desideri raggiungere un porto tranquillo prima della fine, condanni volontariamente te stesso a compiere il lungo viaggio a piedi nudi, col carico di una pesante croce al collo? Per renderti così più accettabile a Dio, quando invece avresti potuto dare una mano, durante quello stesso viaggio, a qualche infelice compagno storpio per natura, e non per caparbietà, come il povero Rhun? E perché tu, invece, consumi la tua gioventù e il tuo vigore seguendo passo passo un uomo per miglia e miglia e perché lui accetta che tu sia la sua ombra, quando dovrebbe mettersi il cuore in pace e congedarsi discretamente dagli amici, invece di imporre loro il proprio peso?

Cadfael aggirò l'angolo della siepe di tasso che fiancheggiava il roseto e si fermò di botto. La figura che stava seduta sull'erba al lato opposto delle aiuole in fiore, con lo sguardo perduto oltre il campo dei piselli, sulle acque argentee e scintillanti del torrente Meole, non era un amico, bensì un'amica, immobile e solitaria, con le ginocchia alzate fino al mento e serrate, nel cerchio delle braccia incrociate. Alice Weaver doveva essere certo occupatissima a chiacchierare con una mezza dozzina di matrone della sua stessa età e Rhun era senza dubbio a letto, così Melangell se l'era svignata in silenzio, per rifugiarsi lì nella pace del giardino ad accarezzare i propri fragili sogni e le proprie indomabili speranze. Una piccola ombra scura, aureolata d'oro contro il cielo illuminato dal tramonto. Un cielo che prometteva per l'indomani, festa di santa Winifred, una giornata splendente e senza nubi.

Fra di loro si stendeva in tutta la sua ampiezza il giardino delle rose, e la fanciulla dunque non si avvide del monaco che percorreva il sentiero erboso fino al suo laboratorio dove, benché tutto apparisse in perfetto ordine, controllò i tappi di tutti i recipienti e si assicurò che il braciere fosse completamente spento e freddo. Fratello Oswin era giovane, entusiasta e volonteroso, tuttavia gli accadeva talvolta di trascurare qualche particolare, anche se, grazie a Dio, aveva vinto la sua tendenza a rompere le cose. Non v'era alcuna fretta, ora; un'occhiata intorno non fece scoprire a Cadfael niente fuori posto e, prima di compieta, gli restava tempo per starsene lì seduto nella penombra odorosa di legno a riflettere. Tempo per gli altri per ritrovarsi assieme e usare o sprecare quegli ultimi momenti della giornata. Per quei tre irreprensibili viaggiatori – Walter Bagot guantaio, John Shure sarto e William Hales maniscalco – c'era tempo sufficiente per recarsi là dove la loro scuola di dadi si sarebbe riunita quella sera e infilare quindi il collo nella trappola tesa da Hugh. E c'era tempo per quell'altro ambiguo individuo, Simeon Poer, per schivare o inciampare nello stesso laccio, o addirittura andarsene dalla parte opposta, a occuparsi di qualche altra impresa notturna. Cadfael aveva visto due di quei tre uscire assieme dalla portineria e il terzo seguirli pochi minuti dopo ed era certo che il sedicente mercante di Guildford non avrebbe tardato molto a fare altrettanto. E c'era tempo, anche, per quel giovane inesplicabilmente solo, sciolto per qualche motivo dalla sua catena, per esplorare il territorio che si apriva all'improvviso davanti a lui e, chissà, forse incontrarsi per caso con la solitaria fanciulla.

Cadfael stese le gambe sulla panca di legno e chiuse gli occhi per un breve riposino.

Matthew fu lì alle sue spalle prima che lei se ne avvedesse. Il fruscio improvviso dell'erba seccata dal sole al margine del campo la colse di sorpresa: allarmata, si girò di scatto, scivolando sulle ginocchia e guardandolo in viso cogli occhi sbarrati, mezzo accecata dallo splendore del tramonto che aveva fissato tanto a lungo. Il viso di lei era aperto, infantile e vulnerabile, così come era apparso quando lui l'aveva presa fra le braccia e portata con un balzo oltre il fosso, lontano dai cavalli lanciati al galoppo. Così lo aveva guardato allora, spalancando gli occhi, ancora confusa e impaurita, e così la sua paura si era dissolta in meraviglia e piacere, vedendo in lui soltanto sicurezza, cortesia e ammirazione.

Quell'incontro di occhi innocenti non durò a lungo. Lei sbatté le palpebre, scosse lievemente la testa per schiarirsi la vista, poi guardò oltre le spalle di lui, cercando, non riuscendo a credere che fosse lì solo.

«Ciaran...? Avete bisogno di qualcosa per lui?»

«No», rispose Matthew, distogliendo per un momento lo sguardo. «È a letto.»

«Ma voi non lo lasciate mai, nemmeno a letto!» esclamò lei stupita, persino un po' ansiosa. Benché fosse un poco gelosa di Ciaran, aveva compassione di lui.

«Be', come vedete, ora l'ho lasciato», ribatté seccamente Matthew. «Avevo bisogno anch'io di qualcosa... di una boccata d'aria. E lui sta benissimo dov'è, non si muoverà.»

«Lo sapevo che non eravate uscito per cercare me», mormorò Melangell con rassegnata amarezza. Si mosse per alzarsi, senza sforzo alcuno, ma lui tese ugualmente una mano, quasi contro la sua volontà, per aiutarla. Ma la ritrasse bruscamente quando lei l'evitò, alzandosi da sola. «Ma se non altro, non siete fuggito quando mi avete vista. Dovrei esservene grata!» esclamò allora la ragazza.

«Non sono libero», protestò lui, piccato. «Lo sapete meglio di me.»

«Non lo eravate nemmeno quando vi siete accompagnato a noi», ribatté con forza Melangell, «quando vi siete caricato sulle spalle la nostra roba e mi siete rimasto sempre vicino, lasciando che Ciaran andasse zoppicando davanti a noi, senza poter vedere i sorrisi, le gentilezze e addirittura le premure che avevate per me e come mi parlavate dolcemente, quasi che vi beaste della mia vicinanza. Perché non mi avete avvertita allora che non eravate libero? O, meglio ancora, non ve ne siete andato col vostro amico per un'altra strada, lasciandoci per conto nostro? Allora avrei potuto riprendermi in tempo, e col tempo dimenticarvi. Ma ormai non potrò più dimenticarvi, mai più, per tutto il resto della mia vita! »

Le labbra e le guance di Matthew si contrassero e si indurirono sotto i suoi occhi, distorcendosi in un'espressione che non le riuscì di capire se fosse di collera o di dolore. Lo stava osservando troppo da vicino e con troppa passione per poter vederlo bene. Poi lui girò bruscamente la testa, evitando di guardarla.

« Sì, avete ragione di accusarmi », disse in un sussurro roco. « Ho sbagliato. Non avrei mai dovuto illudermi che potesse esistere una felicità così dolce e pulita per me. Avrei dovuto lasciarvi, ma non ho potuto... Dio mio! Pensate che avrei potuto abbandonare lui? Si era attaccato a voi, alla vostra buona zia... Sì, avrei dovuto avere la forza di tenermi lontano da voi, di lasciarvi... » Rapidamente come aveva girato la testa prima, tornò a voltarla verso di lei, le prese il mento con una mano, con tale forza da farle male, e la costrinse a guardarlo. « Lo sapete quanto sia difficile ciò che mi chiedete? No! Questo volto voi non lo avete mai visto, se non attraverso gli occhi di qualcun altro. Chi può pensare di darvi uno specchio per guardarvi? In qualche stagno, forse, se mai vi siete presa il disturbo di chinarvi a guardare. Come potreste sapere che cosa è capace di fare questo viso a un uomo già perduto? E vi stupite che io abbia voluto bere tutta la mia acqua in un solo sorso, quando l'avevo accanto a me? Oh, vorrei essere morto, invece di essere rimasto vicino a voi, turbando così la vostra pace! Che Dio mi perdoni! »

Melangell, che era di cinque anni più vicina di lui all'infanzia (mettendo in conto anche i due o più anni di vantaggio che una fanciulla ha sui suoi coetanei), fu affascinata, persino un po' impaurita, da quel fervore e indicibilmente commossa dall'angoscia che sentiva emanare da lui come un odore aspro e travolgente. Non solo le lunghe dita che le stringevano il mento, ma anche tutto il corpo di Matthew era scosso da brividi. Alzò una mano e la chiuse su quella di lui, sentendo svanire la propria infelicità di fronte a quel tormento tanto più grande e inesplicabile.

«Non oso parlare per Dio», disse la fanciulla con voce ferma, «ma qualunque cosa vi sia da perdonare da parte mia è già perdonata. Non è colpa vostra se vi amo. Voi non avete fatto altro che essere gentile con me, più di chiunque mi sia accaduto di conoscere da quando ho lasciato il Galles. E sapevo, amore mio, che avevate fatto un voto: me lo avevate detto voi stesso, allora, e se io avessi prestato maggiore attenzione alle vostre parole... Quello che non mi avete mai detto... Oh, ma non angustiatevi, anima mia, non angustiatevi così...»

Mentre se ne stavano così assorti, la luce del tramonto si era incupita, bruciando a poco a poco fino a trasformarsi in cenere splendente, e la prima, lieve ombra del crepuscolo sfiorò il loro viso, come la fugace ala di un rondone, per trasformarsi all'improvviso in una luce perlacea e radiosa. I grandi occhi di lei erano orlati di lacrime, quasi come quelli di lui. E quando egli si chinò, non vi fu modo di sapere chi fosse stato il primo a baciare.

La campanella di compieta echeggiò cristallina attraverso i giardini, in una serata così limpida, e strappò immediatamente fratello Cadfael dal suo sopore. In quel rifugio della sua maturità, non meno che durante la sua guerresca giovinezza, era avvezzo a destarsi vigile e attento anche dal sonno più profondo, ricavando il meglio dei mondi gemelli del giorno e della notte. Si alzò e uscì nella prima, accesa immagine della sera, richiudendosi la porta alle spalle.

Bastavano pochi momenti per raggiungere la chiesa, attraverso l'erbario e il roseto, e Cadfael s'incamminò di buon passo, felice per la bellezza della sera e per la promessa del domani, e non seppe nemmeno lui perché si fosse girato a guardare verso occidente, se non forse perché da quella parte l'immensa distesa del cielo appariva così delicata, pura e commovente come il rossore di una giovinetta. Vide così le due ombre, strette l'una all'altra, nettamente stagliate contro il rossore del cielo sull'orlo del pendio che scendeva verso il torrente. Matthew e Melangell, inconfondibili, l'uno fra le braccia dell'altra, uniti in un bacio che durò per tutto il tempo impiegato dal monaco per arrivare, oltrepassarli e scivolare via verso le sue ben diverse devozioni, ma con quell'immagine indelebilmente stampata negli occhi, anche mentre pregava.

CAPITOLO VII

Il messaggero dell'inviato del legato papale (o sarebbe stato più giusto dire dell'imperatrice?) giunse in città la sera di quello stesso giorno, il ventuno giugno. Al corpo di guardia del castello lo indirizzarono al cortile dove Hugh Beringar stava preparando una mezza dozzina di uomini che dovevano scendere al ponte e prendere parte, una parte del tutto imprevista, ai piani di Simeon Poer e soci. Questi ultimi sarebbero stati quasi certamente armati, trovandosi tanto lontani da casa e in territorio fino a quel momento inesplorato. Quella visita fu per Hugh una grossa seccatura, ma era troppo consapevole dei pericoli che minacciavano da ogni parte il partito del re per congedare senza cerimonie il messaggero. Qualunque fosse l'ambasciata, doveva conoscerla e fare i debiti preparativi al riguardo.

« Mio signore lo sceriffo, la Signora dell'Inghilterra e monsignore il vescovo di Winchester vi pregano di ricevere benevolmente il loro inviato, che viene a voi con offerte di pace e di ordine in loro nome e in loro nome chiede il vostro aiuto per risolvere i mali del reame. Io sono qui per annunciarvi il suo arrivo. »

Sicché l'imperatrice aveva assunto il titolo tradizionale della regina non ancora incoronata! La situazione cominciava a sembrare irrevocabile.

« L'inviato di monsignore il vescovo sarà il benvenuto », disse Hugh. « Sarà ricevuto con tutti gli onori nella nostra città e io porgerò un orecchio attento a tutto ciò che avrà da dirmi. Purtroppo, però, in questo momento debbo sbrigare qualcosa che non può attendere. Di quanto precedete il vostro signore? »

« Di un paio d'ore, direi. »

« Bene, allora avrò il tempo per risolvere il mio piccolo problema e provvedere ai preparativi necessari per riceverlo. Con quante persone al seguito arriverà? »

« Soltanto due uomini d'arme, mio signore, e me. »

« Allora vi affiderò al vicesceriffo che provvederà a far preparare gli alloggi per voi e i vostri uomini qui al castello, mentre il vostro signore sarà ospite in casa mia, dove sarà il benvenuto. Vogliate scusarmi ora se vi lascio così, senza cerimonie, ma il mio impegno va sbrigato di sera e non può aspettare. Farò ammenda più tardi. »

Il messaggero fu ben contento di vedere il suo cavallo strigliato e ricoverato nella scuderia e di essere poi accompagnato dal vicesceriffo, Alan Herbard, in un comodo alloggio dove poté sfilarsi stivali e casacca di cuoio, mettersi a proprio agio e godersi con calma la carne e il vino che gli vennero serviti. Il giovane vicesceriffo sapeva essere un anfitrione perfetto. Non occupava da molto tempo quel posto e svolgeva ogni incarico che gli veniva affidato con lo zelo del novellino. Hugh li lasciò e scese in città con i suoi sei uomini.

A quell'ora, dopo compieta, non c'era né luce né buio. Quando raggiunsero la High Cross e svoltarono giù per la ripida curva del Wyle, i loro occhi si erano ormai abituati a quella vaga luce crepuscolare. D'altra parte, col buio completo la loro selvaggina avrebbe potuto avere maggiori probabilità di eclissarsi non vista, mentre di giorno sarebbe stato troppo agevole farsi avvistare anche da lontano. Se non erano sciocchi, quegli imbroglioni avrebbero certo messo una sentinella nel posto adatto per dare un tempestivo allarme. Ai piedi della curva, in prossimità delle mura e della porta inglese, scaturì dall'ombra un ragazzino tutt'occhi, con le gambe magre e i capelli ispidi, che tirò Hugh per una manica. Era il figlio di Wat, un monello del Foregate che scoppiava d'orgoglio per l'importanza della missione che gli era stata affidata e la propria bravura nel portarla a termine. Aveva scovato la selvaggina e non vedeva l'ora di trasmettere l'informazione.

« Mio signore, si sono incontrati... Tutti i quattro dell'abbazia e una dozzina o più di nostrani, per la maggior parte della città. » Una sfumatura di disprezzo sottintendeva che erano molto più svegli nel sobborgo. «Ma sarà meglio che smontiate e andiate a piedi. Uomini a cavallo, a quest'ora... Se la darebbero a gambe non appena posaste uno zoccolo sul ponte. I rumori arrivano lontano, di notte.»

Molto sensato, se il punto di ritrovo era nei dintorni. «Dove sono ora?» domandò Hugh balzando di sella.

«Sotto l'ultima arcata del ponte, mio signore... perfettamente all'asciutto e ben riparati.» Senza dubbio, con l'acqua bassa dell'estate. Soltanto quand'era in piena, il fiume impediva il passaggio sotto quell'arcata: ora la riva doveva essere un gradevole nido di erba secca.

«Hanno un lume, allora?»

«Una lanterna cieca. Non si vede un filo di luce da qualunque parte si guardi, a meno che non si scenda fino all'acqua. È illuminata soltanto la grossa pietra piatta dove gettano i dadi.»

Facile spegnerla al primo allarme, dunque, e sparpagliarsi in ogni direzione come passeri spaventati. Primi fra tutti e più veloci i tosatori. Un certo numero dei tosati sarebbe anche potuto cadere nella rete, ma la loro colpa sarebbe stata soltanto quella della stupidità, non del furto o dell'imbroglio.

«Lasciamo qui i cavalli» disse Hugh, decidendo quale via seguire. «Lo avete sentito. Sono sotto il ponte. Debbono avere seguito il sentiero che porta al Gaye, lungo la riva. Dall'altra parte dell'arcata ci sono troppi cespugli. Allora: tre uomini per parte, io andrò coi tre a ponente. Lasciate perdere i nostri giovani sempliciotti, se riuscite a distinguerli, ma i forestieri teneteli ben stretti.»

Così scaglionati diedero inizio alla battuta. Attraversarono il ponte uno o due per volta, sopra le acque del Severn, tremolanti di luce riflessa e qui e là chiazzate di bassifondi erbosi, e si disposero sui due lati, scaglionati tra la frangia di cespugli lungo la sponda. Frattanto anche l'ultimo riverbero del tramonto si era spento all'orizzonte e la notte avanzava come una mano di velluto. Hugh procedette guardingo finché non scorse un fievole raggio di luce sotto l'arcata di pietra. Erano là. Se avesse immaginato che potessero essere in tanti si sarebbe portato un maggior numero di uomini. Del resto lui non mirava ai bricconi di Shrewsbury. Che se la svignassero pure e se ne tornassero a casa loro, nel loro letto, a riflettere sui loro sogni di mungere vacche grasse, risultate poi più secche della sabbia. Ci avrebbe pensato il borgomastro, agli idioti locali. Lui voleva quegli altri.

Aspettò che il cielo fosse ancora un po' più scuro prima di mettersi in azione. La notte si fece più fonda, avvolgendo ogni cosa nelle sue morbide ali, sotto il cielo senza luna. Allora Hugh lanciò un fischio e gli uomini avanzarono sui due lati.

Fu il fruscio dei folti cespugli lungo la riva, nella notte senza vento, a tradirli anzitempo. Chi stava a montare la guardia là sotto aveva l'udito fino. Un fischio breve e acuto, e la lanterna si spense immediatamente, nel buio fitto sotto l'arcata. Hugh e i suoi uomini si lanciarono avanti, barattando la cautela con la rapidità. Ombre nere si separarono, si scontrarono, si diedero alla fuga, senz'altro rumore che quello dei respiri affannati dalla paura. Gli uomini di Hugh avanzarono fra i cespugli, bloccando il passaggio sotto l'arcata, e i malandrini rimasti imprigionati sotto il ponte fuggirono chi a destra e chi a sinistra, non osando risalire il pendio per non trovarsi fra le braccia che erano ad aspettarli, ma gettandosi a guado attraverso i bassifondi e dibattendosi in acque più profonde. Alcuni se la filarono verso la riva opposta: giovani del posto che conoscevano bene il fiume e sapevano nuotare come i suoi pesci fin quasi dalla nascita. Che se ne andassero pure, erano nati e cresciuti a Shrewsbury e se avevano perduto denaro, tanto peggio per loro. Ma che se ne tornassero pure nel loro letto, a pentirsi in pace. Se le loro mogli glielo avessero consentito.

Eppure, sotto l'arcata del ponte, c'erano anche quelli che non avevano l'acqua del Severn nelle vene ed erano meno disposti a bagnarsi più dei piedi anche nell'acqua bassa. E furono questi uomini che, a un tratto, ebbero un'arma fra le mani e presero ad aprirsi una via di scampo menando fendenti a destra e a sinistra, squarciando e pugnalando senza scrupoli. Non durò a lungo. Nell'oscurità che sembrava scossa da un terremoto, in ordine sparso tra l'erba pesticciata della riva, i sei uomini di Hugh agguantarono e tennero stretti tutti quelli su cui riuscirono a mettere le mani, tergendosi il sangue da graffi e ferite, mentre i tonfi e gli schianti fra i cespugli, sempre più lontani, sottolineavano la fuga di coloro che l'avevano scampata. Sotto il ponte, invisibili nel buio, erano rimasti la lanterna abbandonata e i dadi sparpagliati – grave perdita per i truffatori, che avrebbero dovuto approntarne una nuova serie – in attesa di venire recuperati.

Hugh scosse via alcune gocce di sangue da un braccio graffiato e si arrampicò fra l'erba verso il sentiero che portava dal Gaye alla strada maestra e al ponte. Davanti a lui un'ombra si diede alla fuga, imprecando, e Hugh lanciò un avvertimento. «Fermatelo! È ricercato dalla legge!» Città e borgo si stavano probabilmente preparando per andare a letto, ma c'era pur sempre in giro qualche errabondo ritardatario, ligio alle leggi o no, che avrebbe accolto con gioia quell'invito alla giustizia, o all'inganno, a seconda della parte verso la quale pencolava la sua mente.

Sopra a lui, nella dolce notte primaverile, ormai rotta soltanto da un lungo nastro arancione a occidente, risuonò in risposta al suo un grido di lieto stupore, subito seguìto dal confuso rumore di una lotta. Hugh raggiunse in un balzo la strada maestra e, fermi a poca distanza dal ponte, vide tre uomini a cavallo, uno dei quali, un po' piegato sulla sella, stringeva con una mano il colletto di un uomo che si appoggiava ansimando contro la sua cavalcatura, troppo esausto per fare altro.

«Credo che sia il vostro uomo, signore», disse il cavaliere vedendo Hugh che si avvicinava. «Ricercato dalla legge, mi pare che abbiate detto? Siete voi la legge, da queste parti?»

Una bella voce, squillante, non avvezza a moderare il tono. L'oscurità non consentiva di vedere il viso del cavaliere, ma il suo corpo si stagliava netto sulla sella, agile e snello, indubbiamente giovane. Aprì la mano che teneva stretto il prigioniero, come per consegnarlo a chi aveva maggior diritto su di lui, e l'uomo non tentò nemmeno di fuggire. Si piantò invece sui piedi divaricati, in atteggiamento quasi di sfida, sogguardando dubbiosamente Hugh.

«Vi sono debitore di un pesciolino, a quanto pare», disse questi al cavaliere, sorridendo perché aveva riconosciuto la sua preda. «Ma temo di aver lasciato i salmoni liberi di risalire a loro piacere il fiume. Davamo la caccia a una banda di furfanti imbroglioni venuti qui in cerca di bottino, ma questo giovane gentiluomo che avete acciuffato è soltanto uno dei gonzi, il nostro bravo orafo. Mastro Daniel, credo che vi sia più oro o argento da perdere che non da guadagnare in compagnia della gente con la quale vi trovavate.»

«Non è un delitto tentare qualche colpo ai dadi», borbottò il giovane, strascicando imbronciato i piedi nella polvere della strada. «La sorte sarebbe girata...»

«Non con quei dadi. Ma avete ragione, non è un delitto sprecare una sera e tornarsene a casa con le tasche vuote. Non posso accusarvi di niente, a patto che ora torniate indietro e andiate a consegnarvi con gli altri al mio sergente. Comportatevi bene e per mezzanotte sarete a casa.»

Mastro Daniel Aurifaber prese congedo ringraziando e si avviò mogio verso il ponte, per andare ad aggiungersi agli altri prigionieri. Uno scalpitio di zoccoli sul ponte segnalò che qualcuno era corso a prendere i cavalli, con l'intenzione di dare il via a una caccia verso occidente, cioè nella direzione presa dagli uccelli da preda. Ma sarebbe bastato meno di un miglio perché essi fossero al sicuro nei boschi e ci sarebbero voluti i segugi per tirarli fuori. Difficile che si potesse metterli alle strette di notte. Soltanto la mattina seguente, forse, si sarebbe potuto tentare qualcosa.

«Questo non è certo il benvenuto che potevate aspettarvi», riprese Hugh alzando gli occhi a scrutare il viso in ombra del cavaliere. «Perché voi, penso, siete l'inviato dell'imperatrice Maud e del vescovo di Winchester. Il vostro messaggero è arrivato poco più di un'ora fa e non vi aspettavo così presto. Avevo pensato di poter liberarmi di questo impegno, prima del vostro arrivo. Sono Hugh Beringar, sceriffo di questa contea per conto del re Stefano. I vostri uomini sono alloggiati al castello e voi, signore, sarete ospite in casa mia, se vorrete concedermi questo onore.»

«Siete molto cortese e io sarò ben lieto di accettare. Ma non sarebbe meglio che prima sistemaste le cose con quei vostri concittadini e li lasciaste tornare alle loro case? I miei affari possono aspettare un altro poco.»

«Non è stata davvero una delle mie imprese più felici», riconobbe Hugh più tardi, parlandone con Cadfael. «Avevo sottovalutato sia la loro audacia sia la quantità di ferro ben temprato in loro possesso.»

Quella sera, mancarono quattro ospiti nel regno di fratello Denis: mastro Simeon Poer, mercante di Guildford; Walter Bagot, guantaio; John Shure, sarto e William Hales, maniscalco: quest'ultimo a quell'ora si trovava in una cella al castello di Shrewsbury, in compagnia di un venditore ambulante che aveva procurato loro qualche cliente in città. Gli altri, invece, erano ormai lontani, con nulla più che qualche graffio o ammaccatura, al sicuro nei boschi a occidente, estreme propaggini settentrionali della Long Forest, dove avrebbero trovato un giaciglio per quella tiepida notte di giugno e contato perdite e guadagni, questi ultimi piuttosto cospicui. Non potevano più tornare all'abbazia o in città, ormai, ma comunque il giochetto sarebbe potuto durare ancora una sera, tutt'al più. Tre sere erano già il massimo su cui si potesse fare affidamento, prima che qualche pollo spennato cominciasse a insospettirsi. E nemmeno potevano avventurarsi di nuovo al sud. Ma chi vive di espedienti deve essere sveglio e adattabile e c'è più di un modo per guadagnarsi disonestamente da vivere.

Quanto ai giovani spacconi e agli ingenui mercanti che avevano sognato una messe di facili guadagni, si ritrovarono tutti al corpo di guardia dove furono strigliati, ammoniti e rimandati a casa col muso lungo e le tasche vuote.

E lì sarebbe finito il lavoro di quella notte se la luce di una torcia alla porta non avesse fatto lampeggiare un anello alla mano destra di Daniel Aurifaber, un cerchietto d'argento con un sigillo ovale. Come lo vide, Hugh posò una mano sul braccio dell'orafo, trattenendolo.

«Quell'anello... fatemelo vedere più da vicino.»

Daniel se lo sfilò dal dito, perplesso, ma più per lo stupore, parve, che per un senso di colpa. Gli andava di stretta misura e superò le nocche con qualche difficoltà, tuttavia nessun segno sul dito indicava che Daniel lo portasse da tempo.

«Come avete avuto questo anello?» domandò Hugh, esponendolo alla luce tremolante per esaminare l'incisione.

«L'ho comprato onestamente», chiarì Daniel, sulla difensiva.

«Oh, non ne dubito. Ma da chi? Da uno di quei bari? Da quale?»

«Dal mercante... Simeon Poer, ha detto di chiamarsi. Me lo ha offerto e ho visto subito che è un ottimo lavoro. Gliel'ho pagato bene.»

«Lo avete pagato due volte, amico», osservò Hugh, «perché ora sembra molto probabile che abbiate a perdere anello, denaro e tutto. Non vi è passato per la mente che potesse essere stato rubato?»

Un breve, nervoso sbatter d'occhi dell'orafo lasciò intendere che quel pensiero gli era venuto, sì, anche se lo aveva scacciato subito. «No! Perché mai avrei dovuto pensare una cosa simile? Quel Poer sembrava un uomo solido, agiato, come diceva di essere...»

«Proprio stamattina», spiegò Hugh, «un anello come questo è stato rubato a un pellegrino, durante la messa all'abbazia, e dopo le accurate quanto inutili ricerche entro le sue mura, l'abate Radulfus ha informato del furto il borgomastro, per il caso che qualcuno cercasse di venderlo. Io ho avuto la descrizione di questo anello da lui stesso. Lo stemma e il motto sono quelli del vescovo di Winchester, che lo aveva donato a quel pellegrino come salvacondotto per il suo viaggio.»

«Ma io l'ho comprato in buona fede!» protestò Daniel sbigottito. «Ho pagato quello che il mercante mi ha chiesto: è mio, l'ho avuto onestamente.»

«Da un ladro. Siete stato sfortunato, amico, e questo forse vi insegnerà ad andare cauto, in avvenire, con improvvisati conoscenti che vi offrono anelli a un prezzo... non è così?... inferiore a quello che sapete essere il loro valore. Viaggiatori troppo pronti con i dadi non danno niente per niente, ma arraffano tutto quello che possono. Se vi hanno vuotato la borsa, state attento la prossima volta. Quest'anello deve essere consegnato all'abate, domattina. Penserà lui a restituirlo al suo proprietario.» Vide l'orafo trattenere il respiro, adirato per quello che considerava un torto, e scosse la testa, non senza una certa benevolenza. «Non c'è rimedio, Daniel. Mordetevi la lingua e andate a far pace con vostra moglie.»

Nel buio crescente, l'inviato dell'imperatrice salì il Wyle al fianco di Hugh, tenendo il proprio cavallo al passo con quello, un po' più piccolo, dello sceriffo. Cavallo e cavaliere stavano bene insieme: il primo un bell'animale alto e nervoso; il secondo giovane, snello, con gambe e braccia lunghe. A piedi, pensò Hugh guardandolo di sottecchi, mi sorpasserebbe di tutta la testa. Della mia stessa età, uno o due anni di più al massimo.

«Siete mai stato a Shrewsbury?»

«No, mai. Credo di essere stato in questa contea, una volta, ma non ne sono certo perché non so dove sia esattamente il confine. Ero vicino a Ludlow. Questa vostra abbazia, l'ho notata arrivando, è molto bella, grande. Benedettina, vero? »

« Sì. » Hugh si aspettava altre domande, ma l'altro non ne fece alcuna. « Avete forse qualche parente in quest'ordine? »

Anche nel buio, poté scorgere il sorriso assorto del suo compagno. « In un certo senso, sì. Penso che mi permetterebbe di chiamarlo così, anche se in realtà non v'è alcuna parentela. Un monaco che mi ha trattato come un figlio. Conservo un certo affetto per l'abito, per amor suo. Ho sentito che vi sono molti pellegrini, qui, in questo momento. C'è qualche festa particolare? »

« Sì, per la traslazione di santa Winifred, che è stata portata qui dal Galles quattro anni fa. Domani è l'anniversario del suo arrivo. » Hugh aveva soltanto ripetuto ciò che dicevano tutti, dimentico di quanto gli aveva confidato Cadfael a proposito di quell'arrivo, ma le sue stesse parole glielo riportarono bruscamente alla memoria. « Io non ero a Shrewsbury, allora », disse, in tono neutro. « Ho messo i miei possedimenti a disposizione di re Stefano soltanto l'anno seguente. Le mie terre sono a nord della contea. »

Erano arrivati al sommo della collina e svoltarono verso la chiesa di Saint Mary. Il portone della casa di Hugh era spalancato, con torce accese ai due lati, in attesa del loro arrivo. Aline aveva ricevuto a tempo debito il messaggio del consorte e li stava aspettando con le doverose cerimonie: la camera per l'ospite in perfetto ordine, la cena pronta per essere servita. Nel pieno rispetto dei doveri e dei privilegi dell'ospitalità.

Andò loro incontro alla porta, spalancandola in segno di benvenuto e, come furono nel salone, brillantemente illuminato dalle torce alle pareti e dalle candele sulla tavola, i due uomini si voltarono d'istinto a guardarsi per la prima volta in viso. E rimasero a fissarsi per un lungo momento, spalancando gli occhi. Quale dei due avesse riconosciuto per primo l'altro, sarebbe stato difficile dirlo. I ricordi si ridestarono quasi furtivamente, mentre Aline li osservava in silenzio, sorridendo incuriosita e volgendo lo sguardo dall'uno all'altro, in attesa di un gesto o di una parola che potessero illuminarla.

«Ma io vi conosco!» proruppe finalmente Hugh. «Ora che vi vedo, vi riconosco.»

«Sì, ricordo anch'io di avervi già incontrato», convenne l'ospite. «Sono stato in questa contea una sola volta, eppure...»

«Non potevo riconoscervi al buio perché avevo udito la vostra voce soltanto una volta, e per breve tempo. Voi probabilmente non ve lo rammentate, ma io sì. Sei parole in tutto. 'Adesso devi vedertela con un uomo!' Così avete detto. E il vostro nome... Conosco soltanto quello col quale vi eravate presentato allora: Robert, il figlio del guardaboschi che portò in salvo Yves Hugonin dalla fortezza di quei predoni lassù sul Titterstone Clee, riportandolo poi a casa insieme con sua sorella.»

«E voi siete l'ufficiale che pose l'assedio alla fortezza, offrendomi così la copertura di cui avevo bisogno», esclamò l'ospite, raggiante. «Perdonatemi se non vi ho rivelato chi ero, allora, ma ero là clandestinamente e sono così felice, ora, di avervi incontrato di nuovo in una situazione normale, quando non ho alcun bisogno di fuggire!»

«Né alcun bisogno di farvi chiamare Robert, figlio del guardaboschi», aggiunse Hugh sorridendo. «Il mio nome lo conoscete e questa casa è a vostra disposizione. Posso conoscere il vostro, ora?»

«Ad Antiochia, dove sono nato, il mio nome era Daoud. Ma mio padre era inglese, un crociato al seguito di Roberto di Normandia, e più tardi mi sono convertito al cristianesimo e ho preso il nome del prete che mi ha tenuto a battesimo. Olivier. Ora sono Olivier de Bretagne.»

Dopo cena, rimasero a lungo seduti insieme, godendo della reciproca compagnia, un anno e mezzo dopo quel primo, fugace incontro che aveva lasciato in loro una scia di ricordi e di interrogativi.

Il primo argomento, naturalmente, fu la missione di Olivier in quella contea.

« Il mio compito », spiegò, « è quello di invitare tutti gli sceriffi a riflettere se, a chiunque abbiano fatto atto d'omaggio, non convenga loro accettare la pace offerta dall'imperatrice Maud e giurare fedeltà a lei. Questo è anche il messaggio del vescovo e del concilio. Questo paese è già stato lacerato troppo a lungo tra due fazioni, soffrendo danni e perdite gravissimi. Ora non voglio biasimare la parte avversa alla mia, perché entrambe possono vantare validi diritti ed entrambe sono da biasimare per non aver saputo raggiungere un accordo che ponesse termine a tante sventure. A Lincoln la fortuna avrebbe anche potuto arridere alla parte avversa, ma non è stato così e l'Inghilterra si ritrova ora con un re prigioniero e una regina eletta, libera e in ascesa. Non sarebbe ora di fermarsi? Per amore dell'ordine e della pace, per un sano ordinamento del regno e per la costituzione di un governo capace di eliminare ingiustizie e dispotismi nati – lo sapete come lo so io – al di fuori di ogni legge. Un governo forte è senza dubbio da preferire alla mancanza di un governo. Per amore dell'ordine e della giustizia, non vorreste accettare l'imperatrice e continuare a reggere questa contea in suo nome? Ella è già a Westminster, ormai, e i preparativi per la sua incoronazione sono già avviati, eppure le prospettive di successo sarebbero molto migliori se tutti gli sceriffi si schierassero dalla sua parte. »

« Mi state chiedendo di ritrattare la fedeltà che ho giurato a re Stefano? »

« Sì », ammise onestamente Olivier. « Per motivi molto gravi. Non sarebbe un tradimento. Non si tratterebbe di amare, ma soltanto di non odiare. Vedetelo come un modo di restare fedele alla gente della vostra contea, a questa terra. »

« Questo posso farlo altrettanto bene o anche meglio restando dalla parte da dove ho cominciato», ribatté Hugh sorridendo. «Ed è quello che sto facendo, quanto meglio mi è possibile. Ed è quello che continuerò a fare, fino all'ultimo respiro. Sono un uomo di re Stefano e non lo abbandonerò.»

«Oh, bene!» disse Olivier, sorridendo e sospirando a un tempo. «Per essere sincero, ora che vi ho conosciuto, non mi aspettavo altro. Nemmeno io verrei meno al mio giuramento. Il mio signore è un uomo dell'imperatrice e io sono un uomo del mio signore: se le nostre posizioni fossero rovesciate, la mia risposta non sarebbe stata diversa dalla vostra. Eppure c'è del vero in quanto ho detto. Fino a che punto può sopportare un popolo? I vostri contadini, gli abitanti delle vostre città che hanno soltanto i loro scarsi mezzi di sussistenza di cui essere depredati accetterebbero ben volentieri tanto Stefano quanto Maud, soltanto per liberarsi di Maud o di Stefano. E io farò ciò che mi hanno incaricato di fare, quanto meglio potrò.»

«Niente da obiettare né per ciò che fate né per il modo in cui lo fate», dichiarò Hugh. «Dove andrete, dopo? Benché io speri che non ve ne andiate troppo presto. Vorrei conoscervi meglio, e abbiamo tante cose di cui parlare.»

«Da qui andrò a nord-est, a Stafford, Derby, Nottingham, poi tornerò percorrendo le regioni orientali. Con alcuni si raggiungerà un accordo, come è già stato fatto con qualche signore. Altri resteranno fedeli al loro re, come voi. Altri ancora faranno come hanno sempre fatto, girando da una parte all'altra come banderuole e chiedendo un prezzo a ogni giravolta. Non importa, cambiamo discorso, ora.»

Olivier si chinò sul tavolo, mettendo da parte il suo bicchiere di vino. «Avrei un altro compito da svolgere, personale, e sarei felice di poter restare con voi per qualche giorno, finché non avrò trovato ciò che cerco o mi sia accertato che non si trova qui. Mi avete dato un filo di speranza, quando avete parlato di quell'afflusso di pellegrini.

Un uomo che voglia nascondersi potrebbe sparire benissimo fra tanta gente, fra tante persone assolutamente sconosciute l'una all'altra. Ebbene, io sto cercando un giovane che si chiama Luc Meverel. Non ne avete sentito parlare, per caso? »

« Il nome non l'ho mai sentito », rispose Hugh, interessato e incuriosito. « Ma un uomo che voglia far perdere le proprie tracce probabilmente si cambierebbe anche il nome. Perché lo cercate? »

« Per conto di una signora. Forse quassù al nord, tanto lontano, non sapete tutto ciò che è accaduto a Winchester durante il concilio. È stata uccisa una persona che mi era molto vicina. Lo avete saputo? La regina consorte di re Stefano aveva mandato là il suo segretario con l'incarico di contestare l'autorità del legato pontificio, ma la stessa sera egli è stato aggredito per la strada per la sua audacia ed è riuscito a salvarsi a costo della vita di un'altra persona. »

« Sì, lo abbiamo saputo », assentì Hugh sempre più interessato. « Al concilio ha partecipato anche l'abate Radulfus che ci ha riferito ogni cosa. L'ucciso era un cavaliere, Rainald Bossard, accorso in aiuto dell'uomo aggredito. Un cavaliere al servizio di Laurence d'Angers, pare. »

« Che è anche il mio signore. »

« Questo lo avevamo capito da quanto avevate fatto per suo nipote a Bromfield. Ho pensato subito a voi, quando l'abate ha accennato a d'Angers, benché non conoscessi il vostro nome. Sicché, quel Bossard lo conoscevate bene. »

« Ero stato con lui per un anno in Palestina e poi durante il viaggio in Inghilterra. Un uomo tanto buono, un amico carissimo per me, ucciso così, per essere accorso in difesa di un onesto avversario. Io non ero con lui, quella notte. Se ci fossi stato, forse sarebbe ancora vivo. Ma aveva con sé soltanto uno o due dei suoi, e non armati. Gli aggressori del segretario erano cinque o sei, è stata una lotta impari, nell'oscurità. E l'assassino è riuscito a cavarsela, senza lasciare tracce. La moglie di Rainald... Juliana... io l'ho conosciuta soltanto quando siamo andati col nostro signore a Winchester: il maniero principale di Rainald è poco lontano da lì. E... » la voce di Olivier si fece più grave, « nutro la massima stima per lei. Era la compagna perfetta per il suo signore, nessuno potrebbe dire di più o di meglio sul suo conto. »

« C'è qualche erede, adulto o bambino? » domandò Hugh.

« No, non hanno avuto figli. Rainald aveva quasi cinquant'anni e lei non può averne molti di meno. Ma è bellissima », precisò Olivier in tono austero, come intendesse fare non un elogio bensì una semplice constatazione. « E adesso che è vedova, avrà da lottare per non essere costretta a sposarsi di nuovo. Lei non vuole più nessuno, dopo Rainald. Possiede ella pure terre e castelli e un anno fa, lei e il marito, pensando all'eredità, avevano deciso di prendere con sé questo Luc Meverel, lontano cugino di monna Juliana, che ha ventiquattro o venticinque anni, penso, e non possiede terre proprie. Intendevano nominarlo loro erede universale. »

Olivier rimase in silenzio per qualche minuto, col mento posato su una mano, lo sguardo perduto oltre le candele sgocciolanti. Hugh approfittò di quel silenzio per osservarlo attentamente. Un viso che meritava di essere studiato. Tratti netti, olivastro, di una fiera bellezza, con gli occhi dorati di un falco. Alla luce tremolante delle candele, i capelli nerissimi, aderenti al capo come ali ripiegate, mandavano riflessi bluastri. Daoud, nato ad Antiochia, figlio di un crociato inglese al seguito di Roberto di Normandia, scaraventato attraverso mezzo mondo per ritrovarsi al servizio di un barone angioino, diventando più normanno di un normanno... Il mondo, rifletté Hugh, non è poi tanto grande che un uomo avventuroso non possa scavalcarlo.

« Io sono stato tre volte in quella dimora », riprese Olivier, « eppure non mi è mai accaduto di vedere questo Luc Meverel. Di lui so soltanto ciò che ho udito dagli altri, comunque senza prendere tutto come oro colato. Nessuno, uomo o donna, mette in dubbio che fosse profondamente devoto a monna Juliana, ma quanto al genere di tanta devozione... Molti dicono che l'amasse fin troppo, non esattamente di un amore filiale, mentre altri sostengono che fosse altrettanto leale nei confronti di Rainald, ma queste voci si vanno affievolendo. Luc era con lui la sera in cui fu ucciso. E due giorni dopo è scomparso e non se ne è più saputo niente. »

« Comincio a capire », mormorò Hugh, cauto. « Qualcuno si è spinto tanto oltre da insinuare che abbia ucciso il suo signore per ottenere la sua signora? »

« Si è cominciato a dirlo dopo la sua fuga. Dove e come sia nata questa voce non si sa, ma ora sta diventando un urlo. »

« In tal caso perché mai sarebbe fuggito lontano dal premio per il quale aveva giocato? Se non fosse fuggito, quelle voci non sarebbero neppure nate. »

« Oh, credo di sì, anche se fosse rimasto. Erano in tanti a invidiare la sua fortuna, e sarebbero ricorsi a qualsiasi mezzo per screditarlo. Hanno trovato due buoni motivi per la sua fuga. Senso di colpa e rimorso quand'era ormai troppo tardi per tutti, oppure paura... La paura che qualcuno avesse avuto sentore della sua azione e intendesse scoprire la verità a ogni costo. Due motivi più che sufficienti per darsi alla fuga. Quello per cui si uccide può sembrare ancora più irraggiungibile dopo che si è ucciso », fece notare Olivier con amaro intuito.

« Ma la signora che cosa dice? La sua opinione è senza dubbio la più importante di cui tener conto. »

« Lei sostiene che sono tutte vili calunnie. Ha sempre avuto, ha tuttora grande stima del suo giovane cugino, gli vuole bene, ma non in quel senso, né potrebbe mai credere che gliene volesse lui a quel modo. Dice che Luc sarebbe morto per il suo signore e che è stata proprio la sua morte che lo ha spinto alla fuga, sconvolto dal dolore, forse avvilito e tormentato. Perché Luc era là, quella sera, e ha visto morire il suo signore. Monna Juliana è sicura di lui. Vuole riaverlo con sé. Lo considera un figlio e ora più che mai ha bisogno di lui.»

«Per lei dunque lo state cercando. Ma perché qui al nord? Potrebbe essere andato a sud, a est, essersi imbarcato su una nave in qualche porto del Kent. Perché a nord?»

«Perché abbiamo avuto qualche vaga notizia di lui, dopo la sua scomparsa. Pare che qualcuno lo abbia visto diretto al nord, lungo la strada di Newbury. Io sono venuto per la stessa via, passando per Abingdon e Oxford, chiedendo di lui dappertutto, un uomo giovane che viaggia solo. Ma io lo cerco sotto il nome che conosco, naturalmente, mentre, come avete osservato voi, potrebbe farsi chiamare chissà come!»

«E non sapete neppure quale sia il suo aspetto... nient'altro che la sua età? State dando la caccia a uno spettro!»

«Ciò che si è perso può sempre essere ritrovato, è soltanto questione di pazienza.» Il viso da falco di Olivier, appuntito e appassionato, non induceva certo a pensare alla pazienza, ma l'atteggiamento caparbio delle sue labbra suggeriva in compenso un'irriducibile fermezza.

«Bene», riprese Hugh, «domani se non altro potremo scendere ad assistere alla traslazione di santa Winifred al suo altare, e fratello Denis potrà controllare sul registro dei suoi pellegrini se c'è qualcuno dell'età e del tipo giusti, che viaggi solo o no. Quanto ai forestieri qui in città, penso che messer Corviser, il borgomastro, possa essere in grado di individuarne la maggior parte. Ci si conosce tutti, qui a Shrewsbury. Ma il rifugio più probabile è l'abbazia, se il vostro Luc è davvero qui.» Rifletté per qualche momento, mordicchiandosi un labbro. «Domattina dovrò mandare subito l'anello all'abate e informarlo di quanto è accaduto ai suoi ospiti scomparsi ma, prima di scendere per la festa, dovrò mandare un manipolo di uomini a perlustrare il bosco alla ricerca della mia selvaggina. Se hanno già varcato il confine, tanto peggio per il Galles, io non

potrò fare altro, ma dubito che intendano restare alla macchia più a lungo dello stretto necessario. Non potranno andare molto lontano. Che ne direste se vi lasciassi col borgomastro, in modo che possiate strizzargli il cervello riguardo al vostro fuggiasco, mentre io vado a dare la caccia ai miei? Poi scenderemo insieme per assistere alla processione e parlare con fratello Denis del suo elenco degli ospiti.»

«Per me andrebbe benissimo», ribatté Olivier, soddisfatto. «Gradirei anche porgere i miei omaggi al padre abate che ricordo di avere visto a Winchester, benché lui non mi abbia notato. E c'è anche un altro fratello, all'abbazia», aggiunse, abbassando sugli occhi dorati le ciglia nere tanto lunghe da sfiorargli gli zigomi, «quello che era con voi a Bromfield e su al Clee, quella volta... Dovete conoscerlo bene, voi. È ancora qui?»

«Certo. A quest'ora se ne sarà tornato a letto dopo le laudi. E sarà meglio che noi facciamo altrettanto, domattina avremo parecchie cose da sbrigare.»

«Ha avuto molta cura dei nipoti del mio signore», mormorò Olivier assorto. «Lo rivedrei molto volentieri.»

Non era necessario chiedere il nome, pensò Hugh, guardandolo con un sorriso pensoso. Del resto, chissà se lo conosceva! Non aveva fatto alcun nome quando aveva parlato del monaco che non era suo parente, eppure lo aveva trattato come un figlio, un monaco grazie al quale aveva imparato a nutrire un profondo rispetto per l'abito benedettino.

«Lo rivedrete di certo!» esclamò alzandosi, con profonda soddisfazione, per accompagnare l'ospite nella camera preparata per lui.

CAPITOLO VIII

Il giorno della festa, l'abate Radulfus si alzò con largo anticipo sulla Prima, e altrettanto fecero i confratelli, che avevano tutti compiti molto importanti nei preparativi per la processione. Quando giunse il messaggero di Hugh Beringar, l'alba era appena sorta, fresca e rugiadosa, illuminando i tetti ma lasciando la corte principale ancora immersa in un'ombra violetta, mentre nei giardini alberi e cespugli proiettavano lunghi fasci scuri che rigavano le aiuole fiorite come pennellate gigantesche su un fondo dorato.

L'abate ricevette l'anello con stupefatto compiacimento, felice di veder sparire l'unica macchia che avrebbe potuto offuscare lo splendore di quella giornata. « E quei malfattori erano ospiti nella nostra casa, avete detto? Meno male che ce ne siamo liberati... Tuttavia, se, come dite, sono armati e si sono rifugiati nei boschi vicini, bisognerà informarne i pellegrini, quando se ne andranno. »

« Il mio signore Beringar ha già provveduto a mandare una compagnia a perlustrare i margini della foresta », spiegò il messaggero. « Sarebbe stato inutile cercare di seguire le loro tracce durante la notte, ma con la luce del giorno si può sperare di scovarli. Se riusciremo a prenderli, si potrà saperne di più sul loro conto – chi sono veramente, da dove vengono, se hanno da rispondere di qualcosa altrove –; comunque almeno non potranno guastare la vostra festa. »

« E per questo ringrazio il Cielo. Come farà certo quel Ciaran per avere ritrovato il proprio anello. » L'abate gettò un'occhiata al breviario che era sul suo scrittoio, corrugando la fronte al pensiero dell'onere di tutte le cerimonie che lo aspettavano nelle prossime ore, prima di aggiungere: « Non vedremo lo sceriffo qui a messa, stamattina? »

« Certo, padre, verrà senza alcun dubbio. E porterà con sé anche un ospite. Ha dovuto provvedere a mettere in moto la caccia a quei banditi, prima, ma per la messa sarà qui. »

«Con un ospite?»

«La notte scorsa è giunto in città un inviato della corte dell'imperatrice, padre. Un uomo della casa di Laurence d'Angers, Olivier de Bretagne.»

Il nome che non aveva detto niente a Hugh non disse molto di più a Radulfus, che tuttavia fece un cenno di assenso come se lo ricordasse. «Allora dite a Hugh Beringar che lo prego di trattenersi qui dopo la messa insieme col suo ospite e di voler pranzare con me. Sarò felice di conoscere messer de Bretagne e udire le notizie che porta.»

«Lo farò senz'altro, padre.» E il messaggero si congedò con un profondo inchino.

Rimasto solo nel parlatorio, l'abate Radulfus rimase per un momento a osservare soprappensiero l'anello. La mano protettrice del legato pontificio sarebbe stata certo una potente difesa per il viaggiatore che aveva ricevuto tale segnalato favore, ovunque esistesse ordine o rispetto per le leggi, in Inghilterra come nel Galles. Solo chi fosse già fuori della legalità, chi già rischiasse la prigionia o la morte in caso di cattura, avrebbe osato sfidare tale sacra egida. Tuttavia, rifletté l'abate, prima che i suoi ospiti si rimettessero in viaggio, concluse le feste, non doveva dimenticare di avvertirli che nei boschi a ovest della città potevano forse annidarsi malfattori armati e provetti nell'uso delle proprie armi. Sarebbe stato meglio per i pellegrini partire in gruppi abbastanza numerosi: avrebbero così scoraggiato possibili aggressioni.

Frattanto era consolante poter restituire ad almeno uno di loro il suo particolare scudo.

L'abate scosse il campanello che teneva sullo scrittoio e fratello Vitalis entrò a rispondere alla chiamata.

«Fratello, volete cercare alla foresteria quel Ciaran e pregarlo di venire da me?»

Anche fratello Cadfael si era alzato prestissimo ed era andato subito al suo laboratorio a ravvivare il braciere per il caso che, più tardi, fosse necessario preparare d'urgenza una tisana per qualche anima troppo entusiasta trasportata in un rapimento emotivo o compresse calde per qualche corpo troppo debole rimasto ammaccato tra la folla. Sapeva per esperienza che cosa poteva accadere a un'anima semplice in preda a un rapimento tutt'altro che semplice.

Inoltre, aveva alcune cosette da sistemare e fu contento di poter provvedervi da solo. Fratello Oswin, il suo giovane aiutante, aveva diritto a godersi tutto il sonno possibile finché non lo destasse il suono della campana. Quanto prima, ormai, sarebbe stato promosso a infermiere all'ospedale di Saint Giles, dove santa Winifred riposava nel suo reliquiario e dove i poveri derelitti cui era proibito l'accesso in città perché affetti da malattie congenite potevano trovare rifugio, cure e riposo finché ne avessero avuto bisogno. Fratello Mark, il discepolo tanto caro e rimpianto, se n'era andato da tempo, era già stato ordinato diacono ed era ormai vicino alla sua meta agognata, il sacerdozio. Se mai si fosse guardato alle spalle, non avrebbe trovato altro che incoraggiamento e affetto, il giusto frutto del seme che lui stesso aveva gettato. Oswin forse non lo avrebbe mai uguagliato, ma era un bravo figliolo e avrebbe fatto tutto il possibile per gli infelici che si fossero affidati alle sue cure.

Cadfael scese fino alla riva del torrente Meole, limite occidentale dell'abbazia, dove il campo dei piselli declinava fino al margine dell'acqua. I primi raggi del sole cominciavano appena a colpire i tetti più alti del monastero e a penetrare fra i boschetti sparsi lungo la sponda opposta del torrente, le acque del quale rifornivano più avanti la peschiera, il vivaio e la gora del mulino, tornando poi di nuovo al torrente prima che esso si gettasse nel Severn. In quella stagione l'acqua era bassa, e lasciava allo scoperto un minuscolo arcipelago di isolette dove la sabbia si mescolava alle erbacce. Dopo questo periodo di bel tempo, pensò Cadfael, avremo bisogno di molta pioggia. Ma che aspetti ancora un paio di giorni!

Cadfael risalì il pendio. In una parte del campo i piselli erano già stati colti; nella parte restante la messe sarebbe stata pronta dopo i festeggiamenti. Ancora un paio di giorni e tutto il trambusto sarebbe finito, gli orari della casa e il ciclo delle stagioni avrebbero ripreso il loro ritmo imperturbabile, in mezzo all'inesorabile variabilità delle sorti umane. Cadfael svoltò nel sentiero che portava al suo laboratorio, ed ecco là Melangell, esitante davanti alla porta chiusa.

Udendo scricchiolare la ghiaia, la fanciulla si girò di scatto, col viso animato dalla speranza. La luce perlacea del mattino addolciva la ruvidità del suo abito di lino e colorava di tenui ombre lilla le curve infantili del suo volto. Aveva messo molta cura nel prepararsi degnamente per la solennità di quel giorno. Il vestito era immacolato, senza una piega fuori posto; i capelli d'oro scuro, splendenti di riflessi cuprei, erano acconciati in trecce avvolte come una corona luminosa intorno al capo, tanto tirate alle tempie da tendere le sopracciglia in una linea obliqua e rendere oblunghi e misteriosi gli occhi dalle lunghe ciglia scure. La radiosità che emanava dalla fanciulla non era tuttavia dovuta alle carezze del sole, bensì irraggiava dal suo interno. L'azzurro dei suoi occhi era intenso e splendente come quello dei fiori di genziana che Cadfael aveva visto tanti anni addietro sulle montagne della Francia meridionale, nel corso del suo viaggio verso oriente. L'avorio e il rosa delle sue guance rilucevano. Melangell era all'apice della speranza, della felicità e dell'attesa.

Fece una graziosissima riverenza al monaco, arrossendo e sorridendo, e gli tese la piccola fiala con lo sciroppo di papavero che egli aveva dato a Rhun tre giorni avanti. Ancora intatta!

« Se non vi dispiace, vi ho riportato questa, fratello Cadfael. Rhun dice che può servire a qualcun altro che ne abbia maggior bisogno, qualcuno più sofferente di lui, che ha potuto resistere anche senza questa.»

Il monaco prese il flaconcino, chiuso con un tappo di legno e un sottilissimo foglio di cartapecora fermato da un filo incerato attorno al collo. Tutto intatto. Quel ragazzo era lì da tre notti, si era sottomesso docile e obbediente alle sue manipolazioni, ma quando aveva avuto a propria disposizione un mezzo per alleviare le proprie sofferenze, non se n'era servito, quasi intendesse serbare in cuor suo una sorta di integrità segreta, pagandone volontariamente il prezzo. Dio mi guardi dal mettermi di mezzo, pensò Cadfael. Soltanto un santo potrebbe bussare a quella porta.

«Non siete in collera con lui, vero?» domandò Melangell in ansia, ma sempre sorridente, incapace di credere che qualcosa potesse offuscare lo splendore di quel giorno, dopo che il suo amore l'aveva stretta fra le braccia e baciata. «Non ve ne avete a male perché non ha preso la vostra medicina? Non è stato perché dubitasse della sua efficacia. Me lo ha detto. Ha detto... Io non riesco a capirlo, quel ragazzo... Ha detto che era il momento di offrire qualcosa e lui aveva pronta la propria offerta.»

«Ma ha dormito?» domandò Cadfael. Avere fra le mani un mezzo per non soffrire, anche senza usarlo, poteva arrecare la pace. «Per carità, no davvero, come potrei essere in collera con lui? Ma *ha* dormito?»

«Ha detto di sì. E ci credo, perché è così fresco e riposato! Ho pregato tanto per lui.»

E lo aveva fatto con tutta la forza della sua nuova felicità, colma di una gioia che sentiva il bisogno di riversare su quanti le stavano accanto. Cadfael credeva fermamente nella possibilità di trasmettere la propria felicità per mezzo dell'affetto.

«Avete fatto bene a pregare. Rhun ne avrà tratto di certo un beneficio», disse. «Questa la terrò per qualche povera anima che ne abbia estremo bisogno, come ha detto lui. Avrà la virtù della sua fede a rafforzarla. Vi vedrò entrambi più tardi. »

Melangell se ne andò con passo leggero e scattante, il capo eretto come a voler inspirare lo spazio stesso e la luce del cielo. E Cadfael entrò ad accertarsi che tutto fosse pronto per le esigenze di una giornata lunga e faticosa.

Così Rhun era giunto all'ultima frontiera della fede, cadendo, o emergendo, o librandosi nella regione dove l'anima si rende conto che il dolore non ha importanza, che essere addentro nel segreto di Dio conta assai più del benessere, che è assai più di quanto la lingua possa dire. Abbracciare l'ineluttabilità del dolore equivale a comprenderlo, a riversarlo come una pioggia benedetta su altri che non hanno ancora compreso.

Chi sono io, pensò Cadfael nella solitudine del suo laboratorio, per osare chiedere un segno? Se può resistere lui, senza chiedere niente, non dovrei vergognarmi, io, di dubitare?

Melangell percorse quasi danzando il sentiero che si dipartiva dall'erbario. Alla sua destra, verso occidente, il cielo si librava nel riflesso di un tale splendore, pur attenuato, che lei non poté fare a meno di girarsi ad ammirarlo. Una controcorrente di luce fluiva lì da occidente, salendo dal Meole e riversandosi sul giardino. Più lontano, al lato opposto delle mura dell'abbazia, le due correnti si sarebbero incontrate e quella proveniente da ovest sarebbe impallidita, si sarebbe dissolta nello scontro, eppure lì la massa compatta della foresteria e della chiesa faceva da baluardo al sole nascente, lasciando il campo all'esitante, tenero riverbero della prima luce dell'alba.

Qualcuno stava avanzando con difficoltà lungo il sentiero all'altro capo del giardino, attento a dove posava i piedi ancora troppo sensibili. Solo. Senza l'immancabile ombra alle spalle. La magia del giorno avanti operava ancora. Ciaran. Ciaran senza Matthew. Già quello era un piccolo miracolo, l'avanguardia di una giornata fatta per i miracoli.

Melangell rimase a guardarlo mentre si avviava giù per il pendio, verso il torrente, e quando egli non fu più altro che una testa e due spalle nere contro la luce, si voltò bruscamente e lo seguì. Il sentiero in discesa costeggiava il campo dei piselli, lungo un filare di cespugli sopra lo stagno del mulino. Melangell si fermò a mezza strada, incerta se intromettersi nella solitudine di Ciaran, che intanto aveva raggiunto il margine dell'acqua e stava osservando quella che sembrava una sicura distesa verde, macchiata qui e là da isolette di sabbia e da qualche roccia che tre settimane di bel tempo avevano lasciato all'asciutto. Ciaran guardò a destra e a sinistra, poi avanzò di un passo nell'acqua bassa che gli copriva a malapena i piedi nudi e certo gli dava una sensazione di sollievo e di frescura. Però quant'era strano che fosse lì da solo! Mai, fino al giorno avanti, Melangell aveva visto uno dei due senza l'altro, eppure ora si erano separati.

Stava per allontanarsi senza rumore, per non disturbarlo, quando vide qualcosa che la trattenne. Ciaran ora aveva in mano un piccolo oggetto entro il quale stava infilando una cordicella, che poi annodò in modo da assicurarlo per bene. E quando lui lo lasciò libero per legare la cordicella a quella che reggeva la croce che portava al collo, il piccolo talismano brillò per un attimo, argenteo, prima che Ciaran se lo infilasse dentro la camicia, nascosto agli occhi di tutti, al sicuro contro il suo petto. Allora lei capì che cos'era e si lasciò sfuggire un breve sospiro, contenta per lui. Ciaran aveva dunque riavuto il suo anello, il salvacondotto che gli avrebbe consentito di raggiungere senza incidenti la fine del suo viaggio.

Ma Ciaran l'aveva udita e si girò di scatto, sorpreso e guardingo. Melangell rimase per un attimo sconcertata, poi, consapevole di essere stata scoperta, scese di corsa il pendio erboso. « Hanno ritrovato il vostro anello! » esclamò ansando, impaziente di rompere il silenzio fra loro due e dissipare il proprio disagio per avere avuto l'aria di spiarlo. « Sono così contenta per voi! Hanno preso il ladro, allora? »

« Melangell! In giro anche voi così di buon'ora? Sì, vedete, sono stato fortunato, dopo tutto. Il padre abate me lo ha ridato soltanto pochi minuti fa. Ma il ladro, no, non lo hanno preso, si è rifugiato nei boschi insieme con altri malfattori, a quanto pare. Ma io posso continuare il mio viaggio senza timori, ora. »

I suoi occhi scuri, distanziati sotto le folte sopracciglia, erano spalancati su di lei, sorridenti; Melangell tacque, turbata dall'improvvisa consapevolezza che, nonostante il suo male, Ciaran era un bel giovane che sarebbe dovuto essere nel pieno vigore delle proprie forze. E poi... Era soltanto la sua immaginazione oppure quel ragazzo era veramente un po' più diritto, un po' più alto di quanto le fosse sembrato, e il cupo ardore del suo viso si era davvero addolcito in un'espressione più serena e più umana, come se un raggio anticipato della radiosità spirituale di quel giorno lo avesse animato di una nuova speranza?

« Melangell », proruppe lui in un sommesso ma appassionato impeto di parole, « non potete immaginare quanto io sia felice di questo incontro. È stato Iddio a mandarvi. Desideravo da tanto tempo di poter parlare con voi da sola. Non dovete pensare che, perché io sono condannato, non sappia vedere che cosa accade a chi mi è caro. Ho qualcosa da chiedervi, ve ne prego con tutta l'anima. Non dite a Matthew che ho ritrovato il mio anello! »

« Non lo sa? » domandò Melangell, stupita.

« No, non c'era quando l'abate mi ha fatto chiamare. Non deve saperlo! Conservate il mio segreto, se lo amate... se avete un po' di compassione, almeno per me. Io non l'ho detto a nessuno e voi dovete fare altrettanto. Probabilmente nemmeno il padre abate ne parlerà con qualcuno, perché dovrebbe? Lascerà che, caso mai, sia io a parlarne. Dunque, se voi e io staremo zitti, nessuno ne saprà niente. »

Melangell era smarrita. Vedeva Ciaran attraverso un arcobaleno di lacrime che cominciavano a salirle agli occhi sull'onda della pietà per quel viso scarno ancora più incavato nell'ombra, per quegli occhi che splendevano come il cuore vivo e quieto di un fuoco che covava sotto la cenere.

«Ma perché? Perché non volete che lo sappia?»

«Per il suo bene e per il vostro... e, sì, anche per il mio. Credete che io non abbia capito già da tempo che vi ama? E che voi lo ricambiate in ugual misura? Ci sono soltanto io fra voi due! È doloroso dover riconoscerlo e vorrei che questa situazione cambiasse. Il mio unico desiderio è che voi due possiate essere felici assieme. Se lui mi vuole tanto bene, come potrei volergliene di meno, io? Lo conoscete, sapete che è pronto a sacrificare se stesso e voi e tutto quanto pur di portare a termine il compito che si è assunto e vedermi sano e salvo ad Aberdaron. Ma io non intendo accettare oltre il suo sacrificio, non lo farò! Perché dovreste essere infelici voi due, quando io non desidero altro che finire in pace la mia vita, sapendo che il mio amico è felice? Ora, mentre lui si sente certo che non oserò allontanarmi senza la protezione del mio anello, per amor di Dio, Melangell, lasciate che continui a crederlo. *Io me ne andrò*, benedicendovi entrambi.»

Lei rimase immobile, tremando come una foglia, scossa dal vento sommesso eppure veemente di quelle parole, malsicura persino del proprio cuore. «Allora che cosa debbo fare? Che cosa volete da me?»

«Tenete per voi il mio segreto e andate con Matthew a questa sacra processione. Oh, lui sarà felice di parteciparvi con voi. Non si stupirà che io non faccia altrettanto, rimanendo qui ad aspettare il ritorno della santa. E mentre voi sarete lontani, io me ne andrò via. I miei piedi sono quasi guariti, ormai, ho di nuovo il mio anello e raggiungerò il mio rifugio. Non dovete temere per me. Fate in modo che sia felice lui, il più a lungo possibile. E anche quando saprà della mia partenza, usate tutte le vostre arti, trattenetelo accanto a voi. È tutto ciò che vi chiedo.»

«Ma lo saprà subito!» osservò la fanciulla, attenta a prevedere ogni eventualità. «Glielo dirà lo stesso fratello portinaio, non appena lui vi cercherà e chiederà di voi in giro.»

«No, perché io me ne andrò da questa parte, attraversando il torrente e dirigendomi a ovest, verso il Galles. Non mi vedrà nessuno. L'acqua arriva a malapena alle caviglie, in questa stagione, lo vedete. Ho dei parenti nel Galles e queste prime miglia non saranno difficili. E qui, in mezzo a tanta confusione, anche se mi cercasse non si stupirebbe di non vedermi. Probabilmente comunque non penserà neppure a me per ore, se voi saprete fare la vostra parte. Abbiate cura di Matthew, io vi sciolgo entrambi da qualsiasi dovere nei miei confronti: potrò cavarmela da solo. E sarà tanto meglio anche per me, se saprò che Matthew avrà voi al suo fianco. Perché lo amate», concluse sommessamente Ciaran.

«Oh sì!» confessò Melangell con un lungo sospiro.

«Allora tenetelo stretto a voi e siate benedetti entrambi. Più tardi... molto più tardi, potrete dirgli che sono stato io a volerlo», aggiunse Ciaran con un fuggevole sorriso, suscitato in apparenza da un recondito pensiero che non desiderava condividere con lei.

«Davvero intendete fare questo per noi? Volete andarvene così, solo, per amor suo... Oh, siete tanto buono!» esclamò Melangell in tono appassionato, prendendogli una mano e premendosela per un attimo contro il cuore. Ciaran le stava donando il mondo intero, a costo di gravi sacrifici da parte sua, in uno slancio di affettuoso altruismo verso il suo amico, e con ogni probabilità lei non avrebbe più avuto altra occasione per ringraziarlo. «Non lo dimenticherò mai. Pregherò per voi ogni giorno della mia vita.»

«No», ribatté Ciaran con lo stesso lieve, misterioso sorriso sulle labbra, mentre lei lasciava libera la sua mano. «Dimenticatevi di me e aiutate lui a dimenticarmi. È il miglior dono che possiate farmi. Non parlate nemmeno più di me, vi prego. Andate a cercare Matthew, ora. Cercate di fare bene la vostra parte. Conto su di voi.»

Melangell indietreggiò di qualche passo, con gli occhi sempre fissi su di lui in una sorta di grata venerazione; poi chinò il capo e alzò le mani in uno strano, lieve cenno di riverenza, quindi girò sui tacchi e risalì obbediente il pendio erboso. Quando fu di nuovo sul sentiero fra i cespugli di rose, il suo passo era ormai divenuto una corsa gioiosa.

Si radunarono tutti nella corte principale – monaci, servitori laici, ospiti e abitanti di Shrewsbury – subito dopo la prima colazione. Di rado si era vista tanta gente, là, e fuori delle mura il Foregate echeggiava di voci allegre, mentre i membri delle corporazioni, il borgomastro e gli anziani si riunivano per accodarsi alla processione solenne che si sarebbe avviata verso Saint Giles. Metà dei confratelli del coro, guidati dal priore Robert, sarebbero andati in processione a prelevare il reliquiario, mentre l'abate e il resto dei confratelli sarebbero rimasti ad aspettare all'abbazia per accoglierli al loro ritorno con musica, ceri e fiori. Quanto ai fedeli della città e del sobborgo e ai pellegrini, sarebbero stati liberi di seguire il priore Robert, se erano sani e volonterosi, mentre chi non era in condizioni di farlo avrebbe potuto rimanere ad aspettare con l'abate, e dare un segno della propria devozione uscendo almeno per un breve tratto di strada ad accogliere la santa al suo ingresso nell'abbazia.

«A me piacerebbe tanto andare con loro fino a Saint Giles», disse Melangell, accesa in volto ed elettrizzata fra il chiacchierio della folla ammassata nella corte. «Non è tanto lontano, ma sempre troppo per Rhun... Lui non potrebbe stare al passo con gli altri.»

Il ragazzo era lì accanto a lei, taciturno, estremamente pallido e biondissimo, come se i suoi capelli color lino si fossero fatti persino più chiari per quell'incommensurabile esperienza. Si sosteneva sulle due grucce, tra la sorella e la zia, con gli occhi limpidi come il cristallo spalancati e fissi su un punto lontano, inconsapevole, pareva, della loro amorosa sollecitudine nel fargli da baluardo. Tuttavia ribatté, pacato: «Vorrei fare anch'io almeno un tratto di strada, finché non mi lasceranno indietro. Ma non è necessario che aspettiate me».

«Come se io potessi lasciarti!» esclamò Alice Weaver con una risatina incoraggiante. «Resterò con te e seguiremo il pellegrinaggio finché sarà possibile. Al buon Dio basterà. Ma tua sorella ha buone gambe, potrà andare fino a Saint Giles e recitare qualche preghiera per te all'andata e al ritorno. Non farà male a nessuno.»

Alice si chinò a sistemare il colletto della camicia e la casacca del nipote, preoccupata per il suo estremo pallore e timorosa che potesse sentirsi male per l'eccessiva eccitazione, anche se il viso del ragazzo era tranquillo e il suo spirito era sereno, benché distaccato, come perduto in una lontananza dove a lei non era dato seguirlo. Le sue dita, irruvidite dal lavoro, gli carezzarono i capelli ben spazzolati, scostandogli qualche filo dalla fronte spaziosa.

«Tu va', allora, bambina, corri», disse a Melangell, senza distogliere lo sguardo da Rhun. «Ma cerca qualcuno che conosciamo. Ci sarà di certo qualche canaglia, in mezzo a tanta gente, è inevitabile. Sta' vicina alla moglie del guantaio, o alla vedova del farmacista...»

«Ci sarà Matthew con loro», ribatté Melangell, arrossendo e sorridendo soltanto al pronunciare quel nome. «Me lo ha detto lui. L'ho incontrato uscendo dalla prima messa.»

Era vero soltanto a metà. In realtà era stata lei a confidargli che desiderava seguire la processione sino alla fine, pregando e intercedendo a ogni passo per l'anima delle persone che le erano più care al mondo. Non aveva fatto nomi, non era necessario. Matthew provava senza dubbio un'affettuosa tenerezza, di riflesso, per Rhun; tuttavia Melangell pensava anche a quei due giovani tormentati dei quali ora reggeva con timore le sorti fra le sue mani. Aveva persino osato dire a Matthew: «Ciaran non potrà farcela, poveretto, dovrà restare qui, come Rhun. Ma non possiamo offrire per loro la nostra partecipazione?»

Ciò non ostante, lui si era guardato alle spalle e aveva esitato un attimo prima di fissarla apertamente in viso e rispondere bruscamente: «Sì, andremo, voi e io. Sì, facciamo questo breve tratto di strada insieme, ne ho diritto, una volta tanto... Pregherò per Rhun a ogni passo».

«Corri a cercarlo, allora, bambina», l'esortò Alice, rassicurata. «Matthew avrà cura di te. Ma guarda, si stanno già mettendo in fila, non perdere altro tempo. Rhun e io ti aspetteremo qui.»

Melangell corse via, felice. Il priore Robert aveva radunato i suoi coristi, con fratello Anselm, il loro maestro, davanti a tutti, rivolti verso il portone, e la massa rumorosa ed eccitata dei pellegrini si andava disponendo dietro a loro, ondeggiando come la coda di un drago, una lunga, variopinta, mutevole colonna costellata di fiori, ceri accesi, offerte varie, croci e stendardi. Matthew, che aspettava Melangell, fu pronto a tenderle una mano e ad attirarla accanto a sé. «Avete il permesso? Vostra zia vi affida a me?»

«Non siete preoccupato per Ciaran?» non poté fare a meno di chiedere lei, apprensiva. «È meglio che resti qui, sarebbe troppo faticoso per lui.»

Davanti a loro il coro dei monaci attaccò il salmo della processione, mentre il priore Robert guidava la colonna verso il portone spalancato, seguito dai confratelli bene ordinati a due a due, dai notabili della città e infine dalla lunga schiera dei pellegrini che si riversò finalmente oltre il portone, svoltando a destra verso Saint Giles e unendosi al coro intonato dai confratelli, sempre che lo conoscessero o perlomeno fossero dotati di un certo orecchio per la musica.

Fratello Cadfael si unì al gruppo del priore Robert, con fratello Adam di Reading al fianco. Si avviarono su per l'ampia strada lungo le mura dell'abbazia, oltre il grande triangolo d'erba calpestata della fiera dei cavalli, poi passarono tra case sparse e pascoli scoloriti dal sole e campi, spingendosi quindi fino al limite del sobborgo, dove il campanile quadrato della chiesa dell'ospedale, il tetto dell'ospizio e la lunga graticciata del giardino si stagliavano scuri contro lo splendore del cielo a oriente, un poco più in alto della strada, sopra un leggero rialzo erboso. Lungo tutto il cammino la variopinta colonna andò allungandosi sempre più, via via che la gente del Foregate usciva dalle case, vestita dei suoi abiti migliori, e si accodava alla processione.

Nella piccola chiesa scura non v'era posto che per i confratelli e per i dignitari della città, cosicché tutti gli altri si ammassarono davanti alla porta, allungando il collo per scorgere qualcosa della funzione che si svolgeva all'interno. Muovendo quasi silenziosamente le labbra nel canto dei salmi e nelle preghiere, Cadfael osservava il gioco della luce delle candele sulla decorazione argentea della ricca bara di quercia, alta sopra l'altare come quando era stata portata da Gwytherin, quattro anni prima, e si chiedeva se il motivo che lo aveva spinto a far parte degli otto confratelli che l'avrebbero riportata all'abbazia fosse stato tanto puro e semplice come aveva pensato. Aveva forse sentito di avere qualche diritto sulla santa, come corresponsabile della sua venuta a Shrewsbury? O lo aveva considerato un umile gesto penitenziale? In fin dei conti, lui aveva passato i sessanta e, come ricordava fin troppo bene, la bara di quercia era molto pesante, con spigoli un po' troppo taglienti per una vecchia spalla scricchiolante, e la via del ritorno lunga quanto bastava per scombussolare ossa già un po' acciaccate. «Lei» poteva ancora trovare il modo di fargli capire se approvava la sua condotta passata oppure no, travolgendolo con un bell'attacco di dolori reumatici!

La funzione ebbe termine e gli otto confratelli prescelti, uguali come altezza e andatura, sollevarono il reliquiario e se lo sistemarono sulle spalle. Il priore chinò il capo altezzoso per uscire dal basso portale nella luce radiosa del mattino, la folla assembrata davanti alla chiesa si scostò per aprire un passaggio alla santa verso il suo trionfo e la processione si riformò, col priore Robert davanti con i confratelli, la bara con i suoi portatori, fiancheggiata da croci, ceri e stendardi e donne festanti che portavano ghirlande di fiori. Con passo misurato, musica e gioiosa solennità, santa Winifred – o quello che la rappresentava nel segreto sigillato della bara – fu riportata al suo altare nella chiesa dell'abbazia.

Strano, rifletté Cadfael tenendo accuratamente il passo con gli altri, sembra più leggera di quanto mi pareva di ricordare. È mai possibile? In soli quattro anni? Conosceva bene le curiose propensioni dei corpi, vivi o morti; una volta lo avevano portato in una serie di caverne nel deserto dov'erano vissuti e morti antichi cristiani: sapeva che cosa era in grado di fare l'aria secca sulla carne, conservando il guscio lieve e raggrinzito mentre il succo vitale si dissolveva in puro spirito. Qualsiasi cosa vi fosse dentro quel reliquiario, esso viaggiava tranquillo sulla sua spalla, come una mano leggera che lo guidasse. Non pesava molto, no davvero!

CAPITOLO IX

MENTRE procedevano fra i canti della folla tumultuosa e giubilante, a Matthew e Melangell accadde qualcosa di meraviglioso. A un certo punto di quel mezzo miglio di strada furono presi nella gioia febbrile della giornata e trasportati nella marea di musica e di devozione, dimentichi di tutti, persino di se stessi, divenuti una sola persona pur senza avere pronunciato una parola o fatto un gesto. Quando giravano il capo a guardarsi, vedevano soltanto un identico sguardo e un'aureola di sole. Non aprirono bocca durante tutto il tragitto. Non avevano alcun bisogno di parlare. Tuttavia quando, aggirato l'angolo alla fiera dei cavalli, furono più vicini al portone dell'abbazia e videro l'abate che usciva col suo gruppo incontro alle sante reliquie, abbigliato con paramenti splendidi e la mitra che lo faceva apparire altissimo, quando i canti delle due parti si accordarono unendosi in un unico, trionfante inno di adorazione, Melangell udì accanto a sé un profondo sospiro bruscamente interrotto, come un sommesso singhiozzo, che si trasformò a un tratto in uno scoppio di risa, risa scaturite da un cuore gonfio di gioia. Non una risata fragorosa, ma sommessa e quasi tremante, perché nasceva da una gola strozzata dall'emozione, da una mente e un cuore inconsapevole dell'effetto che poteva fare su chi l'ascoltava. Un suono bellissimo, così almeno sembrò a Melangell mentre alzava il capo a fissare Matthew, con gli occhi spalancati e le labbra socchiuse in un'espressione di abbagliato e abbagliante piacere. Le era accaduto qualche rara volta di vederlo sorridere, sorrisi fugaci che l'avevano rattristata per la loro brevità, però non lo aveva mai udito ridere. Mai.

Le due processioni si fusero, con i crociferi in testa, l'abate Radulfus, il priore e i confratelli del coro subito dopo, poi Cadfael e gli altri sette con il loro santo carico, stretti ai lati dai fedeli che si accalcavano tendendo le braccia per toccare la bara risplendente o almeno il saio dei monaci che la portavano. La bella voce di fratello Anselm, alla guida del coro, si alzò melodiosa sopra le altre mentre i fedeli varcavano il portone, riportando a casa santa Winifred.

Fratello Cadfael, a quel punto, si muoveva come in un duplice sogno: il suo corpo teneva il passo con i compagni, seguendo un ritmo costante, mentre la sua mente ne seguiva un altro, trasportata in alto sopra una densa nube di suoni formata dall'eco di passi irrequieti, di mormorii esaltati, di frenetiche acclamazioni di centinaia di persone, dominate dal canto e dalla voce di fratello Anselm che s'innalzava sopra a tutto. La grande corte era gremita fino all'inverosimile: si dovette aprire un varco tra la folla per poter raggiungere la chiesa e quando, nell'attesa, il reliquiario si fermò, Cadfael tornò a un tratto in sé, vagamente seccato. Piantò saldamente, in modo quasi aggressivo, i piedi sul terreno familiare e si guardò per la prima volta in giro. E, oltre la massa irrequieta dei fedeli alla ricerca di un buon posto dal quale vedere e udire tutto, scorse Melangell e Matthew che, tenendosi per mano, facevano altrettanto al margine della folla.

Gli sembrarono un po' inebriati, come chi, non avvezzo a bere, avesse trangugiato una tazza di vino forte. E perché no? Dopo una lunga astinenza aveva lui stesso sperimentato una sorta di rapimento mistico, un'estasi che era a un tempo connaturata ed estranea al suo spirito, alla quale poteva soggiacere così come poteva liberarsene, piantando fermamente i piedi, aggrappandosi alla solida terra per mantenere l'equilibrio e restare ritto.

Si rimisero finalmente in moto, entrarono in chiesa e voltarono a destra della navata, verso l'altare in attesa della sua santa. La vasta penombra della chiesa riscaldata dal sole li racchiuse come in un sogno, vuota e silenziosa, perché a nessun altro era permesso entrare finché i monaci non avessero ricollocato la santa sull'altare e non si fossero ritirati al loro solito posto.

Soltanto allora arrivarono gli altri, guidati dall'abate e dal priore: prima i confratelli che presero posto negli stalli del coro, poi il borgomastro, i membri delle corporazioni della città e i notabili della contea e infine l'immensa folla dei fedeli, passando dalla luce calda del sole alla fredda penombra delle pietre, dall'eccitato clamore della festa all'immenso silenzio della venerazione, finché tutto lo spazio disponibile non fu colmo del colore, del calore, del respiro dell'umanità e tutto non fu immobile come la fiamma delle candele sull'altare. Persino gli sprazzi di luce riflessi dalla decorazione argentea della bara brillavano immobili come gioielli.

L'abate Radulfus avanzò verso l'altare e così ebbe inizio la composta solennità della messa.

L'intensità stessa dell'emozione comune, concentrata sotto un unico tetto, rendeva impossibile distogliere anche soltanto per un istante lo sguardo dalla sacra funzione che ne era l'origine o allontanare la mente dalle parole che venivano pronunciate. Nei molti anni della sua vita monastica, più di una volta Cadfael, durante la messa, aveva rivolto la mente ad altri pensieri, per trovare la soluzione di qualche problema o la via per raggiungere un certo scopo, ma ora non era così. In quel momento non individuava tra la folla alcun viso particolare: era cosciente soltanto della presenza dell'umanità entro la quale si perdeva la sua stessa identità, o forse entro la quale la sua identità si espandeva come aria a riempire ogni singola parte dell'insieme. Scordò Melangell e Matthew, scordò Ciaran e Rhun, non guardò in giro per vedere se fosse arrivato Hugh. Sì, davanti agli occhi della sua mente c'era un volto, eppure lui non l'aveva mai visto nella realtà, benché rammentasse perfettamente le ossa fragili e lievi che aveva sollevato con tanta cura e venerazione dalla terra, dove poi le aveva rimesse tanto più volentieri a giacere, perché Winifred potesse riprendere il suo sonno, profumato dal biancospino, sotto la protezione degli alberi. Per chissà quale motivo, sebbene fosse vissuta fino a tarda età, lui non riusciva a immaginarla se non come una fanciulla di diciassette o diciotto anni, quanti ne aveva quando era stata molestata da Cradoc, il figlio del re. Le ossa sottili parlavano di giovinezza e il viso che Cadfael aveva immaginato per lei era fresco, aperto e appassionato. E bellissimo. Ma lo vedeva sempre girato a metà nella direzione opposta. Chissà che ora la piccola santa non volesse guardare finalmente dalla sua parte e mostrargli per intero il suo volto rassicurante.

Finita la messa, l'abate raggiunse il proprio stallo nel coro, il primo accanto al passaggio dalla navata; poi, con la voce e con gesti delle braccia, invitò i pellegrini ad accostarsi all'altare della santa dove chi aveva grazie da chiedere avrebbe potuto inginocchiarsi e toccare il reliquiario con le mani e con le labbra. E così essi fecero, in reverente silenzio. Il priore Robert si mise al piede dei tre gradini dell'altare, pronto a tendere la mano a chi si trovasse in difficoltà per salirli o per inginocchiarsi. Quelli che non avevano problemi di salute né grazie particolari da chiedere si spostarono sul lato opposto della navata, dove avevano la possibilità di seguire ogni evento di quella memorabile giornata. Adesso avevano riacquistato i loro volti di sempre, la loro voce, ed erano tornati a essere diversi l'uno dall'altro come lo erano un'ora prima.

Inginocchiato nel suo stallo, fratello Cadfael riconosceva uno per uno tutti quelli che venivano a genuflettersi e a toccare. La lunga fila dei postulanti era quasi alla fine quando vide avvicinarsi Rhun, con la zia e la sorella che lo sostenevano ai gomiti e Matthew alle spalle, non meno trepidante di loro. Pallidissimo in volto, di un pallore splendente, il ragazzo fissava il reliquiario con occhi traslucidi, simili a ghiaccio dietro il quale fosse accesa una luce azzurrognola. Le due donne gli sussurravano all'orecchio parole incoraggianti, ma lui sembrava ignaro di tutto, tranne che dell'altare al quale si stava avvicinando. Quando fu il suo turno, si liberò dalle mani che lo aiutavano, ma esitò un momento prima di proseguire da solo.

Il priore Robert fu pronto a tendergli una mano. « Non devi preoccuparti perché non puoi inginocchiarti, figliolo. Dio e santa Winifred apprezzano la tua buona volontà. »

Una voce tremante e sommessa, e tuttavia udibilissima nel profondo silenzio, sussurrò: « Ma io posso, padre! Posso e voglio! »

Rhun si raddrizzò, staccando le mani dalle stampelle. Una cadde con un rumore secco sul pavimento, l'altra fu prontamente afferrata da Melangell che poi cadde in ginocchio con un lieve grido, stringendosela al petto, mentre Rhun posava sul pavimento il piede distorto, ergendo le spalle. Mancavano ancora due o tre passi per arrivare ai gradini. Rhun li fece lentamente ma senza esitare, lo sguardo sempre fisso all'altare. Una volta barcollò leggermente e la zia accennò a muoversi per accorrere in suo aiuto, ma poi si fermò intimidita mentre il priore tendeva di nuovo la mano. Rhun però non badò a nessuno: pareva non essere cosciente d'altro che dell'altare, o forse di qualche voce che lo chiamasse, perché continuò ad avanzare assorto, respirando appena, così come un bimbo che sta imparando a camminare si avventura in una pericolosa traversata per raggiungere le braccia aperte della mamma e la voce carezzevole e incoraggiante che lo ha spinto a farlo.

Fu addirittura il piede distorto quello che salì per primo sul gradino, solo che ora quel piede, benché un po' incerto ed esitante, non era più distorto e non cedette; anche la gamba rovinata lo sostenne perfettamente, come se avesse ritrovato a un tratto la propria forza.

Soltanto allora Cadfael si rese conto dell'immobilità e del silenzio che lo attorniavano, come se tutti trattenessero a loro volta il respiro, insieme col ragazzo, affascinati, non ancora pronti, non ancora capaci di riconoscere ciò che accadeva sotto i loro occhi. Persino il priore Robert se ne stava immobile, come una statua alta e austera, a guardare incantato. Melangell, sempre inginocchiata con la stampella stretta al petto, era incapace di muovere un dito: seguiva con angoscioso stupore ogni passo del fratello, come fosse pronta a mettere il proprio cuore sotto i suoi piedi in volontario sacrificio per accattivarsi la sorte.

Raggiunto il terzo gradino, Rhun si inginocchiò, senza bisogno di ricorrere ad altro aiuto che quello di aggrapparsi leggermente, per un attimo, alla tovaglia d'altare e al drappo d'oro sotto il reliquiario. Poi alzò le mani giunte e il viso luminoso, bianco e raggiante persino con gli occhi chiusi, muovendo silenziosamente le labbra nella preghiera che aveva preparato per la santa. Ma non per chiedere la guarigione. Aveva messo la propria vita nelle sue mani, con gioiosa sottomissione, e ciò che era stato fatto per lui era stata certo santa Winifred a farlo, di propria spontanea volontà.

Dovette aggrapparsi di nuovo ai drappi per rialzarsi, come i bambini si aggrappano alla gonna della madre, ma c'era senza dubbio la santa ad aiutarlo, reggendolo sotto le ascelle. Chinò il capo biondo a baciare l'orlo del drappo dorato, poi si protese a baciare il margine argenteo del reliquiario nel quale, che vi giacesse o no, Winifred sola comandava ed era sovrana. Infine indietreggiò, tastando a ritroso la via sui tre gradini e reggendosi sicuro sulla gamba e sul piede malati, si inchinò all'altare, poi, col passo vivace di un qualsiasi giovinetto sedicenne e un sorriso rassicurante, raggiunse la zia e la sorella trepidanti, prese le stampelle delle quali non aveva più alcun bisogno e andò a posarle ai piedi dell'altare.

Finalmente l'incantesimo si spezzò, perché il fatto meraviglioso era compiuto e la sua natura ultraterrena manifesta. Un immenso, tremulo sospiro si propagò nella navata, nel coro, nei transetti, ovunque vi fosse una creatura umana a guardare e ascoltare. Poi al sussurro seguì il mormorio vibrante di una tempesta che si andasse addensando, se di pianto o di risa non fu possibile capirlo, ma tale che l'aria stessa vibrò per la sua forza. E infine l'urlo, la liberazione di pianto e di risa a un tempo, in un uragano di meraviglia e di lode. Dalle pareti di pietra, dall'alto soffitto arcuato, dalla galleria, dai transetti, gli echi volarono e rimbalzarono e le candele fino a quel momento ritte e immobili tremolarono e sgocciolarono nella bufera. Melangell piangeva lacrime di gioia fra le braccia di Matthew, Alice frullava da un'amica all'altra zampillando lacrime come una fontana e sorridendo come la più benedetta fra le donne. Il priore Robert sollevò le braccia per ristabilire la propria autorità e iniziò un salmo di ringraziamento al quale si unì immediatamente fratello Anselm.

Un miracolo, un miracolo, un miracolo...

E, in mezzo a tutto, Rhun se ne stava eretto e immobile, persino un po' sconcertato, ben piantato sulle due gambe lunghe e diritte, girando lo sguardo sui volti eccitati, piangenti ed esultanti, lasciando che quei rumori senza significato scorressero in ondate successive su di lui, lui che desiderava soltanto la quiete goduta allorché aveva regnato il silenzio, nel momento in cui era stato solo con la sua santa e lei gli aveva detto, in un dolce, segreto colloquio, che cosa doveva fare.

Fratello Cadfael si alzò, insieme con i confratelli, soltanto quando la chiesa fu vuota, quando tutta quella moltitudine festosa, spumeggiante, ribollente fu uscita a riversare la propria febbrile eccitazione nella luce del sole, a gridare a gran voce al miracolo, a spargere la lieta novella nel sobborgo, in città, fra i tavoli nella foresteria all'ora di pranzo, per tornare a decantarla al vespro, con quanto fiato le era rimasto. Ovunque andasse, quella gente avrebbe diffuso la voce di quel miracolo, cantando le lodi di santa Winifred, inducendo altra gente a mettersi in cammino e portare i propri guai a Shrewsbury, dove, come testimoniavano centinaia di voci, era avvenuta tale miracolosa guarigione.

I confratelli andarono al loro consueto, modestissimo pranzo in refettorio e, quali che fossero i loro intimi sentimenti, osservarono come sempre la regola del silenzio. Erano stanchissimi: si erano alzati molto presto, avevano lavorato sodo, erano passati anima e corpo in mezzo all'acqua e al fuoco... Nessuna meraviglia dunque che mangiassero con umiltà e gratitudine, immersi in una quiete sicuramente ben accetta da tutti loro.

CAPITOLO X

SOLTANTO verso la fine del pranzo nella foresteria Matthew, seduto accanto a Melangell e ancora accalorato e vibrante per gli eventi del mattino, si soffermò a un tratto a riflettere sui casi propri e prese a guardarsi in giro con un lieve cipiglio che tuttavia, per ora, attenuava appena l'inconsueta vivacità del suo viso. Trovarsi tanto vicino ad Alice Weaver e ai suoi giovani nipoti lo aveva portato a partecipare con slancio, per qualche tempo, alla loro gioia prorompente, facendogli dimenticare tutto il resto. Quella condizione, comunque, non poteva durare, benché Rhun sedesse lì, ancora smarrito per lo stupore, senza parlare né bere né mangiare e le due donne lo coccolassero senza ritegno.

« Non ho più visto Ciaran », sussurrò all'orecchio di Melangell, sollevandosi un poco sulla sedia per girare lo sguardo nella sala affollata. « Voi lo avete visto in chiesa? »

Lo aveva dimenticato lei pure, fino a quel momento, ma guardando il viso del giovane ricordò a un tratto, con un tuffo al cuore. Si sforzò tuttavia di restare impassibile e posò una mano sul braccio di Matthew per farlo sedere di nuovo. « In mezzo a tanta gente? Ma ci sarà stato di certo. Sarà sicuramente entrato tra i primi, per trovare un buon posto. Non abbiamo visto tutti quelli che si sono avvicinati all'altare, siamo rimasti sempre con Rhun, verso il fondo della chiesa. » Era una mescolanza di bugie e di verità, eppure Melangell riuscì ugualmente a parlare con voce tranquilla, aggrappandosi alla sua tremula speranza.

« Ma adesso dove sarà? Qui non lo vedo! » esclamò Matthew, per quanto l'eccitazione nella sala, il continuo spostarsi della gente da un tavolo all'altro per parlare con gli amici fossero tali che era assai probabile non riuscire a individuare una determinata persona. « Debbo trovarlo », concluse il giovane, non ancora molto turbato, ma desideroso di rassicurarsi. E si alzò.

« Ma no, sedete! Dev'essere qui, da qualche parte, lo

sapete. Non preoccupatevi, ricomparirà lui, quando vorrà. Forse sarà andato a stendersi sul letto per un poco, per essere pronto a ripartire domani, a piedi nudi. Perché tanta smania di trovarlo? Non potete stare lontano da lui nemmeno per un giorno? E che giorno! »

Dal viso di Matthew era sparita ogni espressione di gioia e di cordialità. Liberò la manica dalla stretta di lei, con un certo garbo, ma risolutamente. « Debbo trovarlo. Voi restate qui con Rhun, tornerò. Voglio soltanto vederlo, essere certo... »

E si allontanò, scivolando silenziosamente fra i tavoli e guardandosi in giro. Melangell rimase un attimo indecisa se seguirlo, poi rinunciò. Sarebbe trascorso altro tempo, mentre lui cercava, e frattanto Ciaran si sarebbe allontanato ancora di più... tanto da poter essere dimenticato, pregò e sperò Melangell.

Così rimase seduta con la festosa compagnia, ma senza prendere parte all'animazione generale, senza sapere nemmeno lei se sentirsi più rassicurata o più ansiosa a ogni momento che passava. Infine non riuscì a resistere oltre. Si alzò in silenzio e sgattaiolò via. Zia Alice era in piena ebollizione, divisa fra lacrime e sorrisi, fieramente seduta accanto al suo prodigio, attorniata da vicini garruli e felici quanto lei, e Rhun, ancora un po' appartato benché fosse al centro del gruppo, sedeva assorto nei propri meravigliosi pensieri, pur rispondendo alle tante avide domande come meglio gli riusciva di fare. Nessuno aveva bisogno di lei, pensò Melangell: per qualche tempo nessuno si sarebbe nemmeno accorto della sua sparizione.

Fuori, nella grande corte dell'abbazia, nello splendore del sole meridiano, regnava la calma della pausa dopo il pranzo, senza il consueto, chiassoso andirivieni di gente. La fanciulla raggiunse un po' timorosa il chiostro, dove trovò soltanto uno zelante copista intento a rivedere il lavoro del giorno avanti e fratello Anselm occupato con la musica per il vespro; poi andò nel cortile delle scuderie, benché non vi fossero molte probabilità di trovarvi Matthew, dato che questi non possedeva un cavallo né poteva pensare di andare là a cercare il suo compagno, e infine si diresse al giardino, dove scorse soltanto due novizi occupati a potare una siepe di bosso. Si avventurò persino nel giardino dell'abate, nitido e splendente di rose ben curate, ma deserto.

Melangell, ormai in preda a una profonda ansia, tornò nel giardino. Non era brava a mentire, non ne aveva esperienza; anche se intese a buon fine, le bugie le costavano uno sforzo terribile. E Matthew sembrava scomparso. Eppure non poteva essere uscito dall'abbazia: il fratello portinaio non poteva avergli detto niente, perché Ciaran non era passato di là. D'altronde, nemmeno lei avrebbe detto niente, finché non fosse stato il momento, finché il cuore troppo affezionato di Matthew non si fosse rassegnato alla perdita, aprendosi a ricevere un guadagno superiore.

Tornò indietro, aggirò la siepe di bosso senza farsi vedere dai novizi e si trovò a faccia a faccia con Matthew.

Così circondati da fitte siepi, si trovavano ora nell'intimità assoluta. Melangell fece un passo indietro, colta per un attimo da un violento senso di colpa: il viso di Matthew era infatti più lontano ed estraneo di quanto lo avesse mai visto. Nel riconoscerla, il giovane, con una lieve smorfia, sancì il diritto di Melangell di uscire a cercarlo, eppure, quasi nello stesso istante, corrugò la fronte come a disinteressarsi di lei.

«Se n'è andato!» proruppe, con voce gelida e roca, guardandola come se non la vedesse. «Dio vi protegga, Melangell, ora dovrete badare voi a voi stessa, perché io sono troppo addolorato. Se n'è andato... fuggito mentre io voltavo le spalle. L'ho cercato dappertutto e non ho trovato alcuna traccia di lui. Nemmeno il fratello portinaio lo ha visto, gliel'ho chiesto. Eppure se n'è andato! Solo! E io devo inseguirlo. Dio vi protegga, Melangell, come non posso fare più io, e fate buon viaggio!»

E stava per andarsene, con quelle poche parole e quel viso così gelido e scostante! Aveva girato le spalle e fatto due lunghi passi prima che Melangell si lanciasse verso di lui, prendendolo per le braccia e costringendolo a fermarsi.

« No, no, *perché*? Che bisogno ha di voi, più di quanto ne abbia io? Se n'è andato? Ebbene lasciatelo andare. Credete che la vostra vita gli appartenga? Lui non la vuole! Vuole che siate libero, che possiate vivere la vostra vita, non morire della sua morte. Lui sa, sa che mi amate! Osereste negarlo? Sa che io vi amo. E vuole che siate felice! Perché un amico non dovrebbe volere che il suo amico sia felice? Chi siete voi per negargli questo suo ultimo desiderio? »

Capì allora di aver detto troppo, ma non seppe mai a quale punto l'errore fosse diventato mortale. Matthew si era girato di nuovo verso di lei ed era rimasto irrigidito, col viso simile a marmo scolpito. Poi liberò bruscamente la manica che lei gli stringeva, questa volta senza alcun garbo.

« *Lui vuole!* » sibilò con una voce che Melangell non gli aveva mai udita, filtrata tra le labbra strette. « Dunque avete parlato con lui! Parlate *per* lui! *Voi sapevate!* Sapevate che intendeva andarsene e lasciarmi qui stregato, dannato, spergiuro. *Voi sapevate!* Quando? Quando avete parlato con lui? »

L'aveva presa per i polsi e la scrollava senza pietà, finché lei non si lasciò sfuggire un grido, cadendo sulle ginocchia.

« Sapevate dove intendeva andare? » insistette Matthew chinandosi su di lei con gelido furore.

« Sì... sì! Me lo ha detto stamattina... Era quello che voleva... »

« *Quello che voleva!* Come osava volerlo? Come poteva osarlo, privo com'era dell'anello che gli aveva dato il vescovo? Non osava nemmeno muoversi, senza quell'anello, era atterrito persino all'idea di mettere un piede fuori dell'abbazia... »

« Lo aveva, l'anello », esclamò lei, svelando l'inganno. « Il padre abate glielo aveva ridato stamattina, non dovete preoccuparvi per lui, è al sicuro, ha la sua garanzia... Non ha alcun bisogno di voi! »

Matthew, chino su di lei, si era bloccato in una rigidità cadaverica. « *Ha l'anello?* E voi lo sapevate e non avete detto niente! Se sapete quello, quanto altro sapete? *Parlate! Dov'è?* »

« Se n'è andato », confessò Melangell in un sussurro tremante. « E vi augura ogni bene, ci augura ogni bene... ci augura di essere felici... Oh, lasciatelo andare, lasciatelo andare, vi rende la vostra libertà! »

Qualcosa che era senza dubbio una risata uscì dalla gola strozzata di Matthew, una risata quale Melangell non aveva mai udito in vita sua e che le raggelò il sangue.

« *Lui* mi rende la *mia* libertà! E voi siete sua complice! Oh, Signore! Non è passato dal portone. Parlate, dite tutto ciò che sapete... Da che parte è andato? »

Lei esitò, in lacrime. « Vi vuole bene, vuole che viviate e vi dimentichiate di lui, che siate felice... »

« *Da che parte è andato?* » ripeté Matthew con voce così strozzata da far temere che ogni parola avesse a strangolarlo.

« Dalla parte del torrente », rispose lei con un sussurro spezzato. « Voleva prendere la via più breve per il Galles... Ha dei parenti, là, ha detto... »

Matthew trattenne con un sibilo il respiro e ritrasse le mani che le stringevano i polsi, lasciando cadere la fanciulla a viso in giù sul terreno, poi le girò le spalle e si allontanò di corsa, dimentico di tutto ciò che v'era stato fra loro, in preda a un'ossessione che lo travolgeva.

Melangell non capiva, non sapeva capacitarsi di quel cambiamento così improvviso, ma si rendeva conto di essersi lasciato sfuggire il suo amore, che ora correva spietatamente lontano da lei, nel perseguimento di un incomprensibile dovere dal quale lei era esclusa. Balzò in piedi e lo raggiunse di corsa, lo prese per le braccia, lo circondò con le proprie, alzando il viso implorante a fissarlo negli occhi impietriti e febbrili, e lo supplicò appassionatamente: «Lasciate che se ne vada! Oh, lasciatelo andare! Ha voluto lui andarsene da solo e lasciarvi a me...»

Sopra di lei la risata terribile, tanto diversa dalla voce dolcissima che aveva ascoltato mentre seguivano insieme il reliquiario, ribollì nella gola di Matthew come uno sciroppo denso e soffocante. Lui si liberò con uno strattone dalle braccia che lo cingevano e, quando Melangell cadde di nuovo sulle ginocchia aggrappandoglisi con tutte le proprie forze, alzò la mano destra e la colpì con violenza su una guancia, singhiozzando. Poi fuggì come un disperato, abbandonandola lì bocconi sul terreno.

L'abate Radulfus e i suoi ospiti si trattennero a lungo a tavola, dopo il pranzo. Avevano molte cose di cui parlare e naturalmente la prima fu l'argomento che correva sulle labbra di tutti.

«Sembra che siamo stati privilegiati in modo particolare, stamattina», esordì l'abate. «Qualche grazia l'avevamo già avuta, ma nessuna in maniera tanto manifesta, sotto gli occhi di tanti testimoni. Che cosa ne dite voi? Io ho avuto ormai troppe esperienze di fatti meravigliosi che si sono poi rivelati molto meno meravigliosi di quanto era sembrato. Esiste l'inganno, lo so, ma non sempre intenzionale. A volte chi inganna è lui stesso ingannato. Se hanno potere i santi, lo hanno pure i diavoli. Ma questo ragazzo mi è sembrato limpido come il cristallo. Non posso pensare che abbia imbrogliato o che sia stato imbrogliato.»

«È accaduto più di una volta che storpi, dopo avere gettato le stampelle ed essersene andati con le proprie gambe, abbiano poi dovuto riprenderle, una volta sbollito il fervore del momento», ribatté Hugh. «Il tempo ci dirà se questo avrà fatto lo stesso.»

«Parlerò con lui più tardi, quando l'eccitazione si sarà raffreddata», riprese l'abate. «Fratello Edmund mi ha riferito che fratello Cadfael gli ha prestato qualche cura, in questi tre giorni. Questo avrebbe forse potuto migliorare un poco le sue condizioni, ma certo non procurargli una guarigione così repentina. No, debbo ammetterlo, io credo fermamente che la nostra casa sia stata davvero benedetta dalla grazia divina. Parlerò anche con fratello Cadfael, che deve sapere bene in quali condizioni fosse quel figliolo. »

Olivier se ne stava in deferente silenzio davanti a un importante uomo di Chiesa come l'abate, ma Hugh notò che le sue sopracciglia si erano inarcate e i suoi occhi si erano illuminati al nome di Cadfael. Dunque sapeva chi era il monaco che cercava e qualcosa più di un saluto da lontano nel corso di una battaglia doveva essere passato fra quei due uomini così stranamente assortiti.

« Ora », proseguì l'abate, « vorrei udire quali notizie portate da sud. Siete stato a Westminster con la corte dell'imperatrice? Mi è stato riferito che si trova appunto là, in questo momento. »

Olivier fu pronto a raccontare come stavano le cose a Londra, rispondendo di buon grado alle domande. « Il mio signore è rimasto a Oxford: è per incarico suo che ho intrapreso questo viaggio. Non ero a Londra, io, sono partito da Winchester, tuttavia l'imperatrice si trova al palazzo di Westminster e i preparativi per la sua incoronazione procedono, anche se lentamente. La città di Londra è ben consapevole del proprio potere e vuole che sia riconosciuto, o almeno così mi sembra. » Non volle dire di più riguardo ai propri dubbi sulla saggezza della signora alla quale aveva giurato fedeltà, ma sporse un labbro, corrugando la fronte. « Padre, eravate anche voi al concilio, sapete che cos'è accaduto. Il mio signore ha perduto un bravo cavaliere e io un ottimo amico, colpito a morte in mezzo a una strada. »

« Rainald Bossard », mormorò tristemente Radulfus. « Non ho dimenticato. »

« Padre, voglio dire anche a voi ciò che ho già detto allo sceriffo. Ho un altro compito da svolgere, ovunque io vada per conto dell'imperatrice, un compito che mi è stato affidato dalla vedova di Rainald. Questi aveva un giovane parente nella sua casa, un giovane che era con lui quando è stato ucciso e che, in seguito, ha lasciato la casa di nascosto, senza una parola. La signora dice che era diventato chiuso e taciturno ancora prima di sparire e l'unica traccia che abbiamo di lui è una voce secondo la quale sarebbe stato visto sulla strada di Newbury, diretto a nord. Poi più niente. Così, sapendo che sarei venuto io pure a nord, la signora mi ha pregato di fare qualche indagine sul suo conto, perché lo apprezza, ha fiducia in lui e ha bisogno di averlo al proprio fianco. Ma non voglio ingannarvi, padre: c'è chi afferma che sia fuggito perché è colpevole della morte di Rainald. Perché sarebbe stato innamorato di monna Juliana, dicono, e potrebbe avere approfittato della rissa per ucciderle il marito e averla per sé. Poi si sarebbe impaurito perché era corsa subito quella voce. Tuttavia io penso che quella voce si sia sparsa soltanto *dopo* la sua scomparsa. E Juliana, che lo conosce certo meglio di chiunque altro e gli vuole bene come a un figlio, non avendone mai avuti di propri, è assolutamente certa di lui. Vuole riaverlo con sé e vederlo prosciolto da ogni sospetto, qualunque sia il motivo che lo ha spinto ad allontanarsi. E io mi sono informato sul suo conto dappertutto dove mi sono fermato finora. Posso farlo anche qui? Il fratello dispensiere deve conoscere il nome di tutti i suoi ospiti. Benché tutto ciò che ho sia soltanto il suo nome: infatti, se pure mi è accaduto di vederlo, non sapevo che fosse lui. E il nome può anche averlo cambiato.»

«Certo non è molto», convenne l'abate sorridendo. «Ma informatevi pure. Se non ha niente da rimproverarsi, sarò ben contento di aiutarvi a ritrovarlo. Come si chiama?»

«Luc Meverel. Ventiquattro anni, di media altezza, snello, con occhi e capelli scuri.»

«Come centinaia di altri giovani», commentò l'abate scuotendo la testa. «E il nome dubito che lo abbia conservato se ha qualcosa da nascondere o se vuole nascondersi.

Tuttavia, provate. Anche se, con tutta la gente che abbiamo qui, una persona che non voglia essere riconosciuta può sparire completamente. Comunque, fratello Denis saprà di certo se fra i suoi ospiti c'è qualcuno che abbia l'età e le caratteristiche giuste. Perché è chiaro che il vostro Luc Meverel è di buona famiglia e molto probabilmente istruito, sa leggere e scrivere.»

«Certo.»

«Allora andate pure a cercare fratello Denis e vedete che cosa può fare per aiutarvi. Ha una memoria eccellente e sarà in grado di dirvi chi, fra gli uomini che si trovano qui, corrisponde per età e famiglia al giovane che cercate.»

Lasciata la casa dell'abate, Olivier e lo sceriffo andarono invece a cercare anzitutto fratello Cadfael, ma non fu facile trovarlo. Il primo pensiero di Hugh fu, naturalmente, che il monaco fosse nel suo laboratorio nell'erbario, però lì non c'era. E non era neppure con fratello Anselm nel chiostro, dove sarebbe potuto andare per accordarsi su qualche particolare della musica per il vespro. E nemmeno in infermeria a controllare l'armadio dei medicinali che doveva essere stato senza dubbio saccheggiato in quegli ultimi giorni, ma che risultò essere stato rifornito quella stessa mattina. «Sì, è stato qui», disse fratello Edmund. «Avevo un poveretto che buttava sangue dalla bocca... ingozzato per troppa devozione, penso. Ma ora dorme tranquillo, il flusso è cessato, e Cadfael se n'è andato già da un po'.»

Fratello Oswin, indaffaratissimo a strappare vigorosamente erbacce nel giardino della cucina, non aveva più visto il suo maestro da quando erano usciti dal refettorio. «Ma credo che sia in chiesa», aggiunse sbattendo le palpebre contro il sole allo zenit.

Cadfael era inginocchiato ai piedi dell'altare di santa Winifred, con le mani non giunte in preghiera, ma ripiegate sul petto e gli occhi non chiusi nell'implorazione, ma bene aperti nella speranza dell'assoluzione. Era lì inginocchiato da un po' di tempo, lui che di solito non vedeva l'ora di alzare quelle ginocchia che ormai andavano irrigidendosi sensibilmente. Ma non provava dolore né rimorso, soltanto un'immensa gratitudine entro la quale galleggiava come un pesce nell'oceano. Un oceano puro, limpido e azzurro come l'indimenticabile mare d'oriente, oltre il quale giaceva la santa città di Gerusalemme. Il sepolcro e il regno duramente conquistato di Nostro Signore. La santa cui era dedicato quell'altare, fosse lì o no, lo aveva gettato in un infinito fulgore di speranza. La sua misericordia era capricciosa, forse, ma senza dubbio sagace. Aveva teso la mano a un innocente che meritava la sua benevolenza. Ma quali erano le sue intenzioni nei confronti di quest'altro essere umano, molto meno innocente eppure non meno bisognoso?

Alle sue spalle, avvicinandosi dalla navata, una voce nota mormorò: « State forse chiedendo un secondo miracolo? »

Cadfael staccò a malincuore lo sguardo dai luccicori argentei lungo il reliquiario, si voltò e, come si aspettava, vide Hugh Beringar che avanzava verso di lui sorridendo quietamente.

Tuttavia dietro a lui vide emergere dalla penombra un'altra figura, più alta, dal lucente viso olivastro con gli zigomi marcati, gli occhi ambrati da falco sotto le arcuate sopracciglia nere, le labbra morbide socchiuse in un sorriso esitante.

Non era possibile! Eppure lo vedeva. Olivier de Bretagne uscì dall'ombra, avanzando inequivocabilmente nella luce delle candele dell'altare.

E quello fu il momento in cui santa Winifred girò del tutto il capo, guardando dritto in viso il suo fallibile ma fedele servitore, e sorrise lei pure.

Un secondo miracolo? E perché no? Quando dava, la santa dava generosamente, con ambe le mani.

CAPITOLO XI

Usciti dalla chiesa, andarono nel chiostro e anche quello fu un momento splendido e memorabile, perché non erano mai stati tutti e tre insieme. Hugh non sapeva ancora della fiduciosa intimità nata tra Cadfael e Olivier in una sera d'inverno al priorato di Bromfield, e un involontario ritegno trattenne Olivier dal rievocarla apertamente. I saluti che i due si scambiarono furono cordiali ma brevi e soltanto la vaga reticenza che li sottolineò fu abbastanza eloquente da far intuire qualcosa a Hugh che tuttavia decise di non fare domande, aspettando spiegazioni spontanee o facendone riguardosamente a meno. Non v'era alcuna fretta per quello, mentre invece ve n'era per Luc Meverel.

« Il nostro amico sta facendo una ricerca per la quale gli servirà l'aiuto di fratello Denis », esordì lo sceriffo, « ma vi saremmo grati del vostro. Sta cercando un giovane che si chiama Luc Meverel. Si è allontanato senza dare spiegazioni da casa ed è stato visto in viaggio verso il nord. Volete dirgli come stanno le cose, Olivier? »

Il giovane obbedì e Cadfael ascoltò con attenzione le sue parole. « Farò ben volentieri tutto quanto potrò », disse alla fine, « non soltanto per liberare un innocente da una simile accusa, ma anche per scoprire il vero colpevole. Abbiamo saputo di quel delitto ed è sembrato ripugnante a tutti che un uomo onorevole, accorso in aiuto di un leale oppositore, sia stato assassinato da uno della sua stessa fazione. »

« È certo, questo? » domandò bruscamente Hugh.

« Praticamente sì. Chi altro si sarebbe messo contro un uomo che aveva parlato onestamente in difesa della sua signora, compiendo senza paura il proprio dovere? Tutti coloro che parteggiano ancora per re Stefano lo avrebbero approvato, anche se non applaudito. E quanto a ladri di strada... Chi avrebbe aggredito un semplice segretario che non aveva con sé nient'altro che il necessario per il viaggio, mentre la città era piena di nobili, ecclesiastici e mercanti che si sarebbero potuti derubare con profitto molto maggiore? Rainald è morto unicamente perché era accorso in aiuto del segretario. No, un seguace dell'imperatrice, così come lo era Rainald, ma ben diverso da lui, ha compiuto una tale infamia.»

«Sì, sembra logico», convenne Olivier. «Tuttavia il mio compito più urgente, ora, è quello di ritrovare Luc e rimandarlo a casa, se mi riesce.»

«Ci saranno almeno venti giovani di quell'età qui dentro, oggi», osservò Cadfael soprappensiero, strofinandosi il naso. «Comunque penso che per la maggior parte possano essere esclusi dall'elenco perché qualcuno dei loro compagni sa come si chiamano, chi sono e che cosa fanno. C'è qualche viaggiatore solitario, naturalmente, ma sono pochissimi. I pellegrini sono come gli storni: amano stare in compagnia. Ma è meglio che andiamo a parlare con fratello Denis. Lui conoscerà quasi tutti, ormai.»

Fratello Denis possedeva una memoria eccezionale e una sete indomabile di notizie e di voci che facevano di lui la persona meglio informata di tutta l'abbazia. Più gente c'era, tanto maggiore era per lui il piacere di sapere tutto quanto accadeva, di conoscere nome e professione di ogni ospite. E quindi teneva accurati registri a ricordo delle visite.

Lo trovarono nella piccola cella dove faceva i suoi conti, annotava le previsioni delle future necessità, elencando le provviste che gli restavano e ciò che gli sarebbe presumibilmente occorso per il giorno seguente. Abbandonò i suoi libri per porgere cortesemente orecchio a quello che fratello Cadfael e lo sceriffo avevano da dirgli e rispose con esemplare prontezza quando gli chiesero di setacciare tra gli ospiti i maschi sui venticinque anni, di famiglia più o meno nobile, istruiti, bruni e di media altezza, corrispondenti quindi alla scarna descrizione di Luc Meverel. Dall'esame dei suoi registri risultò che non erano molti. Una buona metà dei pellegrini erano donne, la maggior parte degli uomini erano tra i quaranta e i sessant'anni e, fra gli altri, molti erano religiosi. Di un Luc Meverel nessuna traccia.

« Nessuno che sia venuto solo? » domandò Hugh alla fine della ricerca.

« No, nessuno », rispose fratello Denis scuotendo il capo. « I giovani cavalieri non partecipano ai pellegrinaggi, se non con un signore esigente... o un'altrettanto esigente signora. In una festa estiva come questa si potrebbero forse trovare giovani amici venuti insieme per una vacanza prima di dedicarsi a discipline più severe, ma da soli... Che vacanza sarebbe mai? »

« Ve ne sono però due che viaggiano insieme », osservò Cadfael. « Anche se certo non per una vacanza. Debbo ammettere di essere molto perplesso sul conto di quei due. Hanno l'età giusta e, per quello che sappiamo del giovane che si cerca, anche il loro aspetto corrisponderebbe. Li conoscete di certo, Denis... Quello che è in viaggio per Aberdaron e l'amico che lo accompagna. Entrambi istruiti, entrambi di buona estrazione. E sicuramente provenienti da sud, a quanto ho saputo da fratello Adam di Reading che li aveva già incontrati. »

« Ah, sì, quello che viaggia scalzo », esclamò Denis, puntando il dito sul nome di Ciaran, nell'elenco dei giovani maschi. « E il suo compagno e protettore. Sì, sono all'incirca della stessa età e corrispondono alla descrizione, ma voi cercate un uomo solo. »

« Prendiamoli comunque in considerazione », suggerì Cadfael. « Se nessuno dei due è quello che cerchiamo, può sempre darsi che abbiano incontrato un viaggiatore solitario, durante il viaggio in quella regione. E se noi non siamo autorizzati a interrogarli sulla loro identità e sulla loro provenienza, sul motivo per il quale viaggiano insieme, il padre abate lo è. E se non hanno niente da nascondere, non avranno difficoltà a dire a lui ciò che potrebbero non avere piacere di raccontare a noi. »

« Possiamo provare », convenne Hugh. « Vale almeno la

pena di chiedere e alla peggio, se non hanno niente a che vedere col giovane che cerchiamo, non avremo perso altro che una mezz'ora di tempo, noi e loro. Non ce ne vorranno per questo! »

« A quanto ne sappiamo finora sul loro conto, non si adattano certo al caso », riconobbe Cadfael, dubbioso. « Sembra che uno sia mortalmente malato e stia andando ad Aberdaron per morire là e l'altro intenda restare con lui sino alla fine. Tuttavia un giovane che voglia far perdere le proprie tracce può pure inventarsi una bella storia ricca di particolari con la stessa facilità con cui può attribuirsi un nuovo nome. E in ogni caso è sempre possibile che tra Abingdon e Shrewsbury abbiano incontrato Luc Meverel solo e col suo vero nome. »

« Ma se avesse a risultare che uno dei due è in realtà l'uomo che cerco », obiettò Olivier perplesso, « chi, in nome di Dio, può essere l'altro? »

« Noi stiamo qui a farci tante domande alle quali ognuno di quei due potrebbe rispondere in un minuto », osservò Hugh con spirito pratico. « Andiamo, preghiamo padre Radulfus di chiamarli e vediamo che cosa ne verrà fuori. »

Non fu difficile convincere l'abate a far chiamare i due giovani, ma non fu altrettanto facile trovarli per portarli da lui. Il fratello incaricato di quel compito tornò molto più tardi del previsto, con la triste notizia che non era stato possibile trovare nessuno dei due entro le mura dell'abbazia. Il fratello portinaio non li aveva visti uscire, vero, ma ciò che lo aveva indotto a pensare che se ne fossero andati era il fatto che, poco dopo il pranzo, quello sano fosse andato a riprendersi il pugnale e avesse lasciato una generosa somma di denaro per la casa, spiegando che lui e il suo amico dovevano rimettersi in viaggio e desideravano offrire un ringraziamento per l'ospitalità. Ma era sembrato – fu Cadfael a chiederlo, senza sapere nemmeno lui perché –, era sembrato del suo solito umore, oppure turbato, allarmato o incollerito quando aveva parlato col fratello portinaio?

Il monaco incaricato scosse la testa: non aveva pensato a chiederlo. Tuttavia il fratello portinaio, quando Cadfael andò a informarsi direttamente da lui, fu esplicito. « Sembrava che avesse il fuoco addosso. Oh, con la voce sommessa e gentile come sempre, ma pallido come un morto e con gli occhi scintillanti, si sarebbe detto che avesse i capelli dritti sulla testa. »

« Se ne sono andati? » esclamò Olivier sbigottito, quando Cadfael tornò con quella notizia nel parlatorio dell'abate. « Ora comincio a vedere un motivo perché uno di quei due, non ostante il loro strano accoppiamento e la strana storia che raccontavano sul proprio conto, sarebbe potuto essere Luc Meverel. Io non l'ho mai conosciuto di persona, ma di recente ero stato ospite due o tre volte a casa del suo signore e può darsi che mi avesse notato. Allora, non potrebbe essere che lui mi abbia visto arrivare, oggi, e se ne sia andato in fretta e furia per non correre il rischio di venire scoperto? Anche se non potrebbe sapere che lo sto cercando, potrebbe comunque avere preferito levarsi di torno. E un ammalato da accompagnare e proteggere sarebbe un'ottima copertura per uno che debba giustificare i propri vagabondaggi. Vorrei proprio avere modo di parlare con quei due. Da quanto se ne sono andati? »

« Non può essere più di un'ora e mezzo dopo mezzogiorno, a giudicare dal momento in cui Matthew è andato a riprendersi il pugnale », rispose Cadfael.

« E a piedi! » Olivier si illuminò in viso. « E uno dei due scalzo, per soprammercato. Non dovrebbe volerci molto per raggiungerli, se si può sapere che strada hanno preso. »

« La più probabile dovrebbe essere quella di Oswestry, che porta alla diga del Galles. Era là che Ciaran intendeva andare, a quanto ha detto fratello Denis. »

« Allora, padre abate », riprese Olivier, impaziente, « col vostro permesso, andrò a cercarli da quella parte. Non possono essere arrivati molto lontano. Sarebbe un peccato perdere un'occasione simile e anche se nessuno dei due fosse colui che cerco, non avremmo perduto niente. Ma tornerò, con o senza il mio uomo.»

«Vi accompagnerò per attraversare la città e mettervi sulla strada giusta», disse Hugh. «Ma poi dovrò tornare a occuparmi dei miei problemi e vedere se la caccia di stamattina ha dato qualche frutto. Dubito che si siano addentrati di più nella foresta, ne avrei avuto qualche notizia, ormai. Comunque vi aspettiamo prima di sera, Olivier. Desideriamo avervi con noi per un'altra notte almeno, o anche più, se è possibile.»

Olivier si congedò in fretta ma cortesemente, fece il debito inchino al padre abate poi si voltò verso Cadfael con un luminoso sorriso che disperse per un momento le sue preoccupazioni, come un raggio di sole fra le nubi. «Non me ne andrò di qui senza aver fatto una tranquilla chiacchierata con voi», dichiarò. «Ma prima debbo risolvere questo problema, se posso.»

L'abate Radulfus seguì pensieroso con lo sguardo i due che si avviavano verso le scuderie doveva avevano lasciato i cavalli prima della messa.

«Non vi sembra strano, Cadfael, che quei due giovani pellegrini se ne siano andati anzitempo e così di furia? È possibile che sia stato l'arrivo di messer de Bretagne a spingerli ad andarsene?»

Cadfael rifletté un momento, poi scosse la testa. «No, non credo. In mezzo alla calca e alla confusione di stamattina, difficilmente si sarebbe notata in particolare una persona, una, poi, che non ci si sarebbe mai aspettato di vedere da queste parti... Però, sì, quella loro partenza improvvisa mi sorprende molto. Perché uno sarebbe stato fin troppo contento di un altro giorno o due di riposo prima di rimettersi in cammino a piedi nudi e l'altro... Padre, c'è una fanciulla, qui, che egli ammira e desidera, forse senza rendersene pienamente conto, con la quale è stato per tutta la mattina, in processione e dopo, e sono certo che allora non pensava ad altro che a lei, a suo fratello e all'importanza di questo giorno. Perché la fanciulla è la sorella di Rhun, il giovinetto che ha ricevuto quella grazia meravigliosa. Dev'essere stata una forza irresistibile, quella che lo ha trascinato via così all'improvviso.»

«La sorella di quel figliolo, dite?» L'abate rammentò un argomento che era stato accantonato per parlare con Olivier de Bretagne riguardo alla sua missione al nord. «Manca ancora un'ora o più al vespro e vorrei parlare un momento con voi appunto di quel giovinetto. Avete curato voi stesso la sua gamba malata, Cadfael. Pensate che le vostre cure possano avere qualcosa a che vedere con quanto è accaduto stamane? O che lui, anche se non vorrei accusare di falsità una persona tanto giovane, possa avere esagerato alquanto il proprio male, per simulare poi un miracolo?»

«No», rispose risolutamente Cadfael. «Lui non ha mentito in alcun modo; quanto poi alle mie modeste capacità, con una lunga, paziente perseveranza sarei forse riuscito ad ammorbidire i nervi contratti che gli impedivano di usare la gamba e metterla in condizioni di reggere un certo peso, ma raddrizzare quel piede e ricostituire la muscolatura del polpaccio... mai, assolutamente! Non avrebbe potuto farlo nemmeno il medico più bravo del mondo. Padre, il primo giorno io avevo dato a quel ragazzo una pozione che gli alleviasse i dolori e lo facesse dormire e tre giorni dopo me l'ha restituita intatta. Non vedeva un motivo per il quale proprio lui avrebbe potuto pensare di essere prescelto per la guarigione, ha detto, ma non avendo altro da offrire a santa Winifred, intendeva offrirle le proprie sofferenze. Non per acquistarsi la grazia, ma come dimostrazione di buona volontà, senza chiedere niente in cambio. Di più, dopo che lui aveva accettato per amore i dolori che lo tormentavano, sembra che essi siano spariti. E stamattina, dopo la messa, abbiamo assistito alla sua liberazione totale.»

«Ben meritata, allora?» osservò Radulfus compiaciuto

e commosso. « Devo assolutamente parlare con quel figliolo. Volete andare a cercarlo e portarmelo qui, ora? »

« Molto volentieri, padre », rispose Cadfael e uscì.

Alice Weaver era seduta al sole nel cortile del chiostro in mezzo a un gruppo di altre ciarliere matrone e la gioia, lo splendore del suo viso sembravano riscaldare l'aria, ma Rhun non c'era. Melangell, dal canto suo, se ne stava seduta in disparte, nell'ombra di un arco, come se la luce del sole fosse troppo intensa per i suoi occhi, fissi sul rammendo che stava facendo in una camicia di lino probabilmente di suo fratello. Persino quando Cadfael le rivolse la parola, alzò soltanto per un attimo il viso, timidamente, ma quell'attimo bastò al monaco per rendersi conto che la gioia, che quella stessa mattina l'aveva fatta apparire come una rosa appena sbocciata, era del tutto svanita. E se lo immaginava soltanto, o sulla sua guancia sinistra c'era veramente la pallida ombra violacea di un livido? Tuttavia, al nome di Rhun, la fanciulla sorrise, ma come al ricordo di una felicità passata, più che per una gioia reale.

« Ha detto di essere molto stanco ed è andato in dormitorio a riposare. Zia Alice pensa che si sia coricato, ma io credo che desiderasse soltanto restare tranquillo, senza dover parlare. È stanco per aver dovuto rispondere a tante domande su cose che sembra non capire nemmeno lui stesso. »

« Oggi lui parla una lingua diversa da quella di tutti gli altri », osservò Cadfael. « E chissà che non siamo invece noi a non capire, chiedendogli cose che per lui non hanno alcun significato. » Le prese delicatamente il mento e cercò di farle alzare il viso verso la luce, ma lei si liberò girando il capo. « Vi siete fatta male? » Era sicuramente un livido, quello che stava apparendo.

« Oh, niente di grave. È stata colpa mia. Mi sono messa a correre troppo in fretta in giardino e sono caduta. So che non è bello da vedere, ma ora non mi fa più male. »

I suoi occhi erano tranquilli, non arrossati, soltanto con

le palpebre un po' gonfie. Certo, Matthew se n'era andato, l'aveva abbandonata per ripartire col suo amico, lasciandola sperduta e avvilita dopo le ore felici trascorse assieme la mattina. Questo poteva spiegare le lacrime, ma il livido alla guancia? Cadfael si trattenne dal rivolgerle altre domande. Era chiaro che lei non intendeva continuare su quella strada: era tornata risolutamente al proprio lavoro e non avrebbe più alzato gli occhi.

Con un profondo sospiro, il monaco tornò nella corte principale ed entrò nella foresteria. Anche una giornata gloriosa come quella riservava per qualcuno una vena di amara tristezza.

Rhun sedeva tutto solo sul letto, nel dormitorio maschile, immobile e pago del proprio corpo felicemente risanato. Benché immerso in una sorta di pensieroso rapimento, si rese subito conto della presenza di Cadfael e rialzò il capo sorridendo.

«Fratello! Desideravo proprio vedervi. Voi eravate là, sapete... Forse avete persino udito... Guardate come sono cambiato!» La gamba, storpia fino a poche ore avanti, ora stava perfettamente stesa davanti a lui: Rhun piegò il ginocchio e batté forte il piede sul pavimento, poi fletté la caviglia e le dita del piede, alzò il ginocchio fino al mento con movimenti facili e indolori. «Sono guarito! Ma io non l'ho chiesto, come avrei potuto osare? Nemmeno stamattina, non pregavo per questo, eppure ho ricevuto la grazia...» E si perdette di nuovo, per un momento, nel suo estatico sogno.

Cadfael sedette accanto a lui osservando la forma perfetta di quella gamba prima sciancata e rattrappita che aveva deturpato l'inconsueta bellezza di Rhun.

«Stavi pregando per Melangell, vero?» domandò.

«Sì. E anche per Matthew. Pensavo proprio... Ma se n'è andato, avete visto? Se ne sono andati tutti e due, insieme. Perché non ho potuto procurare la felicità anche a mia sorella? Avrei continuato a camminare con le grucce per tutta la vita, in cambio di quello. Ma non ho avuto successo.»

«Non è ancora detto», dichiarò il monaco. «Chi è partito può sempre ritornare. Io credo che le tue preghiere abbiano molto valore, purché tu non ti lasci prendere dal dubbio. Anche il cielo ha bisogno di un po' di tempo. C'è un momento giusto anche per i miracoli. Trascorriamo metà della nostra vita ad aspettare, in questo mondo. Basta saper aspettare con fede.»

«Sì, certo», annuì Rhun, che aveva ascoltato con un sorriso assente. «E io saprò aspettare. Perché, vedete, uno di loro due ha dimenticato questo, nella fretta della partenza.»

Si chinò a prendere qualcosa dal pavimento, accanto al letto: una bisaccia di lino non sbiancato, voluminosa ma leggera, con due cinghie di cuoio per legarla alla cintola. «L'ho trovata fra i due letti che occupavano loro, tirati l'uno vicino all'altro. Ma non so di quale dei due fosse: quelle che portavano erano praticamente uguali. Il suo proprietario pensa forse di poter tornare e ha lasciato questa come pegno?»

Cadfael rifletté per qualche momento, osservando la bisaccia. Il suo rinvenimento creava un problema importante, che non era compito suo risolvere. «Penso che tu debba portarla all'abate, figliolo. Mi ha mandato per l'appunto a prenderti, perché desidera parlare con te.»

«Con me?» balbettò Rhun, tornato all'improvviso un bambino timido e un po' selvatico. «Proprio il padre abate?»

«Certo, perché no? Sei un cristiano come lui, puoi parlargli da pari a pari.»

Il ragazzo parve turbato. «Oh, avrei paura...»

«Ma no! Non devi avere paura di niente. Perché dovresti?»

Rhun rimase per qualche momento a capo chino, premendo i pugni sulla coperta del letto, poi alzò il viso pallido e dolcissimo, fissando il monaco con gli occhi chiari e trasparenti come il ghiaccio, e sorrise. «No, non debbo. Bene, andiamo.» Prese la bisaccia, si alzò sulle gambe lunghe e forti e si diresse verso la porta.

«Restate anche voi», disse l'abate Radulfus quando Cadfael, dopo avergli presentato il ragazzo, accennò a lasciarli soli. «Penso che farà piacere anche a lui.» Inoltre, parve dire il suo sguardo austero ed eloquente, la vostra presenza potrà essermi utile come testimone. «Rhun vi conosce, mentre non conosce affatto me, anche se confido che possa conoscermi bene, d'ora in poi.» Aveva posato la bisaccia sul suo scrittoio, in attesa del momento adatto per esaminarla meglio.

«Bene, padre, volentieri», ribatté Cadfael, sedendo su uno sgabello un po' in disparte, fuori della traiettoria di quelle due paia di occhi formidabili che si incontravano, curiosi, scrutandosi con pari intensità. Al di là delle finestre, il giardino lussureggiante di fiori era inondato dei caldi colori dell'estate e il cielo del tardo pomeriggio era di un azzurro chiaro come gli occhi di Rhun, ma senza il loro splendore cristallino. Il giorno dei miracoli volgeva lentamente, splendidamente verso la sera.

«Figliolo», disse Radulfus col suo tono più gentile, «tu sei stato il ricettacolo di una grande grazia che ci è stata concessa. Ciò che abbiamo visto, ciò che abbiamo provato, lo so, come lo sanno tutti. Ma vorrei sapere che cosa hai provato tu. So che hai sofferto molto, per tanti anni, senza mai lamentarti, e credo di capire come ti sentivi quando ti sei accostato all'altare della santa. Tuttavia, dimmi, che cosa è accaduto allora?»

Rhun sedeva con le mani incrociate sulle cosce, il viso a un tempo distante e tranquillo, lo sguardo fisso oltre la parete della piccola stanza. Ogni timidezza in lui sembrava scomparsa.

«Ero profondamente turbato», rispose guardingo, «perché mia sorella e zia Alice desideravano tanto per me, mentre io sapevo di non avere bisogno di niente. Mi sarebbe bastato avvicinarmi all'altare, pregare e tornare indietro. Ma poi ho udito la santa che mi chiamava. »

« Santa Winifred ti ha parlato? »

« Mi ha chiamato a lei », confermò, sicuro, Rhun.

« Con quali parole? »

« Senza parole. Che bisogno ha di parole, lei? Mi ha detto di avvicinarmi a lei e io ho obbedito. Poi mi ha detto: qui c'è un gradino, e qui, e qui, vieni, sai di potere. E io sapevo che potevo, così sono andato. E quando mi ha detto: inginocchiati, perché puoi farlo, allora mi sono inginocchiato, e ho potuto farlo. Tutto ciò che mi diceva, l'ho fatto. E lo farò ancora », affermò Rhun sorridendo alla parete davanti a lui con occhi che facevano impallidire il sole.

« Ti credo, figliolo », disse l'abate guardandolo con rispetto e ammirazione. « Che cosa tu sappia fare, quali doti tu possegga per crearti un avvenire non lo so, ma sono felice che ora si uniscano in te la completa salute del corpo e la purezza della mente e dello spirito. Qualunque mestiere tu scelga di fare, spero e ti auguro che l'una e l'altra ti aiutino ad avere successo. E se avessi qualcosa da chiedere a questa casa, per assisterti quando te ne sarai andato da qui, ti è concessa fino da questo momento. »

« Padre », esclamò con fervore Rhun, riportando lo sguardo sulla realtà concreta e tornando a essere il ragazzino che era, « debbo proprio andare? Lei mi ha chiamato a sé, con una tenerezza che non so descrivere, e io desidero restare con lei sino alla fine della mia vita. Mi ha chiamato e io non l'abbandonerò mai, di mia volontà. »

CAPITOLO XII

« Accetterete di tenerlo qui? » domandò Cadfael quando Rhun, dopo un profondo inchino, se ne fu andato, rapito di nuovo nella sua inconsapevole perfezione.

« Se lo intende davvero, sì. È la prova vivente della grazia divina. Tuttavia non permetterò che pronunci i voti troppo presto, per avere forse a pentirsene più tardi. Ora è tutto preso dalla gioia e dallo stupore, pronto ad accettare con la stessa gioia il celibato e la clausura. Se la sua volontà sarà ancora la stessa fra un mese, allora ne sarò certo e lui sarà il benvenuto fra noi. Ma, con tutto ciò, dovrà fare per intiero il suo periodo di noviziato. Non voglio che si chiuda definitivamente la porta alle spalle finché non sarà perfettamente sicuro. E ora », proseguì l'abate guardando con la fronte corrugata la bisaccia di lino sul suo scrittoio, « che cosa ne facciamo di questa? Avete detto che era caduta fra i due letti e potrebbe essere stata lasciata o dimenticata da uno di quei pellegrini? »

« Così ha detto Rhun. Però, se ricordate, padre, quando è stato rubato l'anello del vescovo, entrambi quei giovani hanno consegnato la propria bisaccia perché venisse esaminata. Io, francamente, non saprei dire a quale dei due appartenesse questa, ma potrebbe saperlo il padre priore, che le ha esaminate. »

« Giusto. Frattanto, comunque, non credo che noi abbiamo il diritto di frugare in ciò che non è nostro; del resto non ha molta importanza sapere a chi in particolare appartenesse questa. Se messer de Bretagne li raggiungerà, come farà di certo, ne sapremo di più. Lui potrebbe persino indurli a tornare. Aspetteremo dunque, e intanto questa la terrò io. Quando ne sapremo di più, faremo ciò che sarà necessario per restituirla al suo proprietario. »

Il giorno del miracolo trascolorò nella sera benevolo com'era sorto, col cielo limpido e l'aria tranquilla e profumata. Tutti i presenti entro le mura dell'abbazia si recarono debitamente al vespro e la cena, nella foresteria come in refettorio, fu una festa di quieta devozione. Le voci febbrili e stridule per l'eccitazione che si erano incrociate durante il pranzo si erano ora attenuate nella calma dell'appagamento.

Fratello Cadfael uscì in giardino, invece di recarsi alla sala del capitolo per le consuete collazioni, e rimase a lungo a osservare il cielo dalla sommità del pendio dov'era il campo dei piselli. Mancava ancora un'ora buona prima che il sole al tramonto cominciasse ad affondare dietro le cime piumose dei boschetti oltre il torrente e a occidente il cielo, nel quale si era riflessa l'alba di quel giorno glorioso, splendeva ora in un trionfo d'oro pallido, senza un solo bioccolo di nubi a guastarne la purezza, mentre il profumo delle erbe si alzava in un vapore dolce e inebriante. Un posto stupendo, una giornata fulgente... Chi avrebbe potuto desiderare di allontanarsene? Perché?

Domanda sciocca. Perché gli uomini facevano ciò che facevano? Perché Ciaran infliggeva a se stesso tali sofferenze? Perché manifestava tanta fede e devozione, e poi se ne andava senza un saluto né un grazie nel bel mezzo di una giornata così fausta? Era stato Matthew a lasciare un'offerta in denaro. Perché non aveva potuto persuadere il suo amico a restare sino alla fine di quella giornata? E perché, lui che era sembrato splendere di gioia la mattina, quando camminava mano nella mano con Melangell, l'aveva abbandonata senza un pensiero nel pomeriggio, per riprendere il duro pellegrinaggio con Ciaran, come se niente fosse accaduto?

Erano due o tre? Ciaran, Matthew e Luc Meverel? Che ne sapeva lui di loro, due o tre che fossero? Luc Meverel era stato visto l'ultima volta a sud di Newbury, diretto al nord, verso quella città, e solo. Ciaran e Matthew li aveva visti per la prima volta fratello Adam di Reading, venuto da sud ad Abingdon per trascorrervi la notte, tutt'e due insieme. Se uno dei due era Luc Meverel, dove e perché si era unito a un compagno, e soprattutto *chi era quel compagno*?

A quell'ora Olivier de Bretagne aveva senza dubbio torchiato la sua selvaggina e trovato le risposte ad alcune di quelle domande. E aveva promesso di tornare, di non ripartire da Shrewsbury senza avere chiacchierato un poco con un uomo che ricordava come un caro amico. E lui, Cadfael, si era fidato della sua parola, si era sentito riscaldare il cuore.

Non fu la necessità di badare a qualche pozione di erbe o a un vino in fermentazione a portarlo al suo laboratorio nell'erbario, perché fratello Oswin, in quel momento nella sala del capitolo con i confratelli, aveva riordinato ogni cosa per la notte e provveduto che il braciere fosse ben spento, con acciarino, pietra focaia e stoppaccio in una scatola lì accanto per il caso che fosse stato necessario riaccenderlo durante la notte o di prima mattina. Fu piuttosto l'abitudine che Cadfael aveva preso di ritirarsi in solitudine nel suo rifugio. E quella giornata eccezionale gli aveva fornito materia più che sufficiente per la riflessione, come per la gratitudine. Bene, quali dubbi lo turbavano ora? I miracoli potevano favorire in ugual misura tanto chi li meritava quanto chi non li meritava affatto. Che c'era di strano se una santa si era presa a cuore un ragazzo come Rhun e aveva teso una mano per sostenerlo? Eppure il secondo miracolo era stato doppiamente miracoloso, ben più di quanto il suo servo immeritevole avesse chiesto, stupefacente per la sua generosità. Riportargli Olivier, che lui aveva già ceduto a Dio e all'immenso mondo, rassegnato a non rivederlo mai più! E poi la voce di Hugh, inconsapevole araldo di quel miracolo, che chiedeva dalla penombra della chiesa: « State chiedendo un secondo miracolo? » E quando lui, che stava umilmente ringraziando per il primo senza chiedere altro, aveva girato il capo... ecco là Olivier!

Il cielo a occidente era ancora limpido e luminoso, come oro liquido, e il sole era ancora lontano dalle cime degli alberi quando Cadfael aprì la porta del suo laboratorio ed entrò nella penombra tiepida e odorosa di legno e di erbe. Gli parve, e così disse in seguito, che fosse stato quello il momento in cui aveva visto l'inscindibile rapporto tra Ciaran e Matthew improvvisamente capovolto, ritorto in senso opposto, e in un angolo recondito della sua mente aveva cominciato a vedere una certa logica in tutta quella storia, per quanto confusa e incerta fosse la rivelazione. Ma non ebbe il tempo per soffermarsi a riflettere su ciò che aveva intravisto perché, come ebbe posato il piede oltre la soglia, dall'ombra dell'angolo opposto provennero un ansito sommesso e un lieve fruscio, come se un animale selvatico, sorpreso nel suo nascondiglio, fosse corso a rifugiarsi più lontano.

Si fermò, spalancando la porta dietro a sé come per lasciare una rassicurante via di scampo, e mormorò: « Calma! Non posso entrare nel mio laboratorio senza chiedere permesso? E potrei forse entrare qui dentro con l'intenzione di fare del male a qualcuno? »

I suoi occhi, abituandosi rapidamente alla penombra, che sembrava più scura soltanto per il contrasto con la luce esterna, perlustrarono i ripiani, i vasi di vino ribollente in fila compatta, i fasci di erbe appesi alle travi del soffitto. A poco a poco tutto andava prendendo chiaramente forma. Sulla larga panca di legno contro la parete opposta un mucchio disordinato di vesti si agitò lentamente, si allungò, si raddrizzò mettendo in mostra una massa di capelli color del grano maturo e il viso rigato di lacrime e le palpebre gonfie di Melangell.

La fanciulla non disse una parola, non tornò a stringersi di nuovo le braccia intorno al corpo. Aveva superato quella fase, ormai, non aveva più timore a rivelarsi alla persona serena e comprensiva nella quale aveva piena fiducia. Posò sul pavimento i piedi calzati di scarpe di pelle un po' consunta e appoggiò le esili spalle contro il solido supporto della parete di tronchi. Poi emise un enorme, profondo sospiro che parve salirle fino dai calcagni, lasciandola svuotata e remissiva. Quando Cadfael andò a sedersi accanto a lei, non si scostò di un filo.

« Ora », disse lui, sistemandosi con comodo per lasciarle il tempo di dominare almeno la voce (la penombra le avrebbe protetto il viso), « ora, bambina cara, non c'è nessuno qui che possa infastidirvi, perciò potete parlare liberamente, perché qualsiasi cosa diciate resterà soltanto fra voi e me. Ma c'è qualcosa di cui dobbiamo discutere, noi due. Dunque, che cosa c'è che voi sapete e io no? »

« Perché mai dovremmo discutere? » ribatté Melangell con una vocina desolata, di sotto la sua spalla. « Lui se n'è andato. »

« Chi è partito può ritornare. Tutte le strade hanno due sensi, per allontanarsi come per avvicinarsi. Che cosa ci fate qui da sola, quando vostro fratello cammina dritto su due piedi ugualmente sani e ha tutto ciò che desidera al mondo, salvo la vostra vicinanza? »

Pur senza guardarla, Cadfael sentì vibrare in lei un certo calore che sarebbe potuto essere un sorriso, anche se incerto. « Appunto, mi sono allontanata proprio per non sciupare la sua gioia. Ho resistito per quasi tutta la giornata. Credo che nessuno si sia accorto che mi era rimasta soltanto una metà del mio cuore. Salvo voi, forse. » Lo disse in tono sommesso e rassegnato, non come se rinfacciasse una colpa a qualcuno.

« Vi ho visto quando tornavate da Saint Giles, voi e Matthew. Il vostro cuore era intero, allora, e anche il suo. E se il vostro ora è spaccato in due, che cosa vi fa pensare che il suo sia rimasto intatto? No. Dunque, che cosa è accaduto, dopo? Quale è stata la spada che ha squarciato entrambi i vostri cuori? Voi lo sapete! Potete dirlo, ora. Loro sono lontani, ormai, non avete più niente da perdere. Semmai potreste avere ancora qualcosa da salvare. »

La fanciulla appoggiò la fronte contro la sua spalla e pianse per un poco in silenzio. La penombra nella capanna sembrava essersi attenuata, ora che gli occhi si erano abituati, ma Melangell scordò di nascondere il viso gonfio e disperato e Cadfael vide il livido sulla sua guancia, ormai decisamente violaceo. Le passò un braccio intorno alle spalle e la strinse a sé, per il conforto della carne. Per quello dello spirito ci sarebbero voluti più tempo e riflessione.

« Vi ha picchiata? »

« Io lo tenevo stretto, non poteva liberarsi », rispose lei, pronta a difenderlo.

« Ed era così fuori di sé? *Doveva* andare? »

« Sì, per quanto potesse costare a lui e a me. Oh, fratello Cadfael, perché? Pensavo, credevo che mi amasse, come io amo lui, ma guardate che cosa mi ha fatto, in preda alla collera! »

« In preda alla collera? » proruppe Cadfael, facendole girare le spalle per poter vederla meglio in viso. « Qualunque fosse il motivo che lo costringeva a partire col suo amico, perché avrebbe dovuto essere in collera con voi? Eravate voi a perdere qualcosa, non lui. »

« Si era arrabbiato con me perché non glielo avevo detto. Ma io ho fatto soltanto ciò che mi aveva chiesto Ciaran. Per il suo bene e il vostro e, sì, anche per il mio, ha detto. Lasciatemi andare, ma tenete stretto lui. Non ditegli che ho di nuovo il mio anello, ha detto, e io me ne andrò. Dimenticatemi, ha detto, e aiutate lui a dimenticarmi. Voleva che noi due restassimo insieme, che fossimo felici... »

« Mi state dicendo che *non sono partiti insieme*? » domandò bruscamente Cadfael. « Che Ciaran se n'era andato senza di lui? »

« Be', non è proprio così », sospirò Melangell. « Voleva soltanto il nostro bene, per questo è andato via da solo... »

« Quando? Quando se n'è andato? Quando avete parlato con lui? »

« Io ero venuta qui all'alba, ve lo ricorderete. Ho incontrato Ciaran giù al torrente... » Dopo un sospiro profondo e desolato, prese a raccontare ogni cosa, cercando di rammentare le parole di Ciaran in quell'incontro mattutino, mentre Cadfael la fissava affascinato e il vago sprazzo di luce di poco prima si riaccendeva nella sua mente, molto più chiaro.

«Continuate! Ditemi che cos'è accaduto poi tra voi e Matthew. Avete fatto ciò che vi era stato chiesto, lo so, lo avete tenuto stretto a voi, dubito che abbia dedicato un solo pensiero a Ciaran nel corso di tutta la mattina, persuaso che fosse inchiodato entro l'abbazia, timoroso persino di muoversi. Quando lo ha scoperto, Matthew?»

«Dopo pranzo si è reso conto di non averlo visto in tutta la mattina e si è messo subito in agitazione. È andato a cercarlo dappertutto... Poi ci siamo incontrati in giardino e mi ha detto: 'Dio vi protegga, Melangell, ora dovrete badare voi a voi stessa, perché io sono troppo addolorato...'» Rammentava ogni parola e le ripeté come una bambina esausta che ripetesse una lezione. «Ma io ho detto troppo, ha saputo che avevo parlato con Ciaran... Ha capito che io sapevo che intendeva andarsene di nascosto...»

«E poi? Quando voi lo avete ammesso?»

«Ha riso», disse Melangell in un sussurro disperato. «Non lo avevo mai udito ridere fino a stamattina, e allora era stata una risata piacevole. Ma quest'altra! Amara e rabbiosa.» Raccontò, incespicando un poco, tutto il resto e ogni sua frase aggiunse un particolare all'immagine che si andava facendo più chiara nella mente di Cadfael, invertendo il significato di ciò che la memoria gli suggeriva. «'*Lui* mi rende la *mia* libertà!' E: 'Voi siete sua complice!'» Le parole le scottavano tanto nella mente che Melangell imitò persino l'asprezza selvaggia con la quale erano state pronunciate. E non ci volle molto, alla fine, per trasformare tutto quanto: l'assistenza devota in caccia spietata, l'amoroso altruismo in odio accanito, il nobile sacrificio in fuga premeditata, la volontaria mortificazione della carne in un'armatura difensiva da non abbandonare in nessun momento.

Udì di nuovo, brusco e penetrante, il grido allarmato di Ciaran mentre si stringeva al petto la croce e la voce calma di Matthew che diceva: « Eppure dovrà pur togliersela, quella croce... Altrimenti come potrà mai guarire? »

Come, difatti? Cadfael ricordò anche come avesse detto a entrambi che erano lì per assistere ai festeggiamenti in onore di una santa che poteva avere la vita stessa fra i suoi doni... « Anche per un uomo già condannato a morte! » Oh, santa Winifred, assistetemi ora, assisteteci tutti, con un terzo miracolo ancora più grande degli altri due!

Prese all'improvviso il mento di Melangell e le fece alzare il viso. « Bambina, badate a voi stessa per qualche tempo, perché io debbo lasciarvi. Riordinatevi i capelli, cercate di assumere un'espressione serena e tornate dai vostri parenti non appena potrete sopportare che vi guardino. Andate in chiesa, là sarà tutto tranquillo, ora, e chi si stupirà se vi attarderete a pregare? Non si stupiranno nemmeno che abbiate pianto, se adesso saprete sorridere. Fate del vostro meglio, perché io ho qualcosa da sbrigare. »

Non poteva prometterle niente, neppure confortarla con una speranza. Le voltò le spalle senza aggiungere altro, lasciandola lì a guardarlo, intimorita e rassicurata a un tempo, e attraversò a gran passi i giardini e la corte, dirigendosi verso la casa dell'abate.

Se Radulfus fu sorpreso che Cadfael venisse a chiedergli udienza così presto, non ne diede alcun segno e lo ricevette immediatamente, posando il libro che aveva in mano per prestare la massima attenzione a ciò che il monaco avrebbe avuto da dirgli. Indubbiamente qualcosa di urgente, che aveva a che vedere col problema del momento.

« Padre », esordì Cadfael entrando subito in argomento, « c'è una novità. Messer de Bretagne è partito su una falsa traccia. Quei due giovani non hanno preso la strada per Oswestry, ma hanno attraversato il torrente dirigendosi a ovest in modo da raggiungere il Galles per la via più breve. E non se ne sono andati assieme. Ciaran se l'è svignata stamattina, mentre il suo compagno era in processione con noi, e Matthew lo ha seguito per la stessa strada non appena ha saputo che se n'era andato. E, padre, v'è un buon motivo per pensare che, quanto prima saranno raggiunti e fermati, tanto meglio sarà per uno di loro, sicuramente, ma forse per tutti e due. Vi prego, concedetemi il permesso di prendere un cavallo e seguirli. E informatene Hugh Beringar, in città, pregandolo di raggiungerci al più presto. »

Radulfus, che aveva ascoltato con attenta calma, ora si limitò a chiedere: « Voi come lo avete saputo? »

« Dalla sorella di Rhun, che ha parlato con Ciaran poco prima che lui partisse. E non v'è neppure da dubitare che non sia la verità. Ma vorrei pregarvi di un altro favore, padre. Volete aprire quella bisaccia e vedere se c'è qualcosa che possa dirci di più sul conto di quei due... o almeno di uno di loro? »

Senza esitare né fare altre domande, l'abate prese la bisaccia di lino, l'aprì e tirò fuori il poco che conteneva, posandolo sullo scrittoio.

Dentro una camicia arrotolata c'era un breviario rilegato in pelle, molto usato e un po' logoro, ma conservato con la massima cura e, mentre Cadfael lo prendeva, la camicia scivolò sul pavimento. Senza preoccuparsene, il monaco aprì il breviario. Sul primo foglio, con la calligrafia accurata di un segretario, c'era il nome del proprietario: « Juliana Bossard ». E sotto, in inchiostro più recente e calligrafia meno esperta: *Ricevuto in dono per Natale – 1140 – Luc Meverel – Dio sia con noi tutti!*

« Così prego anch'io », mormorò Cadfael chinandosi a raccattare la camicia. L'espose alla luce delle candele e il suo occhio acuto colse il margine sottilissimo di una macchia che partiva dalla spalla sinistra e scendeva lungo il lato sinistro del petto. Per il resto, la stoffa di lino era pulitissima, evidentemente lavata e rilavata più volte, tanto da essersi sbiancata, perdendo l'originale colore brunastro. Stese la camicia sullo scrittoio e poté così osservare che la sottile linea scura, più marcata all'esterno e un po' sfocata all'interno, delimitava un ampio spazio lungo tutto il lato sinistro del petto e la parte superiore della manica, uno spazio che, per quanto lavato con cura, aveva conservato una lievissima ombra di ciò che v'era stato.

Sebbene Radulfus non si fosse mai avventurato per il mondo come Cadfael, ne aveva tuttavia sufficiente esperienza: osservò quindi con attenzione quell'ombra, poi disse pacatamente: « Questo era sangue ».

« Senza dubbio », convenne Cadfael e tornò ad arrotolare la camicia.

« E il possessore di questa bisaccia veniva da un posto dove era castellana Juliana Bossard. » Gli occhi penetranti dell'abate si fissarono sul volto di Cadfael. « Abbiamo dunque ospitato un assassino nella nostra casa? »

« Temo proprio di sì », convenne il monaco, riponendo nella loro modesta custodia gli sparsi frammenti di una vita, la vita di un uomo senza più alcuna prospettiva. « Ma penso che possiamo essere ancora in tempo per prevenire un altro delitto... se mi date il permesso di andare. »

« Prendete il cavallo migliore della nostra scuderia », disse quieto l'abate. « E io farò avvertire Hugh Beringar perché vi segua al più presto, e non da solo. »

CAPITOLO XIII

Parecchie miglia a nord, in direzione di Oswestry, Olivier fermò il cavallo sul largo margine erboso della strada dove un ragazzino magro, dagli occhi scintillanti, pascolava alcune capre nella calda luce del tardo pomeriggio. Il pastorello alzò gli occhi sul cavaliere, senza soggezione. Era mezzo gallese, immune da ogni servilismo. Sorrise e augurò gentilmente la buonasera.

Il ragazzino era bello, ardito, senza paura, e così era l'uomo. Si guardarono e si piacquero.

« Dio sia con te! » disse Olivier. « Da quanto tempo sei qui a pascolare le tue capre? Non hai visto per caso passare un uomo zoppo e un altro sano, più o meno della mia età, ma a piedi? »

« Dio sia con voi, messere », ribatté gaiamente il pastorello. « Sono qui da mezzogiorno, ma non ho visto passare nessuno come quelli che avete detto. E scambio sempre qualche parola con quelli che passano, a meno che non vadano al galoppo. »

« Allora è inutile che io corra tanto », riprese Olivier, allentando le redini sul collo del cavallo che si era messo lui pure a brucare l'erba alta e lussureggiante. « Non sono davanti a me su questa strada. Ma dimmi, supponendo che vogliano raggiungere il Galles per la via più breve, di dove dovrei passare per trovarli? Sono partiti da Shrewsbury un po' prima di me e ho un messaggio per loro. »

Il piccolo capraio, che accoglieva a braccia aperte qualsiasi occasione per distrarsi dal suo lavoro, rifletté per un momento sulla strada migliore per il cavaliere, poi annunciò la conclusione alla quale era giunto. « Tornate indietro per un miglio, o poco più, fino al ponte di Montfort: lì troverete sulla vostra destra una strada molto frequentata che vi porterà a ovest. Più avanti, dove la strada si divide, prendete di nuovo a ovest. Non è diretta, ma prosegue girando intorno a Shrewsbury a una distanza di oltre quattro miglia e costeggiando la foresta, e taglia tutte le strade provenienti dalla città. Forse a questa maniera potrete ancora ritrovare i vostri uomini, spero.»

«Grazie, e grazie per il suggerimento.» Olivier si chinò sulla mano che il pastorello aveva teso, non per chiedere un compenso bensì per accarezzare con compiaciuta ammirazione la lucente spalla castana del cavallo, e lasciò cadere una moneta sul piccolo palmo. «Dio ti assista», disse, poi spronò il cavallo e tornò nella direzione dalla quale era venuto.

«E assista anche voi, messere!» gridò il ragazzino, seguendolo con lo sguardo finché, a una curva della strada, cavallo e cavaliere non furono scomparsi dietro un folto d'alberi. Le capre si raccolsero in gruppo avvicinandosi a lui: era prossima la sera ed esse si preparavano per tornare a casa, guidate dal corso del sole come il loro guardiano. Il ragazzino riunì in una mano le loro cavezze, le incitò con un fischio e si avviò allegramente verso casa, lungo un sentiero attraverso i campi.

Olivier giunse per la seconda volta al ponte sul Severn, le cui sponde erano costituite da una ripida scarpata ammantata d'alberi su un lato e da un'ampia distesa pianeggiante sull'altro, oltre la quale si diramava, sulla destra, un sentiero che serpeggiava tra alberi sparsi, diretto a quel punto più a sud che a ovest. Ma un miglio più avanti esso incrociò una strada più ampia e là Olivier svoltò a destra, verso il sole, come gli aveva detto il ragazzino. Più avanti ancora si trovò poi a un bivio dove, sempre seguendo le istruzioni ricevute, girò invece a sinistra, così da avere sulla destra il sole che, ormai basso all'orizzonte, splendeva in improvvisi, accecanti bagliori fra gli alberi, e proseguì aggirando da lontano Shrewsbury. La strada serpeggiava ora dentro e fuori da boschetti, da frange boscose all'estremità settentrionale della Long Forest, a volte nella densa penombra degli alberi, altre all'aperto fra bassi cespugli, altre volte ancora tra isolotti di campi ben coltivati e brevi visioni di lontani villaggi. Olivier cavalcava tendendo l'orecchio a eventuali, promettenti rumori, fermandosi ogni qualvolta il suo labirintico sentiero ne incrociava un altro che portava a ovest provenendo da Shrewsbury o un'abitazione gli offriva la possibilità di informarsi sui due che cercava. Nessuno però aveva visto passare una coppia come quella. Olivier si andava rincuorando. Ciaran e Matthew avevano qualche ora di vantaggio su di lui, ma se non erano passati per nessuna delle strade che aveva incrociato finora, esisteva una possibilità che si trovassero ancora entro il cerchio che lui stava tracciando intorno a Shrewsbury. Quelle non erano strade molto agevoli per un uomo che camminasse a piedi nudi e poteva darsi che Ciaran fosse stato costretto a fermarsi di tanto in tanto per riposare. Alla peggio, se proprio non fosse riuscito a rintracciarli, quella strada tortuosa avrebbe pur finito per riportarlo sulla via maestra che aveva già percorso giungendo a Shrewsbury da sud-est e lui se ne sarebbe tornato in città, accolto con gioia da Hugh Beringar e senz'altro danno che una lunga cavalcata in una bella sera d'estate.

Senza perdere tempo, Cadfael si era infilato gli stivali, rimboccato il saio e aveva sellato il cavallo migliore che aveva potuto trovare nelle scuderie. Non gli capitava spesso l'occasione di concedersi tali delizie quasi dimenticate, ma non pensava a quello, ora. Aveva dato istruzioni precise al messaggero che stava già attraversando in gran fretta il ponte di Shrewsbury per andare ad avvertire Hugh, e Hugh non avrebbe fatto domande, come non ne aveva fatte l'abate, rendendosi conto dell'estrema urgenza che non lasciava tempo per le spiegazioni.

« Dite a Hugh Beringar », erano le istruzioni, « che Ciaran si dirigerà verso il confine del Galles per la via più breve, ma evitando le strade troppo scoperte. Penso che prenderà una stradina a sud che porta all'antica strada costruita dai romani, che noi abbiamo avuto il torto di lasciar andare in rovina, perché è tutta pianeggiante e raggiunge dritta il confine a nord di Caus.»

Era una freccia scagliata a caso e nulla più, lo sapeva benissimo. Ciaran non era di quelle parti, benché potesse forse avere qualche nozione sulla zona di confine, se aveva dei parenti nel Galles. Tuttavia era stato lì per tre giorni e, se si stava preparando a fuggire, avrebbe potuto fare domande in giro, a ospiti e confratelli, per informarsi su tutte le strade possibili. Non c'era tempo da perdere e soprattutto era necessario fare un calcolo accurato delle probabilità. Cadfael scelse la via da seguire ed entrò in azione.

Una volta ancora non perse tempo a passare dignitosamente dalla portineria e fare un lungo giro per arrivare a occidente della città: si tirò dietro il cavallo al piccolo trotto attraverso i giardini, con aperto sbalordimento di fratello Jerome che si stava dirigendo verso il chiostro con dieci minuti buoni di anticipo per compieta e che avrebbe senza dubbio riferito un simile oltraggio al priore Robert. Cadfael si dimenticò immediatamente di lui e proseguì aggirando col cavallo il campo dei piselli e scendendo verso la tranquilla distesa verde del torrente e il prato sull'altra sponda, dove montò in sella. Il sole cominciava già ad affondare oltre la corona degli alberi e in quella mezza luce e mezz'ombra, il monaco spronò e partì al trotto lì dove conosceva il terreno come il palmo della propria mano. Proseguì sempre verso occidente finché non incontrò la strada: la percorse per mezzo miglio al piccolo galoppo finché essa non svoltò troppo a sud, poi il monaco si diresse ancora verso occidente incontro al sole al tramonto. Ciaran aveva un enorme vantaggio, persino su Matthew, figurarsi poi su quelli che lo seguivano ora. Ma Ciaran era zoppo, gravato da un peso e impaurito. Quasi da averne paura.

Mezzo miglio più avanti, all'incrocio con un modesto sentiero che conosceva bene, Cadfael voltò di nuovo verso sud-ovest e affondò nell'ombra più fitta e dentro le estreme propaggini settentrionali della Long Forest. Nulla più di un sentiero cavalcabile tra rami ondeggianti, un frammento di un bosco antico dove qui e là affioravano le rocce. Non era ancora zona di confine, ma quasi, una regione dove, ad aridi affioramenti rocciosi che frantumavano il terreno, facevano seguito cespugli di erica e rustiche erbe montane, scarne macchie di arbusti e alberi sparsi, per lasciare poi luogo a una vegetazione lussureggiante sotto il tetto di alberi secolari ovunque vi fosse una conca umida. Poco più avanti cominciavano boschi scuri, cupole alte sopra un fitto intreccio di rovi, di cespugli e di erbe. La foresta proliferava indisturbata, se pure con qualche rara isola di terreno aperto e coltivato, ognuna una nuova meraviglia.

E finalmente Cadfael giunse all'antica strada che tagliava come un coltello il suo sentiero, da est a ovest: lì si fermò, indugiando per un attimo a pensare agli uomini che l'avevano costruita. Benché da ampia strada militare fosse ormai ridotta a un sentiero, in massima parte ricoperto da un sottile strato erboso, essa correva tuttora precisa e dritta come una lancia, perfettamente piana dov'era possibile, in uniforme salita e discesa dove un'altura sbarrava la strada. Cadfael svoltò a ovest e proseguì dritto verso la dorata porzione di sole che ancora splendeva fra i rami.

Nel tratto di foresta a nord e a ovest del villaggio di Hanwood v'erano boschetti dove fuorilegge allo sbando potevano trovare un rifugio sicuro, purché si tenessero alla larga dai rari gruppi di case poco lontani. La gente del posto tendeva a raggrupparsi, recintando i propri modesti possedimenti, per proteggersi. La foresta sembrava fatta per saccheggiare, esercitare il bracconaggio, pascolare i porci, sempre con le debite precauzioni, naturalmente. I viaggiatori, pur potendo contare sull'ospitalità e sull'aiuto in caso di bisogno, dovevano proteggersi tenendosi al coperto nel folto della boscaglia, se osavano avventurarvisi; ma, tutto sommato, lì nello Shropshire, sotto l'amministrazione di

Hugh Beringar, si era al sicuro non meno che nel resto dell'Inghilterra e le appropriazioni indebite di vagabondi non duravano a lungo. Tuttavia esistevano sempre rifugi sicuri dove installarsi per qualche tempo e inquilini indesiderati potevano approfittarne, se spinti dalla necessità.

In quelle zone di confine, parecchie proprietà terriere di minore importanza erano decadute per la loro posizione pericolosa, e alcune erano ora semideserte, con i campi incolti. Fino all'aprile di quell'anno il castello finitimo di Caus era stato in mano dei gallesi, e, da quando Hugh ne aveva reclamato il possesso, non v'era stato ancora il tempo perché i villaggi abbandonati si ricostituissero. Inoltre, in quella stagione, non era gravoso vivere all'aperto e un po' di esperto bracconaggio, con l'aggiunta di qualche furto redditizio, poteva mantenere in carne due o tre brav'uomini mentre aspettavano che il tempo facesse dimenticare le loro imprese al sud e studiavano dove trascorrere meglio le loro giornate finché non si fosse profilata la possibilità di tornare a casa.

Mastro Simeon Poer, sedicente mercante di Guildford, non era insoddisfatto dei profitti ricavati a Shrewsbury. In tre sere, il periodo massimo in cui osavano operare nello stesso posto, per non destare sospetti, lui, John Shure e Walter Bagot avevano ricavato un bel po' di denaro dai fiduciosi scommettitori in città e al Foregate, oltre al prezzo pagato da Daniel Aurifaber per l'anello rubato, le varie cianfrusaglie sottratte da William Hales dai banchi del mercato e le monete che John Shure in persona aveva pescato da tasche e borse, tra la folla, usando le sue unghie lunghe e ben curate. Peccato che, nel corso della loro scorreria, avessero dovuto abbandonare al proprio destino William Hales, ma tutto sommato erano riusciti a cavarsela senza altri danni che qualche livido e la perdita di un uomo. Una sfortuna per William, ma era toccata a lui come sarebbe potuta toccare a qualsiasi altro di loro.

Avevano evitato le strade più frequentate, astenendosi dal frammischiarsi alla gente del posto e dedicandosi al furto di notte e con le debite cautele, dopo essersi assicurati che non vi fossero cani con cui vedersela. Ora avevano persino una sorta di tetto sopra la testa perché, nel folto della boscaglia, a valle dell'antica strada, avevano trovato i resti di una capanna abbandonata da gran tempo. Fra un po' di giorni di quella tranquilla esistenza, oppure se il tempo si fosse guastato, si sarebbero rimessi in viaggio per il sud, per essere ben lontani da Shrewsbury prima di spostarsi all'est dove non erano ancora conosciuti.

I rari viaggiatori che percorrevano la strada erano quasi sempre abitanti dei dintorni che essi si guardavano bene dall'aggredire, perché la loro scomparsa si sarebbe notata subito e nel giro di poche ore sarebbe cominciata la caccia. Ma non avrebbero avuto niente in contrario a tendere un agguato a qualche viaggiatore solitario che fosse palesemente forestiero e diretto a un posto più lontano, perché era poco probabile che la sua sparizione venisse notata entro breve tempo: inoltre sarebbe stato quasi certamente una preda più ricca, avendo con sé i mezzi necessari per un lungo viaggio. In mezzo a quei boschi e boschetti un uomo poteva sparire come niente fosse, e per sempre.

I tre furfanti si sistemarono per la notte fuori della capanna, con le braci del fuoco al sicuro nella cavità argillosa scavata a quello scopo e le dita ancora unte del grasso della gallina rubata. Lì il tramonto era già crepuscolo, ma i loro occhi erano avvezzi al buio; i tre uomini, inoltre, erano ben svegli e pieni di energie dopo una giornata di inattività. Era stato incaricato di montare la guardia, per quel poco che sembrava necessario, Walter Bagot, che si era appiattato a qualche distanza, ma che a un certo punto tornò indietro in gran fretta, con gli occhi scintillanti, non per dare l'allarme, bensì come se pregustasse qualcosa.

« Sta arrivando qualcuno che potremo pizzicare senza rischi. L'amico scalzo dell'abbazia... ancora abbastanza lontano e zoppo più che mai... Deve avere camminato sui sassi. Nessuno saprà mai dov'è andato. »

« Quello? » ribatté Simeon Poer, sorpreso. « Sciocco, ha

sempre la sua ombra a soffiargli sul collo. Se c'è lui ci sarà anche l'altro, che ci scatenerà addosso i cani, se il suo amico sparisce.»

«Adesso la sua ombra non ce l'ha» dichiarò Bagot raggiante. «È solo, ve lo dico io, dev'essersela scrollata di dosso, oppure si saranno separati di comune accordo. Non importerà un fico secco a nessuno, se quello sparisce!»

«E un fico secco è quanto può valere lui», intervenne Shure in tono sprezzante. «Lasciamolo perdere. Non valgono la pena nemmeno la camicia e le calze-brache che ha addosso. E che altro può avere con sé?»

«Denaro, amico, denaro! Quello è ben fornito, credimi, se si preoccupava tanto di tenerlo nascosto. Lo so! L'ho tastato senza parere ogni volta che sono riuscito ad avvicinarmi a lui tra la folla in chiesa: ha una bella borsa piena legata sotto i vestiti, ma non ho mai potuto metterci le dita. Mi ci sarebbe voluto il coltello e sarebbe stato troppo rischioso. Può pagarsi le spese dappertutto dove va. Su, andiamo, sarà un bersaglio facile, adesso.»

Bagot era certo del fatto suo e ai suoi compagni sorrideva l'idea di un bottino supplementare. Si alzarono allegramente, mettendo mano ai loro pugnali, e avanzarono cautamente nel sottobosco, verso la linea sottile del sentiero sopra il quale splendeva ancora il nastro chiaro del cielo. Shure e Bagot si appostarono su un lato del sentiero e Poer sull'altro, nascosti dall'impenetrabile schermo dei cespugli che, in controluce, sembravano più alti e folti. In quel tratto della foresta sorgevano alberi secolari, faggi enormi dai tronchi giganteschi che tre uomini a braccia tese sarebbero a malapena riusciti a circondare. In alcuni punti la foresta era stata diboscata e i tre fuorilegge si confusero nella verde oscurità, immobili come alberi, aspettando.

Finalmente lo udirono. Passi risoluti e regolari, che avanzavano faticosamente, facendo frusciare l'erba. Lungo il margine erboso di una strada maestra, il cammino sarebbe stato molto più facile e lui avrebbe percorso due volte tanto le miglia coperte su quei sentieri accidentati. Gli uomini appostati udirono il suo respiro quando era ancora a venti iarde da loro e finalmente videro la sua figura alta e scura muoversi nell'ombra, appoggiandosi a un lungo bastone nodoso senza dubbio raccolto da qualche parte, fra gli alberi. Benché posasse entrambi i piedi con estrema cautela, l'uomo pareva appoggiarsi di più sul destro, come se con l'altro fosse scivolato su un sasso tagliente e si fosse ferito la pianta o distorto la caviglia. Una vista pietosa, se ci fosse stato qualcuno a provare pietà per lui.

Procedeva con le orecchie tese, tutti i sensi all'erta, con la stessa guardinga diffidenza delle piccole creature notturne che strisciavano tremanti intorno a lui. Era stato attanagliato dalla paura a ogni passo delle miglia percorse in compagnia, ma ora, in compagnia soltanto di se stesso, era addirittura atterrito. Fuggire non era equivalso a scampare.

Fu l'intensità della sua paura a salvarlo. Aspettarono che avesse sorpassato i primi cespugli, così che avesse Bagot alle spalle e gli altri due ai lati, ma a quel punto, più che l'udito, fu una sorta di formicolio della pelle a fargli avvertire l'improvvisa presenza di qualcuno dietro a lui, il lieve spostamento dell'aria fresca della sera, il peso del corpo e del braccio che si gettavano silenziosamente verso di lui. Lanciò un grido sommesso e girò su se stesso, roteando il bastone intorno a sé, e il coltello che avrebbe dovuto infilzarlo colpì invece il ramo, staccandone un nastro di corteccia e di legno. Bagot tese un braccio per afferrare una manica o un lembo della casacca, ma mancò l'obiettivo perché Ciaran balzò selvaggiamente indietro e, spinto dal suo stesso terrore, si girò e, incurante del piede ferito, si gettò fuori del sentiero, nell'ombra più fitta tra gli alberi. Ansando e gemendo per il dolore, ma correndo come una lepre spaventata.

Chi avrebbe mai pensato che potesse muoversi ancora tanto in fretta, se fosse stato spinto agli estremi? Ma non avrebbe potuto resistere a lungo: l'impulso non lo avrebbe portato molto lontano. I tre lo seguirono, allargandosi un poco per poter stringerlo su tre lati quando fosse caduto esausto. Ridacchiavano, avanzando: non avevano fretta. I fruscii e gli schianti mentre Ciaran si apriva un passaggio tra i cespugli, i suoi gemiti incontrollabili per le sofferenze che quello sforzo gli procurava sembravano assurdi e incredibili nel bosco in penombra.

Rami e rovi schiaffeggiavano Ciaran, gli graffiavano il viso, ma lui correva alla cieca, agitando il bastone davanti a sé, aprendosi rumorosamente un solco tra i cespugli, incespicando sul groviglio di rami morti e cadendo nelle soffici buche traditrici coperte dalle foglie ammucchiatesi nel corso di anni. E i tre lo seguivano con calma, consci che la sua corsa andava rallentando. Il sarto, magro e agile, era ormai alla sua altezza, a qualche passo da lui, e si stava preparando ad aggirarlo, dopo aver lanciato un fischio di avvertimento ai compagni che gli si stavano avvicinando, come cani dietro a una pecora fuggita dal gregge. Ciaran si trovò a un tratto davanti a uno spazio più aperto, una piccola radura intorno a un vecchio faggio gigantesco e, chiamando a raccolta le poche forze che gli erano rimaste, si lanciò in un ultimo balzo disperato per rifugiarsi e sparire nel folto dei boschetti sul lato opposto. Ma il denso strato di foglie secche fra le radici lo tradì. Slittò coi piedi e crollò di schianto contro il tronco. Ebbe appena il tempo di rialzarsi e mettersi con le spalle contro il grande albero prima che gli inseguitori gli fossero sopra.

Sempre agitando il bastone davanti a sé, Ciaran cominciò a gridare aiuto, senza rendersi conto del nome che, in preda alla disperazione, stava invocando.

« Aiuto! All'assassino! Matthew, Matthew, aiutami! »

La risposta non fu un altro grido, ma un brusco scompiglio di rami. Qualcosa balzò fuori dal folto degli alberi e attraverso l'erba, spingendo violentemente di lato lo sbalordito Bagot che cadde sulle ginocchia. Un lungo braccio sbatté di nuovo Ciaran contro il tronco e Matthew si piantò a gambe divaricate al suo fianco, col pugnale sguainato. Quanto rimaneva della luce crepuscolare illuminò il suo viso alzato e terribile e trasse scintille dalla lama.

« Ah no! » proruppe lui a gran voce, mostrando i denti in un sogghigno crudele. « Giù le mani! Quest'uomo appartiene a me! »

CAPITOLO XIV

I TRE aggressori si erano ritratti istintivamente, prima di rendersi conto che l'uomo piombato in mezzo a loro era solo, ma poi furono pronti a tornare al proprio posto, guardinghi come animali da preda eppure impavidi, disponendosi a semicerchio fuori portata, e risoluti a non cedere terreno, osservando e riflettendo, soppesando a mente fredda la situazione ora così mutata. Due uomini e un coltello con cui vedersela, il secondo uomo ben noto a loro quanto lo era il primo. Erano vissuti assieme per tre giorni entro le stesse mura, avevano condiviso dormitorio e refettorio e la conclusione ovvia, lo riconobbero senza sgomentarsene, fu che quei due dovevano conoscere i loro aggressori come questi conoscevano la propria preda. Nella semioscurità del crepuscolo, i volti restavano un po' confusi, ma una persona si riconosce per altri tratti, oltre a quelli del viso.

« Ve l'avevo detto, no? » mormorò Simeon Poer, scambiando un'occhiata che fu ben compresa anche in quella luce incerta. « Ve l'avevo detto che non sarebbe andato molto lontano. Non importa: dove sta uno possono stare anche in due. »

Dopo avere dichiarato a gran voce il proprio diritto, Matthew se n'era rimasto zitto. L'albero contro il quale stavano appoggiati era abbastanza largo per impedire che venissero aggrediti alle spalle; tuttavia, quando Bagot si mosse per aggirarlo da lontano, lui fu pronto a spostarsi per avere di fronte il nemico. Erano in tre da sorvegliare e Ciaran, zoppo ed esausto, non era certo in condizioni di tener testa a nessuno dei tre, benché mantenesse la propria posizione col bastone stretto in pugno, pronto a battersi, se fosse stato costretto, con le unghie e coi denti per difendere la propria vita, pur così compromessa. Matthew curvò le labbra in un amaro sorriso al pensiero che forse avrebbe dovuto essergli grato per quel suo accanito desiderio di vivere.

Dall'altro lato del tronco, con la guancia contro la corteccia, Ciaran sussurrò: «Avresti fatto meglio a non seguirmi».

«Non avevo forse giurato di restarti vicino sino alla fine?» ribatté Matthew con lo stesso tono. «Mantengo i miei voti, io. Soprattutto questo.»

«Saresti stato ancora in tempo per scivolare via indisturbato. Ora siamo bell'e morti tutti e due.»

«Non ancora! Se non mi volevi, perché mi hai chiamato?»

Ciaran, sconcertato, non rispose. Non sapeva di avere pronunciato un nome.

«Ci siamo tanto abituati l'uno all'altro!» riprese cupamente Matthew. «Tu hai voluto me come io voglio te. Pensi che avrei potuto cederti a qualcun altro?»

I tre che li sorvegliavano si erano riuniti in un gruppo indistinto, confabulando con le teste accostate e lo sguardo fisso sulle loro prede.

«Ora verranno», mormorò Ciaran con la voce spenta della disperazione.

«No, aspetteranno il buio.»

I tre non avevano fretta. Non facevano alcun gesto di minaccia, non sprecavano fiato a parlare. Aspettavano il loro momento con la pazienza di un animale in caccia. Tornarono a separarsi in silenzio, a una certa distanza l'uno dall'altro al margine della radura, tenendosi nell'ombra quanto bastava per essere a malapena visibili, ma pur sempre visibili perché la loro presenza e la loro immobilità erano intese a logorare i nervi. Esattamente come un gatto sarebbe rimasto per ore immobile, attento e inesorabile davanti alla tana di un topo.

«Io non ce la faccio più», disse Ciaran in un fievole sussurro, trattenendo un singhiozzo.

«Puoi rimediare facilmente», ribatté tra i denti Matthew. «Basta che ti levi quella croce dal collo e sarai subito liberato da tutti i tuoi guai.»

La luce andava facendosi sempre più fioca. I loro occhi, che frugavano l'ombra fumosa dei cespugli, cominciavano a vedere movimenti dove non ve n'era alcuno e ad aguzzarsi invano dove qualcosa si muoveva e spariva, facendosi beffe di loro. Ma l'attesa estenuante ormai non sarebbe durata a lungo. Gli aggressori si spostarono in cerchio nell'ombra, aspettando il momento in cui l'una o l'altra delle loro vittime si sarebbe distratta per un attimo, guardando da un'altra parte. Non avevano dubbi che sarebbe stato Ciaran il primo a farlo, mezzo distrutto com'era. Sarebbe accaduto presto, ormai, molto presto.

Fratello Cadfael era a circa mezzo miglio dalla radura quando udì il grido atterrito e disperato. Non distinse le parole, ma il panico di quella voce era inequivocabile. Nel profondo silenzio del bosco, senza nemmeno un fruscio di foglie agitate dal vento, ogni rumore giungeva limpido e chiaro anche a distanza. Cadfael spronò in fretta il cavallo, in preda a un cupo presentimento di ciò che avrebbe potuto trovare quando fosse arrivato alla fonte di quel grido. Un inseguimento protratto per tante miglia, paziente e implacabile, attraverso mezza Inghilterra, si stava forse concludendo in quel momento, un quarto d'ora troppo presto perché lui potesse fare qualcosa per impedirlo. Matthew aveva senza dubbio trovato un Ciaran ormai stanco dei propri sacrifici penitenziali, adesso che non lo vedeva nessuno: non aveva forse dichiarato apertamente di non odiare se stesso al punto di sottoporvisi senza scopo? E ora, solo e lontano da tutti, poteva aver pensato di non correre alcun rischio liberandosi del fardello di quella croce e forse anche di procurarsi poi un paio di scarpe per quei suoi piedi martoriati. Sempre che Matthew non lo avesse colto così spergiuro e disarmato.

Un secondo rumore che ruppe il silenzio della foresta

passò quasi inosservato, confuso tra quelli del cavallo che avanzava, tuttavia Cadfael colse una sorta di brivido tra gli alberi e si fermò, tendendo le orecchie. Il trambusto e gli schianti di qualcosa o di qualcuno che si muoveva tra il folto dei cespugli, veloce e diritto come una freccia, poi una breve confusione di grida, non alte ma penetranti e circospette, e un'energica voce maschile che si alzava sopra a tutto. La voce di Matthew, non trionfante né atterrita: piuttosto in un secco, risoluto tono di sfida. Non c'erano soltanto quei due, là avanti, e non molto avanti ormai.

Cadfael smontò e guidò il cavallo a un trotto ansioso fino dove osò spingersi lungo il sentiero, verso il punto dal quale erano venuti i rumori. Hugh sapeva muoversi molto in fretta quando vedeva un buon motivo e nel succinto messaggio del monaco il motivo lo avrebbe visto e come. Si sarebbe allontanato dalla città seguendo la via più breve, il ponte occidentale, poi l'ottima strada verso sud-ovest, raggiungendo quello stesso sentiero un paio di miglia più indietro. In quel momento poteva essere a poco più di un miglio da lui. Cadfael legò il cavallo al margine del sentiero, come segnale che lui aveva avuto un motivo per fermarsi lì e si trovava poco lontano.

Regnava di nuovo il silenzio intorno a lui, ora. Cercò lungo il margine dei cespugli un punto dove penetrare senza rumori che tradissero la sua presenza e prese a farsi strada un po' per istinto e un po' tastoni verso il punto dal quale erano venute le grida e dove ora dominava un silenzio quasi innaturale. Dopo un poco scorse l'ultimo debole chiarore del crepuscolo che brillava fra i rami. C'era una radura, davanti a lui.

Si bloccò di colpo quando un'ombra passò silenziosa tra lui e quel vago chiarore. Una figura alta e snella che scivolava come un serpente tra i cespugli. Cadfael aspettò finché non ricomparve il fioco disegno luminoso, poi riprese ad avanzare cautamente fino al margine della radura, al centro della quale si ergeva il grande tronco di un faggio, una massa solida sotto l'enorme nube dei rami. Là, qualcosa si muoveva nell'ombra. Due uomini, non uno solo, premuti contro il tronco. Un breve lampo di acciaio splendette quel tanto che bastò a rivelare di che cosa si trattava: un pugnale sguainato e pronto. Due uomini inchiodati là e senza dubbio più di uno che ce li tenevano, impotenti, in attesa del momento in cui si sarebbe potuto finirli senza rischi. Cadfael rimase a osservare, immobile, la radura che si andava oscurando e finalmente scorse, come si era aspettato, un altro tremolio di foglie che nascondevano un uomo, poi un secondo, sul lato opposto, e infine un terzo. Tre, probabilmente tutti armati, e certo non di buone intenzioni, se si aggiravano furtivi nei boschi di notte, senza una meta, pronti a uccidere. Tre uomini erano spariti durante la partita a dadi sotto il ponte di Shrewsbury, fuggendo in quella direzione. E tre riapparivano lì nella foresta, intenti a un altro gioco quale si addiceva alla loro spregevole razza.

Cadfael restò a guardare, esitante, chiedendosi che cosa sarebbe stato meglio fare, se tornarsene furtivamente indietro, sul sentiero, aspettando e sperando che arrivasse Hugh, o tentare qualcosa da solo, se non altro per disturbare e sbigottire quei banditi, creando un diversivo e lasciando a Hugh il tempo di arrivare. Era giunto alla conclusione che sarebbe stato meglio tornare dove aveva lasciato il cavallo, montare in sella e ritornare lì, facendo tutto il baccano e lo scompiglio possibili, cercando di dare l'impressione che si trattasse di una squadra di cavalleggeri invece che di un uomo solo... quando, con sconvolgente rapidità, qualcun altro decise per lui.

Uno dei tre assedianti balzò fuori dai cespugli con un urlo terribile e si lanciò verso l'albero, sul lato dove il fugace lampo dell'acciaio aveva rivelato che almeno uno degli assediati era armato. Una figura scura si protese nel buio sotto i rami per affrontare il pericolo e Cadfael capì che era Matthew. L'aggressore si spostò di fianco, fuori portata, in una finta ben calcolata, e al tempo stesso le altre due ombre eruppero dai cespugli gettandosi come un sol uomo sull'avversario più debole, dall'altra parte del tronco. In un confuso scenario di violenza echeggiò un grido acuto e disperato e Matthew fece bruscamente un mezzo giro su se stesso, roteando il pugnale intorno a sé e tendendo un braccio a trattenere il compagno contro il tronco. Ciaran ciondolò, mezzo svenuto, scivolando lentamente lungo una delle profonde, ampie scanalature del faggio e Matthew gli si piantò davanti, difendendo entrambi con grandi fendenti del pugnale.

Per qualche momento Cadfael rimase a osservare immobile e muto la scena, ammirando quel nemico così generoso. Ritrovò il fiato solamente quando i tre predatori si strinsero contemporaneamente sulla preda, squarciando, malmenando, e travolgendo infine i due col semplice peso del proprio corpo.

Allora si riempì d'aria i polmoni e urlò alla notte: «Prendeteli! Là! Teneteli stretti, tutti e tre. Sono i nostri banditi!» Stava facendo un tale baccano da non rendersi conto che gli echi, cui nella sua furia non aveva badato, provenivano contemporaneamente da due direzioni opposte, dal sentiero alle sue spalle e dal nord, di fronte a lui. Continuò a sentirsi solo, mentre urlava, allargando le braccia e sventolando le maniche come ali di un pipistrello. Poi si gettò a capofitto nella mischia intorno all'albero.

Tanto, tanto tempo addietro aveva giurato di non usare mai più armi, ma che importava? Non aveva armi, ora, salvo due pugni robusti anche se un po' indeboliti dall'artrite. Piombò nel groviglio di uomini e di armi sotto il faggio, afferrò un cappuccio penzolante, sollevò di peso il suo proprietario e lo trascinò indietro, torcendo la stoffa per strozzare la gola che vomitava rabbia e veleno contro di lui. Ma era stata la voce di Cadfael a suscitare un vero moto di panico tra gli assalitori. Il mucchio scuro di umanità esplose in esseri separati. Due balzarono fuori guardandosi in giro alla ricerca della fonte dell'allarme, mentre l'avversario diretto di Cadfael, ansante, annaspò intorno a sé con un lungo braccio e un pugnale maligno che ritagliò una lunga striscia da una stinta manica nera. Cadfael gli si gettò sopra con tutto il proprio peso, lo afferrò per i capelli e gli schiacciò il viso contro il terreno, con svergognata esultanza. Avrebbe fatto penitenza per quello, fra qualche giorno, ma per il momento ne gioì, col suo sangue di crociato che gli cantava nelle vene.

Poi si rese conto che, lontano da lì, stava accadendo qualcos'altro, più di quanto si fosse aspettato. Udiva, e stavolta ne era cosciente, l'inconfondibile scalpitare di zoccoli e una voce perentoria che gridava ordini. Tuttavia non abbandonò la presa per cercare di decifrarli. Nonostante l'oscurità, la radura era in subbuglio, ora. L'uomo abbattuto da Cadfael si sollevò con uno sforzo possente, facendolo rotolare di lato: il monaco dovette abbandonare il cappuccio che stringeva tuttora e Simeon Poer si liberò con uno strappo. Poi ci furono corse in ogni direzione, ma i fuggiaschi non andarono lontano.

Ultimo dei tre a trovarsi libero, Simeon brancolò rabbiosamente fra le radici del faggio, sentì un corpo accovacciato, si trovò sotto le mani una cordicella cui era appeso qualcosa, forse qualcosa di prezioso, e le diede un violento strattone, prima di rialzarsi per fuggire. Risonò un acuto grido di dolore, la cordicella si spezzò e l'oggetto, qualunque fosse, gli rimase in mano. Simeon si rialzò in fretta, precipitandosi a testa bassa verso i cespugli più vicini, vi affondò e scomparve di corsa, sfuggendo per non più di una iarda alle mani che si protendevano dall'alto dei cavalli per afferrarlo.

Cadfael aprì gli occhi e riprese fiato. L'intera radura ribolliva di movimento, l'oscurità palpitava e tremava, la violenza si era composta in un ordine denso di significato. Si alzò a sedere e si guardò in giro. Si trovava sotto il faggio e davanti a lui, in direzione del sentiero dove aveva lasciato il cavallo, qualcuno con pietra focaia, pugnale ed esca stava creando scintille per accendere una torcia. Le scintille diedero vita a una fiammella, la torcia ben innescata con olio e resina la risucchiò e splendette di una piccola fiamma sua, che crebbe, s'innalzò e fu usata per accenderne una seconda, poi una terza. La radura prese forma, circolare, delimitata da pareti di cespugli, sotto il tetto frondoso del faggio.

Dal buio uscì Hugh, sorridente, e tese una mano a Cadfael per aiutarlo ad alzarsi. Qualcun altro uscì correndo dal lato opposto e chinò su di lui un viso meraviglioso, illuminato dalle torce, un viso dagli zigomi alti, le guance scarne, gli occhi dorati e ali di capelli nero-blu come le piume di un corvo che si incurvavano ai lati.

«Olivier?» mormorò Cadfael, stupito. «Pensavo che foste lontano, sulla strada per Oswestry. Come avete fatto a trovarci?»

«Grazie a Dio e a un capraio», rispose la voce calda e tanto cara. «E ai vostri urli da toro. Ma venite a vedere: siete padrone del campo, ora!»

Se n'erano andati tutti: Simeon Poer, mercante di Guildford; Walter Bagot, guantaio; John Shure, sarto. Tutti fuggiti, ma una mezza dozzina degli uomini di Hugh erano alle loro calcagna e li avrebbero riportati indietro, a rispondere questa volta di ben altro che di qualche imbroglio al mercato. La notte si curvò ad avviluppare una piccola arena illuminata da torce quiete e quasi immobili. Cadfael si alzò in piedi, con la manica squarciata che ciondolava goffamente, e i tre rimasero in semicerchio accanto al faggio.

Nella luce cruda delle torce che metteva in netto risalto le ombre, Matthew si riscosse lentamente dal suo colloquio con la vita e con la morte e scostò dall'albero le ampie spalle, guardandosi in giro come chi, strappato anzitempo a un sonno profondo, cercasse intorno a sé qualcosa cui aggrapparsi per ritrovare l'orientamento. Fece un passo e, dietro a lui, comparve il corpo di Ciaran, immobile, con la testa nascosta fra le braccia incrociate.

«Alzati!» disse Matthew. Si scostò dall'albero, ancora col pugnale in mano: una goccia di sangue colava lentamente lungo la lama e altre gocce cadevano l'una dopo l'altra dalla mano che lo stringeva, una mano dalle nocche spellate. « Alzati! » ripeté Matthew. « Non ti hanno fatto niente! »

Ciaran si mosse lentamente, si alzò sulle ginocchia e sollevò verso la luce un viso plumbeo e insudiciato, al di là di ogni forza, di ogni paura. Non guardò né Cadfael né Hugh, fissò invece negli occhi Matthew, con l'inerme intensità della disperazione. Hugh si mosse per fare un gesto decisivo che spezzasse la tensione, ma Cadfael lo trattenne posandogli una mano su un braccio. Lui gli gettò un'occhiata di traverso, tuttavia non protestò. Il monaco doveva avere i suoi buoni motivi.

Il colletto strappato della camicia di Ciaran era macchiato di sangue, una macchia che si andava allargando lentamente sotto i loro occhi, e quando lui, con mani che sembravano di piombo, si aprì l'indumento sul petto, apparve una ferita sanguinante che gli correva lungo il lato sinistro del collo, sottile come il taglio di un coltello. L'ultima, cieca aggressione di Simeon Poer gli aveva strappato di dosso la croce alla quale Ciaran si era sempre disperatamente aggrappato. E ora lui se ne restava lì in ginocchio, in un atteggiamento di estrema, miseranda sottomissione, mettendo a nudo una gola già simbolicamente tagliata.

« Sono qui », disse in un sussurro atono. « Non posso più correre, sono finito. Puoi prendermi, ora. »

Matthew rimase immobile, guardando la crudele ferita causata dalla funicella prima di spezzarsi. Il silenzio si andava facendo insopportabile, ma lui non riusciva a pronunciare una sola parola: il viso bianco pareva una maschera nella luce delle torce.

« Ha ragione », osservò sottovoce Cadfael. « È vostro, ora. Le clausole della sua penitenza sono state infrante e la sua vita è perduta. Prendetelo! »

Si sarebbe detto che Matthew non lo avesse neppure udito, se non fosse stato per un'improvvisa contrazione delle sue labbra, come per un dolore lancinante. Non staccò nemmeno gli occhi dal miserevole relitto umano inginocchiato davanti a lui.

«Voi lo avete seguito fedelmente, avete mantenuto i patti», riprese con voce calma Cadfael. «Avete fatto un voto. Finite il vostro lavoro, adesso!»

Si muoveva su un terreno sicuro, ne era certo ormai. Il lavoro era già stato concluso da quell'atto di sottomissione: non v'era più altro da fare. Col nemico alla sua mercé, con ogni possibile giustificazione per la vendetta, il vendicatore era inerme, prigioniero della sua stessa natura. Non era rimasto in lui altro che una terribile tristezza, una profonda sensazione di disgusto, anche per se stesso. Come avrebbe potuto uccidere un uomo misero, distrutto, remissivamente inginocchiato davanti a lui, in attesa della morte? La morte non aveva più importanza.

«È finita, Luc», mormorò ancora Cadfael. «Fate quello che dovete.»

Matthew rimase ancora immobile e silenzioso per qualche momento. Se aveva udito il proprio vero nome, non ne diede segno: nemmeno quello aveva importanza. All'abbandono di ogni proposito seguì una terribile sensazione di vuoto, di smarrimento. Aprì il pugno macchiato di sangue e lasciò cadere il pugnale nell'erba, poi girò le spalle e si allontanò, tastando il terreno con un piede a ogni passo come se fosse cieco; quindi, facendosi strada nel folto dei cespugli, sparì nel buio.

Olivier trattenne bruscamente il respiro, poi uscì dalla sua estatica immobilità per stringere un braccio di Cadfael. «È proprio vero? Lo avete trovato? È lui Luc Meverel?» E, accettando senz'aspettare conferma quella strabiliante verità, si precipitò a sua volta verso il punto dove i cespugli si muovevano ancora dopo il passaggio di Luc. Si sarebbe gettato senz'altro all'inseguimento se Hugh non lo avesse fermato trattenendolo per un braccio.

«Un momento, Olivier! Avete un buon motivo anche voi, qui, se Cadfael ha visto giusto. Questo è sicuramente l'uomo che ha ucciso il vostro amico. Vi è debitore di una vita. È vostro, se volete.»

«È vero», confermò Cadfael. «Chiedeteglielo. Ve lo dirà lui stesso.»

Ciaran si era accovacciato sull'erba, ora, con le spalle chine, attonito e sperduto, non osando guardare in faccia nessuno, aspettando soltanto che qualcuno decidesse se era degno di vivere oppure se meritava di morire, e in qualche abietta maniera. Olivier l'osservò per qualche momento, soprappensiero, poi scrollò energicamente la testa e tese una mano a prendere le redini del suo cavallo. «Chi sono io», disse, «per esigere un pagamento che Luc Meverel ha condonato? Lasciate che quest'uomo se ne vada per la propria strada, col proprio peso sulla coscienza. Il mio compito riguarda quell'altro.»

Partì di corsa, tirandosi dietro il cavallo attraverso la cortina di cespugli e lo stormire delle fronde al loro passaggio svanì a poco a poco nel silenzio della notte, lasciando Hugh e Cadfael a guardarsi, muti, di sopra la pietosa figura accovacciata sul terreno.

Gradatamente, il resto del mondo rifluì nella coscienza del monaco. Tre degli uomini di Hugh se ne stavano lì in disparte con i cavalli e le torce, attenti e silenziosi; da un punto non molto distante giunse l'eco di una breve, rumorosa baruffa, quando gli uomini dello sceriffo raggiunsero uno dei fuggiaschi e lo fecero prigioniero. Simeon Poer era già stato catturato a una cinquantina di iarde dalla radura e ora se ne stava tetro e guardato a vista, con i polsi legati alla staffa del cavallo di un sergente. E il terzo non avrebbe goduto a lungo della libertà. Le imprese di quella notte erano concluse. Quel tratto di foresta sarebbe stato perfettamente sicuro anche per i pellegrini scalzi e disarmati.

«Che ne facciamo ora di lui?» domandò Hugh guardando con un certo disgusto quell'uomo chino di fronte a lui.

«Dal momento che Luc ha rinunciato ai propri diritti, io preferirei non immischiarmi. E si può dire almeno una cosa di lui: non ha imbrogliato né rotto volontariamente i patti, nemmeno quando non c'era nessuno a vederlo. Non è un gran merito da avanzare in difesa della propria vita, ma è pur sempre qualcosa. Chi altri ha il diritto di interferire, quando Luc lo ha risparmiato? »

Ciaran aveva alzato la testa e girava dubbioso lo sguardo da un viso all'altro, ancora incredulo di essere stato risparmiato, ma cominciando a convincersi di essere ancora vivo. Piangeva, ora, ma se fosse per il dolore, per il sollievo o per qualcosa di più duraturo dell'uno e dell'altro, nessuno avrebbe saputo dirlo. Il sangue intorno al suo collo si andava coagulando in una lunga linea scura.

« Parlate dunque », disse Hugh con gelida cortesia. « E dite la verità. Siete stato voi a pugnalare Bossard? »

Ciaran, cereo e sconvolto, parlò con voce tremante. « Sì. »

« Perché? Perché aggredire il segretario della regina, il quale non aveva fatto altro che svolgere fedelmente l'incarico ricevuto? »

Gli occhi di Ciaran splendettero per un istante e una fugace scintilla dell'orgogliosa intolleranza, della rabbia di un tempo brillò come l'ultimo sprazzo di un fuoco morente. « Si era fatto avanti con fare prepotente, gridando contro monsignor vescovo, sfidando il concilio. Il mio signore era incollerito e offeso... »

« Il vostro signore era il priore di Hyde Mead », l'interruppe Cadfael. « Così almeno avete detto. »

« Come potevo sostenere di essere al servizio di una persona che mi aveva scacciato? Ho mentito! Monsignor vescovo... Ero al servizio del vescovo Enrico, godevo del suo favore. Che ho perduto, perduto! Non ho potuto sopportare l'insolenza di quel Christian verso di lui... Si opponeva a tutto ciò che il mio signore aveva progettato e voluto. Lo odiavo! Pensavo di odiarlo, allora », mormorò Ciaran, come se non ne fosse più certo lui stesso. « E pensavo di far piacere al mio signore! »

« Un calcolo sbagliato », sottolineò Cadfael. « Perché qualunque cosa si possa dire di lui, Enrico di Blois non è sicuramente un assassino! E Rainald Bossard vi ha impedito di compiere il misfatto, un uomo che era dalla vostra stessa parte, stimato da tutti. Era diventato un traditore ai vostri occhi perché rispettava un onesto avversario? O avete colpito a caso e ucciso senza averne l'intenzione?»

«No», disse la voce piatta e incerta, privata di ogni vigore. «Si era messo contro di me, ero infuriato. Sapevo benissimo quello che facevo. E ne ero felice... *allora*!» concluse Ciaran con un amaro sospiro.

«E chi vi ha imposto questo viaggio penitenziale?» domandò Cadfael. «E perché? Vi è stata garantita la vita, a determinate condizioni. Quali? È stato qualcuno molto autorevole a imporvi questa pena.»

«Il mio signore il vescovo», rispose Ciaran, sopraffatto per un momento dal dolore per quella lunga devozione respinta e ormai bandita per sempre. «Nessun altro ne sapeva niente, lo avevo detto soltanto a lui. Non ha voluto consegnarmi alla legge, intendeva mantenere il segreto per timore che potesse esserne danneggiata la causa dell'imperatrice. Ma non mi ha perdonato. Io sono del reame danese di Dublino per un ramo e gallese per l'altro, così lui mi ha offerto di recarmi sotto la sua protezione dal vescovo di Bangor che mi avrebbe fatto accompagnare a Caergybi, sull'isola di Anglesey, dove mi avrebbero imbarcato su una nave per Dublino. Ma avrei dovuto percorrere tutta la strada scalzo, con una pesante croce al collo, e se mai fossi venuto meno ai patti, anche per un solo momento, la mia vita sarebbe stata alla mercé di chiunque avesse voluto uccidermi, che non ne avrebbe avuto né biasimo né condanna. E non sarei potuto tornare mai più.» Un'altra fiammata, di amore bandito, di ambizione frustrata, di devozione respinta si accese per un momento nella voce rotta, poi morì di disperazione.

«Ma se quella sentenza è rimasta un segreto per tutti», osservò Hugh cogliendo l'unico particolare ancora oscuro, «come ha potuto conoscerla Luc Meverel, e seguirvi?»

«Non lo so.» Una voce piatta e desolata, esausta. «Io so soltanto che sono partito da Winchester e al bivio vicino a Newbury c'era lui ad aspettarmi. Poi si è accompagnato a me e non mi ha più lasciato, sempre accanto a me come un demone, aspettando che io venissi meno a una sola condizione della mia condanna, perché era chiaro che la conosceva punto per punto, per uccidermi senza colpa né rimorso, come sapeva di poter fare. Mi seguiva ovunque andassi, non mi perdeva di vista per un solo attimo, e non faceva mistero del suo proponimento, tentava persino di indurmi a svicolare, a mettermi le scarpe o ad abbandonare la croce... che pesava, Signore, oh se pesava! Aveva detto di chiamarsi Matthew... Luc, avete detto voi? Lo conoscete? Io non sapevo... Ha detto che io avevo ucciso il suo signore e lui mi avrebbe seguito fino a Bangor, a Caergybi e persino a Dublino, se avessi resistito fino al momento d'imbarcarmi senza mettermi le scarpe o togliermi la croce. Ma l'avrebbe spuntata, alla fine. E ora aveva avuto ciò che bramava... Perché se n'è andato e mi ha risparmiato?» Quelle ultime parole furono venate da uno stupore quasi doloroso.

«Ha pensato che non valesse la pena di uccidervi», rispose onestamente Cadfael, pur sforzandosi di essere gentile e misericordioso. «E ora è tormentato dal rimpianto per avere sprecato con voi tanto tempo che avrebbe potuto usare meglio. È una questione di valori. Cercate di capire che cosa vale la pena di fare e che cosa no, e arriverete a comprendere il suo stato d'animo.»

«Io sono un morto vivente», gemette Ciaran con un brivido. «Senza padrone, senza amici, senza uno scopo...»

«Potrete trovare ancora tutti e tre, se saprete cercare. Andate dove dovete andare, sopportate ciò che siete condannato a sopportare e cercate il significato di ogni cosa. Come dovremmo fare tutti», concluse Cadfael.

Poi si allontanò con un sospiro. Non v'era modo di sapere se e quanto bene potessero fare le parole, o le lezioni della vita, e men che meno di capire se nella mente di Ciaran, così bastonato, vi fosse qualche traccia di pentimento o soltanto la preoccupazione per se stesso. A un tratto

Cadfael si sentì stanchissimo. Guardò Hugh con un sorriso un po' storto. «Come vorrei essere a casa! Ora che si fa, Hugh? Possiamo andare?»

Beringar stava fissando accigliato il reo confesso, affondato tra l'erba come un serpente dal dorso spezzato, sottomesso, col viso rigato di lacrime, una mano sul collo ferito. Uno spettacolo pietoso, anche se la pietà era forse fuori posto. Tuttavia, era pure un giovane di venticinque anni o giù di lì, sano e forte, ben vestito; il proseguimento del viaggio sarebbe stato certo arduo e doloroso, ma non al di sopra delle sue possibilità, e lui aveva sempre l'anello del vescovo a proteggerlo, dove si rispettava ancora la legge. I tre predoni, ora ben legati e custoditi, se non altro non lo avrebbero infastidito mai più. Ciaran sarebbe senza dubbio arrivato sano e salvo alla meta, per quanto lungo e faticoso sarebbe potuto essere il viaggio. Non una meta inventata, come una morte benedetta ad Aberdaron e la sepoltura tra i santi di Ynys Ennli, ma il ritorno al suo paese natio e l'inizio di una nuova vita. Chissà, forse era cambiato, forse avrebbe tenuto fede ai patti sino a Caergybi, dove facevano scalo le navi, forse sino a Dublino e forse anche sino alla fine di una vita ormai redenta. Chi poteva saperlo?

«Riprendete il vostro viaggio da qui, come meglio potete», disse Hugh. «Da questi briganti non avete più nulla da temere e il confine non è lontano. Per ciò che avete da temere da Dio, ve la vedrete con Lui.»

Voltò le spalle con un movimento così deciso che i suoi uomini capirono che era tutto finito e si affrettarono a occuparsi dei prigionieri e dei cavalli.

«E quegli altri due?» domandò Hugh. «Non sarebbe meglio lasciare indietro un uomo sul sentiero con un cavallo per Luc? È arrivato fin qui a piedi, ma non è necessario che torni indietro alla stessa maniera. O sarebbe meglio che mandassi qualcuno a cercarli?»

«Non ve n'è alcun bisogno», ribatté Cadfael senza esitare. «Ci penserà Olivier. Torneranno a casa insieme.»

Non aveva alcun dubbio e cominciava a rilassarsi, soddisfatto. La calamità che aveva temuto era stata evitata, se pure di stretta misura. Olivier avrebbe ritrovato il suo fuggiasco e si sarebbe comportato pazientemente con lui, seguendolo se avesse cercato di sfuggirgli, tormentato e devastato com'era per quell'unico, ossessivo scopo della sua vita che lo aveva eluso tanto a lungo e avvertendo, dentro di sé, soltanto un vuoto doloroso dov'era stata quella passione struggente. Olivier avrebbe saputo aprirsi una strada in quel vuoto e riscaldare quel cuore desolato rendendolo disponibile per un altro amore. Aveva messaggi confortanti da portargli da parte di Juliana Bossard, la rinnovata promessa di una casa dove sarebbe stato il benvenuto. C'era un futuro per lui. Come aveva visto il proprio futuro Matthew-Luc quando aveva lasciato all'abbazia tutto il denaro che gli restava, prima di mettersi all'inseguimento del suo nemico? Certo aveva contemplato la fine della persona che era stato fino a quel momento, una fine totale, oltre la quale non sapeva vedere. Ma adesso era di nuovo giovane, c'era una vita davanti a lui, gli ci voleva soltanto un po' di tempo per ricomporre i pezzi.

Quando la fase peggiore della desolazione fosse stata superata, Olivier lo avrebbe riportato all'abbazia, perché aveva promesso che non sarebbe ripartito senza avere trascorso un po' di tempo in santa pace con Cadfael, e sulle promesse di Olivier il cuore poteva contare.

Quanto all'altro... Cadfael si girò sulla sella a guardare indietro e vide per l'ultima volta Ciaran ancora in ginocchio sotto il faggio, così come lo avevano lasciato. Il suo viso era rivolto verso di loro, ma sembrava che tenesse gli occhi chiusi e le sue mani erano strettamente intrecciate sul petto. Forse pregava o forse stava semplicemente sperimentando, con ogni particella della sua carne, la vita che gli era stato consentito di conservare. Quando ce ne saremo andati tutti, pensò Cadfael, cadrà addormentato lì dove si trova: non può fare altro perché ha ormai raggiunto un punto ben oltre l'esaurimento. Lì dove si addormenterà sarebbe dovuto morire. Ma, quando si sveglierà, confido che potrà capire di essere rinato.

Il corteo più lento che avrebbe portato in città i prigionieri cominciò a radunarsi, assicurandosi che i legami fossero ben stretti, mentre gli uomini che portavano le torce attraversarono la radura per montare a loro volta a cavallo. La luce giallastra abbandonò via via la figura inginocchiata, così che Ciaran svanì a poco a poco, come se fosse stato assorbito dal tronco del faggio.

Hugh fece strada oltre la radura, sul sentiero, e svoltò verso casa.

« Oh, Hugh, sto diventando vecchio! » disse Cadfael con un enorme sbadiglio. « Non vedo l'ora di essere nel mio letto. »

CAPITOLO XV

Era mezzanotte passata quando finalmente entrarono nella grande corte inondata dalla luna e udirono il canto del mattutino nella chiesa. Non si erano affrettati sulla via del ritorno e avevano parlato pochissimo, paghi di cavalcare insieme così com'era accaduto altre volte, in una sera estiva o in una giornata invernale. Sarebbe passata ancora un'ora o più prima che gli uomini di Hugh arrivassero al castello di Shrewsbury con i loro prigionieri, perché avevano dovuto procedere a passo d'uomo ma, comunque fosse, prima di mattina Simeon Poer e soci sarebbero stati al sicuro sottochiave.

« Aspetterò con voi finché non siano finite le laudi », disse Hugh mentre smontavano. « Il padre abate vorrà sapere com'è andata, ma spero che non ci chiederà un resoconto completo adesso! »

« Venite con me alle scuderie, allora », suggerì Cadfael. « Così provvederò a togliere i finimenti e a sistemare questa povera bestia, intanto. Mi hanno sempre insegnato di prendermi cura del mio cavallo, prima di pensare al riposo. E non ho mai perduto quest'abitudine. »

Nelle scuderie non ebbero bisogno d'altra luce che di quella della luna. Nel silenzio della notte senza un filo di vento ogni nota della funzione giungeva fino a loro sommessa ma chiarissima. Cadfael tolse i finimenti al cavallo e lo sistemò con cura nella sua posta, con una leggera coperta sul dorso perché non avesse a prendere freddo, un rituale che assai di rado aveva occasione di compiere, ormai, e che gli riportò alla mente il ricordo di altri cavalli e di altri viaggi, di altri campi di battaglia dove gli scontri si erano risolti meno felicemente della piccola ma disperata schermaglia appena perduta e vinta.

Hugh gli girava le spalle, guardando la corte e seguendo il canto col capo un po' chino di lato, ma non fu un inatteso rumore di passi quello che lo indusse a girare lo sguardo, bensì un'ombra snella che si disegnò sui ciottoli illuminati dalla luna accanto ai suoi piedi. E lì, esitante sulla porta fra i due cortili, sorpresa e sorprendente, vide Melangell, aureolata dal pallido splendore.

« Bambina », esclamò Cadfael, preoccupato. « Che cosa ci fate in giro a quest'ora? »

« Non riuscivo a dormire », ribatté lei, ma come se desse una giusta spiegazione, senza lagnarsi. « Non se ne accorgerà nessuno, dormono tutti. » Se ne stava immobile ed eretta, come se avesse impiegato tutte le ore da quando Cadfael l'aveva lasciata sforzandosi accanitamente di cancellare qualsiasi ricordo egli potesse avere avuto di quella fanciulla in lacrime e disperata, nel suo laboratorio, in cerca di conforto. La massa dei capelli color grano era raccolta in trecce e appuntata alla sommità del capo, la veste linda e ordinata, il viso calmo e risoluto quando domandò: « Lo avete trovato? »

Aveva lasciato una fanciulla e ritrovava una donna. « Sì », rispose Cadfael. « Tutti e due. Si è risolto tutto per il meglio. Si sono separati e Ciaran proseguirà il suo viaggio da solo. »

« E Matthew? » domandò ancora lei con voce ferma.

« È con un buon amico e tornerà senz'alcun danno. Noi li abbiamo preceduti, comunque arriveranno anche loro. » Avrebbe dovuto imparare a chiamarlo con un altro nome, ora, ma avrebbe pensato lui a dirglielo. Il futuro non sarebbe stato molto facile, né per lei né per Luc Meverel, due creature che forse non si sarebbero mai neppure incontrate, senza quella bizzarra circostanza. O forse c'era stata la mano di santa Winifred anche in quello? A Cadfael riusciva facile crederlo, quella sera, e confidava che la santa portasse tutto a buon fine. « Tornerà, non temete », riprese guardando Melangell negli occhi schietti, senza alcuna traccia di lacrime. « Ma è passato attraverso un grave turbamento dello spirito e avrà bisogno di tutta la vostra pazienza, di tutta la vostra saggezza. Non chiedetegli niente. Vi dirà tutto lui stesso, quando sarà il momento giusto. Non fategli rimproveri... »

« Guardi Iddio! » esclamò lei. « Non ho niente da rimproverargli. È stata colpa mia. »

« No, come potevate sapere? Ma quando verrà, non stupitevi di niente. Comportatevi come uno che abbia sete e beva. E altrettanto farà lui. »

Melangell si era girata un poco verso il monaco e la candida luce della luna splendeva sul suo viso rendendolo quasi trasparente, come se una lampada si fosse accesa all'improvviso dentro di lei. « Aspetterò », disse.

« Meglio che torniate a letto e cerchiate di dormire, ora. L'attesa potrebbe essere più lunga di quanto pensiate. È assai sconvolto, ma verrà. »

Melangell scosse la testa. « No, resterò ad aspettarlo », ripeté e all'improvviso sorrise, pallida e splendente come una perla, poi girò sui tacchi e si allontanò, leggera e silenziosa, dirigendosi verso il chiostro.

« È questa la fanciulla della quale avete parlato? » domandò Hugh seguendola con lo sguardo, interessato e vagamente perplesso. « La sorella del ragazzo sciancato? Quella che ha conquistato quel giovane? »

« Proprio lei », rispose Cadfael chiudendo la mezza porta della stalla.

« La nipote della tessitora? »

« Esatto. Senza dote e di umili natali », assentì il monaco, che aveva capito l'incertezza di Hugh ma non ne era stato turbato. « È vero, sono di umili natali anch'io e dubito che un giovane fatto a pezzi e rimesso insieme com'è accaduto a Luc stanotte abbia a preoccuparsi molto di tali piccolezze. Spero che monna Juliana non abbia fatto progetti per sposarlo a qualche ereditiera di un castello vicino perché suppongo che fra quei due le cose siano ormai arrivate a un punto tale che sarebbe costretta a rinunciare a qualsiasi progetto. Un castello o un mestiere... Se ne siete orgoglioso e sapete usarne bene, che differenza fa? »

« I vostri umili natali hanno dato vita a un rampollo

assolutamente fuori del comune! » commentò gaiamente Hugh. « E non so davvero se quella graziosa donnina non figurerebbe meglio, in un salone, di molte dame di nobili natali che ho conosciuto! Ma ascoltate, stanno finendo. È meglio che ci presentiamo da loro. »

L'abate Radulfus lasciò il luogo della funzione col suo consueto passo imperturbabile e li trovò ad aspettarlo all'uscita dal chiostro. Il giorno dei miracoli aveva lasciato il posto a una notte adeguatamente gloriosa, alta e fonda, corrusca di stelle, imbiancata dalla luce della luna. Passando dalla penombra della chiesa a quella luce esuberante, l'abate fu colpito dall'espressione di serenità e di stanchezza a un tempo dei due volti che si trovò davanti.

« Ah, siete tornati! » esclamò e guardò oltre le loro spalle. « Ma non tutti! Messer de Bretagne... Avete detto che aveva preso una strada sbagliata, ma non è tornato qui. Non lo avete incontrato? »

« Sì, padre, lo abbiamo trovato », rispose Hugh. « Tutto a posto, per lui; ha persino ritrovato il giovane che cercava. Torneranno insieme, al momento buono. »

« E la disgrazia che temevate, fratello Cadfael? Avete parlato di un'altra morte... »

« A nessuno è accaduto niente di male, padre, eccettuati i banditi che si erano rifugiati nella foresta. Quelli sono in mani sicure, ora, diretti al castello. La morte che temevo è stata scongiurata; da quella parte non v'è più alcun pericolo per nessuno. Se potremo raggiungere quei giovani, avevo detto, sarà sicuramente meglio per uno, e forse per entrambi. Li abbiamo raggiunti in tempo, padre, e sarà sicuramente meglio per entrambi. »

« Tuttavia », riprese Radulfus, soprappensiero, « rimane sempre quella macchia di sangue, l'abbiamo vista tutti e due. Voi avete detto, ve lo ricorderete, che, sì, avevamo avuto un assassino fra noi. Lo pensate ancora? »

« Sì, padre, ma non come supponete voi. Quando torneranno Olivier de Bretagne e Luc Meverel si chiarirà tutto quanto, perché ora vi sono ancora alcuni particolari che noi non conosciamo. Ma siamo certi», Cadfael calcò su quella parola, «che quanto è accaduto stanotte è stato la migliore risposta possibile alle nostre preghiere e di questo dobbiamo rendere grazie.»

«Sicché tutto è sistemato?»

«Tutto, padre.»

«Il resto può aspettare fino a mattina, allora. Voi due avete un gran bisogno di riposo. Ma prima non vorreste venire da me a mangiare un boccone e bere un sorso di vino?»

«Mia moglie sarà molto in ansia per me, padre», rispose Hugh, scantonando con garbo. «Siete molto cortese, ma non vorrei farla aspettare più del necessario.»

L'abate passò lo sguardo dall'uno all'altro e non insistette.

«Che Dio vi benedica per ciò che avete detto», sospirò Cadfael mentre accompagnava Hugh a riprendere il cavallo. «Io sto dormendo in piedi e nemmeno il miglior vino del mondo potrebbe rianimarmi.»

La luna era tramontata e il sole non ancora sorto quando Olivier de Bretagne e Luc Meverel oltrepassarono lentamente, a cavallo, la portineria dell'abbazia. Quanto se ne fossero allontanati, vagando nella notte fonda, nessuno dei due lo sapeva, perché si trovavano in una regione sconosciuta a entrambi. Anche quando era stato raggiunto, e interpellato con guardinga cortesia, Luc aveva proseguito alla cieca, le braccia abbandonate lungo i fianchi o tese istintivamente a farsi strada in mezzo ai cespugli, senza parlare, senza udire, a meno che qualche recondita fibra dentro di lui non fosse consapevole di quel silenzioso, accanito (anche se discreto) inseguimento e se ne stupisse confusamente. Quando poi si era lasciato cadere sull'erba folta di un prato al margine della foresta, Olivier aveva legato il cavallo a una certa distanza e si era seduto accanto a lui, non troppo vicino, ma abbastanza perché Luc si rendesse conto della sua presenza, in paziente attesa. Poco dopo la mezzanotte Luc si era addormentato, quello di cui aveva maggior bisogno. Un uomo derubato e svuotato dello scopo per il quale aveva vissuto in quegli ultimi due mesi, un morto che continuava a camminare, incapace di morire del tutto. Il sonno era il suo riscatto. Poi sarebbe potuto morire veramente per quanto riguardava il rimpianto, l'amarezza sprecati, il bisogno irresistibile che lo aveva trascinato, il dolore logorante che gli aveva corroso il cuore per la perdita del suo signore morto fra le sue braccia, sulla sua spalla, contro il suo cuore. La macchia di sangue, che non era voluta sparire per quanto la lavasse, ne era la testimonianza. L'aveva conservata per mantenere viva la fiamma del suo odio al calor bianco. Ora, nel sonno, si era liberato di tutto.

Si era destato nel primo pispiglio antelucano degli uccelli che lanciavano esitanti il loro richiamo nel silenzio, e si era trovato davanti un viso chino sopra di lui, un viso che non conosceva, ma che desiderava confusamente conoscere, perché era vivace, amichevole e sereno, in attesa di ciò che avrebbe fatto lui.

«L'ho ucciso?» domandò Luc, in qualche modo consapevole che il possessore di quel viso avrebbe conosciuto la risposta.

«No», dichiarò una voce chiara, serena e sommessa. «Non ve n'è stato bisogno. Ma per voi è morto. Potete dimenticarlo.»

Luc non capì, ma non chiese altro. Si alzò a sedere sull'erba fresca e rigogliosa e i suoi sensi ripresero a funzionare, a notare vagamente che la terra aveva un buon odore, che lassù nel cielo splendevano pallide stelle irretite come scintille vaganti tra i rami degli alberi. Fissò in viso Olivier che ricambiò lo sguardo con un lieve sorriso, senza parlare.

«Vi conosco, io?» domandò Luc, perplesso.

«No, ma mi conoscerete. Mi chiamo Olivier de Bretagne e sono al servizio di Laurence d'Angers, come lo era il vostro signore. Conoscevo bene Rainald Bossard, eravamo amici, siamo tornati insieme dalla Terrasanta, al seguito di Laurence. E sono stato mandato qui con un messaggio per Luc Meverel, che è il vostro nome, vero?»

«Un messaggio per me?» fece eco Luc scuotendo la testa.

«Da parte della vostra signora e cugina, Juliana Bossard, che vi prega di tornare a casa perché ha bisogno di voi e nessuno può prendere il vostro posto.»

Luc fu lento a credere a quella notizia: si sentiva ancora confuso e come svuotato; non v'era in lui alcuna spinta ad andare in qualche posto o a fare qualcosa di propria iniziativa. Accettò quindi con indifferenza i suggerimenti di Olivier.

«Ora sarà meglio tornare all'abbazia», disse questi alzandosi e Luc si alzò a sua volta. «Prendete voi il cavallo, io verrò a piedi», proseguì Olivier e lui obbedì. Fu come accompagnare per la sua strada un incapace, tenendolo per mano a ogni passo.

Quando raggiunsero finalmente il sentiero, trovarono i due cavalli che Hugh aveva lasciato per loro e il loro guardiano addormentato in mezzo all'erba. Olivier riprese il proprio, Luc balzò in sella all'altro con l'istintiva agilità che derivava dall'abitudine e l'uomo, che conosceva bene la strada, fece da guida in sella al terzo. Ma soltanto quando furono a mezza via dal torrente Meole e dal piccolo ponte che portava alla strada maestra Luc pronunciò le prime parole spontanee.

«Avete detto che mi rivuole a casa», proruppe all'improvviso, con voce animata a un tempo dal dolore e dalla speranza. «È proprio vero? L'ho lasciata senza una sola parola, ma che altro potevo fare? Che cosa può pensare di me, ora?»

«Che avevate le vostre ragioni per lasciarla, suppongo, come lei ha le proprie per rivolervi indietro. Vi ho cercato per mezza Inghilterra perché mi ha chiesto lei di farlo, di che cos'altro avete bisogno? »

« Non pensavo di tornare », mormorò Luc riandando col pensiero, stupito e incerto, a quel lungo, lungo cammino.

No, nemmeno a Shrewsbury aveva pensato di tornare, figurarsi a quella casa nel sud. Eppure eccolo lì, nel tenue, fresco chiarore che precede l'alba, cavalcando con quello straniero sul ponte del Meole, invece di sguazzare a piedi nel torrente, verso il campo dei piselli, la via che aveva seguito andandosene. Su verso la strada maestra, oltre il mulino e lo stagno, oltre la portineria, nella grande corte. Là smontarono e la loro guida ripartì coi due cavalli verso la città.

Luc si guardò lentamente in giro, con la mente ancora annebbiata dalla novità della situazione, come se i suoi sensi faticassero a riprendere vita. A quell'ora la corte era deserta. No, non proprio. C'era qualcuno seduto sui gradini di pietra della foresteria, una figura solitaria e composta, col viso rivolto verso il portone. Poi la figura si alzò, scese i gradini e avanzò verso di lui con passi rapidi e leggeri. Soltanto allora lui capì che era Melangell.

In lei almeno non v'era niente di nuovo. Gli bastò vederla perché a un tratto riprendessero forma e colore e realtà le pietre stesse del muro alle sue spalle, i ciottoli sotto i suoi piedi. Il grigio ingannevole della mezza luce non riusciva a confondere le linee del suo capo e delle sue mani, il morbido splendore dei suoi capelli. La vita riprese a scorrere in Luc, con un urto di dolore, così come torna la sensibilità dopo il torpore di una ferita, mentre lei gli si avvicinava con le mani un poco tese e il viso alzato, e un lieve, ansioso sorriso negli occhi e sulle labbra. Si fermò, esitante, a pochi passi da lui e, pur in quella tenue luce, Luc vide la macchia scura del livido sulla sua guancia.

Fu quel livido a mandarlo in pezzi. Fu scosso dalla testa ai piedi da una violenta convulsione di vergogna e di dolore e, barcollando ciecamente verso di lei, crollò fra le sue braccia, prontamente tese a riceverlo, in uno slancio di felicità. In ginocchio, con le braccia strette intorno alla sua persona e il viso nascosto contro il suo petto, Luc scoppiò in un uragano di lacrime, spontanee e risanatrici come la sorgente miracolosa di santa Winifred.

Lui era perfettamente padrone del proprio viso e della propria voce quando si ritrovò nel parlatorio dell'abate insieme con Radulfus, il priore Robert, fratello Cadfael, Hugh Beringar e Olivier. Si erano riuniti per mettere finalmente in chiaro tutti i particolari della morte di Rainald Bossard e degli eventi che ne erano seguiti.

«Io vi ho ingannato senza volerlo, padre», esordì Cadfael alludendo al colloquio che lo aveva indotto a partire con tanta fretta. «Quando mi avete chiesto se avessimo ospitato nella nostra casa un omicida, vi ho risposto che pensavo proprio di sì, ma che forse saremmo stati ancora in tempo a prevenire un'altra morte. Soltanto in seguito però mi sono reso conto dell'interpretazione che potevate aver dato alle mie parole, subito dopo che avevamo trovato quella camicia macchiata di sangue. Ma, vedete, l'uomo che aveva vibrato il colpo mortale avrebbe potuto avere tutt'al più una manica o il colletto macchiati di sangue, non il davanti della camicia, dal petto alla spalla. No, quella macchia così estesa sembrava indicare piuttosto qualcuno che aveva sorretto un ferito, un uomo colpito a morte che lui aveva tenuto fra le braccia mentre spirava. L'uccisore, se si fosse macchiato di sangue a quel modo la camicia, non l'avrebbe certo conservata e portata con sé, l'avrebbe bruciata o seppellita o comunque fatta sparire. Quella camicia, invece, per quanto lavata con la massima cura, conservava tuttora il contorno di una macchia chiaramente visibile ed era stata conservata come una sacra reliquia, o forse come memento per la giusta vendetta. Così ho capito che il giovane che conoscevamo come Matthew, ed era invece Luc Meverel, e che serbava quel talismano nella propria bisaccia, non era l'assassino. E quando ho ripensato alle parole che avevo udito pronunciare da quei due, alle manifestazioni di devota assistenza dell'uno nei confronti dell'altro, li ho visti a un tratto nella situazione opposta, non di un'affettuosa preoccupazione, ma di un accanito inseguimento. E ho temuto che potesse seguirne un'altra morte.»

L'abate guardò Luc e chiese pacatamente: «È stata un'interpretazione esatta?»

«Sì, padre, è così.» Luc prese a raccontare come fosse nata e cresciuta quella sua ossessione, riflettendo mentre parlava, come se soltanto parlandone se ne rendesse pienamente conto e la capisse. «Ero col mio signore, quella sera, nei pressi dell'Old Minster, quando quattro o cinque uomini si sono gettati sul segretario. Il mio signore, e noi con lui, è accorso in suo aiuto e gli aggressori sono fuggiti, ma poi uno è tornato indietro e lo ha pugnalato. L'ho visto con i miei occhi: lo ha fatto di proposito! Ho preso il mio signore tra le braccia... era stato tanto buono con me e gli volevo bene», disse Luc in tono addolorato e pacato, ma con gli occhi ardenti al ricordo. «È morto in un attimo, in un batter d'occhi... E io avevo visto dov'era fuggito l'assassino, nel vicolo accanto alla casa del capitolo. L'ho seguito e ho udito le loro voci nella sacrestia... Il vescovo Enrico era venuto là dalla sala del capitolo dopo che il concilio era stato sospeso per la notte e là lo aveva trovato Ciaran che era caduto ai suoi piedi, raccontandogli tutto. Io stavo nascosto là fuori e ho udito ogni cosa, parola per parola. Mi è sembrato che si aspettasse persino una lode», concluse Luc con profonda amarezza.

«Possibile?» osservò il priore Robert, scosso e stupito. «Mai e poi mai il vescovo Enrico si sarebbe reso complice o avrebbe perdonato un'azione così infame!»

«No, non l'ha perdonata, infatti. Ma nemmeno ha voluto denunciare come assassino uno dei suoi più intimi servitori. Non per il proprio interesse, bisogna riconoscerglielo», ammise Luc, senza nascondere tuttavia un profondo disgusto, «bensì per appianare e togliere di mezzo tutto ciò che avrebbe potuto danneggiare gli interessi dell'imperatrice e minacciare la pace per la quale lui stesso stava lavorando. Ma perdonare un omicidio... no, quello non lo avrebbe fatto a nessun costo. Così ho udito la sentenza inflitta a Ciaran... che allora naturalmente non sapevo come si chiamasse né chi fosse. L'esilio nella sua città natale, Dublino, e la condanna a percorrere a piedi nudi tutto il tragitto fino a Bangor e a Caergybi, dove si sarebbe imbarcato su una nave, sempre portando al collo quella pesante croce. E se mai avesse infilato un paic di scarpe o si fosse tolto la croce, la vita che gli era stata risparmiata non avrebbe avuto più alcun valore: chiunque avesse voluto ucciderlo avrebbe potuto farlo senza averne biasimo né condanna. Però vedete qual è stato l'inganno», spiegò Luc, spietato nel suo giudizio. «Non soltanto ha dato alla propria creatura l'anello che gli avrebbe procurato la protezione della Chiesa fino a Bangor ma anche, notate, non è mai stata fatta parola con nessuno né della colpa né della condanna, sicché quale pericolo correva mai la sua spregevole vita? Nessuno ne avrebbe mai saputo niente, all'infuori di loro due, se Dio non avesse provveduto a condurre là un testimone, ad ascoltare la sentenza e ad addossarsi il compito della vendetta.»

«Come avete fatto voi», disse l'abate in un tono tranquillo che non sottintendeva alcun giudizio.

«Come ho fatto io, padre. Perché come Ciaran ha giurato di tener fede ai patti, pena la morte, così io ho fatto un giuramento altrettanto solenne di seguirlo a ogni passo e, se mai fosse venuto meno al giuramento anche per un attimo solo, prendere la sua vita per far pari con quella del mio signore.»

«Ma come avete potuto sapere quale uomo avreste dovuto seguire a quel modo fino alla sua morte?» domandò Radulfus con lo stesso tono quieto. «Avete detto di non averlo visto in viso e di non sapere come si chiamasse, allora.»

«Sapevo quale via avrebbe dovuto prendere e in quale

giorno sarebbe partito. Così ho aspettato al margine della strada finché non avessi visto qualcuno diretto a nord, a piedi nudi... e non avvezzo a camminare a piedi nudi, ma ben calzato», spiegò Luc con un breve, amaro sorriso. «E ho visto la croce che portava al collo. Allora mi sono avvicinato e gli ho detto non chi, ma che cosa ero. Mi sono cambiato nome perché nessun danno né vergogna avesse a ricadere sulla mia signora o sulla sua casa. Un evangelista invece di un altro! E un passo dopo l'altro sono arrivato con lui fin qui, senza mai perderlo di vista nemmeno per un attimo, senza allontanarmi da lui né di giorno né di notte, e senza permettergli di dimenticare che intendevo ucciderlo. Non poteva chiedere aiuto per liberarsi di me, perché naturalmente io gli avrei strappato di dosso quella sua veste di santo pellegrino, mostrandolo per quello che era. E nemmeno io, però, potevo denunciarlo, in parte per timore del vescovo Enrico, in parte perché nemmeno io desideravo altre contese tra le due fazioni... La mia contesa era soltanto fra due uomini... Ma soprattutto perché lui era mio, soltanto mio, e non volevo che incorresse in altri danni o vendette. Così siamo rimasti insieme, lui cercando di sfuggirmi, benché disavvezzo alle fatiche e storpiato dalle tante miglia percorse, e io tenendomi stretto a lui e aspettando.»

Luc alzò a un tratto gli occhi e incontrò lo sguardo calmo e compassionevole dell'abate. «Non è bello, lo so. Ma nemmeno l'omicidio è stato bello. E questa macchia era soltanto mia... Il mio signore è sceso nella tomba immacolato, mentre difendeva un avversario.»

Fu Olivier, rimasto muto fino a quel momento, a sussurrare: «*E così avete fatto voi!*»

La tomba, rifletté Cadfael mentre ascoltava la messa, era rimasta ostinatamente chiusa davanti a Luc, ma quel braccio teso fra il suo nemico e i coltelli dei tre aggressori non si doveva dimenticarlo. Anche l'inferno aveva chiuso le fauci, rifiutando di divorarlo. Sì, Olivier aveva detto la verità. La propria vita a repentaglio per difendere quella del nemico, quale differenza c'era tra Luc e il suo signore, salvo il casuale incidente della morte stessa?

Rammentò pure, benché immerso in diligente preghiera, che quegli ultimi giorni, durante i quali, a Shrewsbury, santa Winifred andava manifestando il proprio potere nel districare le vite ingarbugliate di una mezza dozzina di persone, erano pure quelli in cui si andavano decidendo le sorti degli inglesi, forse con minore misericordia e saggezza. Perché ormai la data dell'incoronazione dell'imperatrice poteva essere stata decisa... Chissà, forse in quello stesso momento la stavano incoronando. Nessun dubbio che Dio e i santi avessero preso in considerazione anche quello.

Matthew-Luc venne di nuovo a chiedere udienza all'abate poco prima del vespro e Radulfus lo ricevette immediatamente, da solo, intuendo che cosa lo avesse condotto lì.

«Padre, volete ascoltare la mia confessione? Ho bisogno della vostra assoluzione per non avere mantenuto un voto. E desidero ardentemente essere mondato del passato prima di pensare al futuro.»

«Un desiderio giusto e saggio», approvò l'abate. «Ma ditemi, chiedete di essere assolto per non avere tenuto fede al giuramento che avevate fatto?»

Luc, che si era già inginocchiato, alzò il viso guardando l'abate con occhi limpidi e schietti. «No, padre, per aver fatto un simile giuramento. Vi può essere arroganza anche nel dolore.»

«Allora, figliolo, avete imparato che la vendetta appartiene soltanto a Dio?»

«Di più, padre. Ho imparato che nelle mani di Dio la vendetta è sicura. Potrà essere rinviata a lungo, potrà manifestarsi sotto strane forme, ma il giorno della resa dei conti arriva sempre.»

Con voce misurata e lunghe pause di riflessione, Luc si levò dal cuore fin l'ultimo granello di rancore, di amarezza, di intolleranza che lo avesse mai turbato; poi, ricevuta l'assoluzione, si alzò con un profondo sospiro e fissò l'abate col viso raggiante e risoluto.

« Ora, padre, posso pregarvi di un altro favore? Volete concedermi un prete che mi unisca a una sposa, prima di partire? Perché qui, dove sono stato lavato da ogni colpa e rinnovato, vorrei che la vita e l'amore cominciassero insieme. »

CAPITOLO XVI

La mattina seguente, ventiquattro giugno, cominciò il trambusto della partenza generale. Impaccare gli oggetti personali, provvedersi di cibo e bevande per il viaggio, congedarsi dai nuovi amici di quei giorni o prendere accordi per farsi reciproca compagnia lungo le strade. La santa avrebbe voluto senza dubbio essere all'altezza della propria reputazione e mantenere un sole splendente finché tutti i suoi devoti non fossero giunti sani e salvi a casa, con una storia meravigliosa da raccontare. La maggior parte di loro conosceva soltanto la metà della meraviglia, ma anche quella era già più che sufficiente.

Tra i primi a partire fu fratello Adam di Reading, che tuttavia non aveva fretta perché quel giorno sarebbe arrivato soltanto fino a Leominster, dov'era la casa-figlia dell'abbazia di Reading e dove avrebbe trovato alcune lettere per il suo abate. Partì con un sacchetto pieno di semi di specie che non aveva ancora nel suo giardino e la mente di studioso tuttora presa dalle riflessioni sulla guarigione miracolosa cui aveva assistito, vista da ogni angolo teologico, per essere in grado di esporla nel suo pieno significato quando fosse tornato al suo monastero. I festeggiamenti per santa Winifred erano stati molto istruttivi e illuminanti.

«Avevo pensato di partire oggi anch'io», disse Alice Weaver alle nuove amiche con le quali aveva trascorso tanto tempo in quei giorni memorabili, «ma c'è tanto da fare adesso! Capisco a malapena se sogno o sono sveglia e dovrò restare qui ancora per un giorno o due. Chi avrebbe mai pensato che potesse saltar fuori una storia simile, quando ho detto al mio ragazzo che saremmo dovuti venire qui a pregare questa buona santa, fiduciosi che ci avrebbe ascoltati! E ora pare proprio che debba perderli tutti e due, i bambini della mia povera sorella, perché Rhun, che Dio lo benedica, è deciso a restare qui e a prendere il saio per non lasciare più, dice, la santa che lo ha guarito. E io lo capisco, non mi opporrò di certo. È troppo buono, quel figliolo, per questo mondo malvagio! E ora arriva quel Matthew... No, pare che dobbiamo chiamarlo Luc, adesso, che è di ottima famiglia, anche se di un ramo povero e senza terre, ma col tempo avrà uno o due castelli, grazie alla buona parente che lo ha preso con sé... »

« Bene », osservò una delle amiche, « li avete presi con voi, li avete nutriti e alloggiati e ora ne avete la meritata ricompensa. »

« Allora, questo Matthew... voglio dire Luc, viene da me e mi chiede in moglie mia nipote. Ieri sera è stato, e quando io gli ho detto onestamente, perché sono onesta e sempre lo sarò, che Melangell ha soltanto una magrissima dote, anche se io le darò tutto ciò che potrò, lo sapete che cos'ha ribattuto lui? Che in quel momento non possedeva neppure un penny di suo e che doveva ringraziare per la sua generosità il giovane signore venuto a cercarlo. Quanto al futuro, ha detto, se la fortuna vorrà favorirlo, sarà grato, ma in caso contrario, lui ha mani e buona volontà e saprà provvedere al necessario per due persone. Purché l'altra sia mia nipote, perché per lui non esiste nessun'altra. Così che cosa posso dire io, se non che Dio li benedica entrambi, e restare qui finché non saranno sposati? »

« Una donna ha il dovere di accertarsi che tutto sia fatto a modo, quando consegna una giovane a un marito », osservò un'altra amica. « Ma certo sentirete molto la loro mancanza. »

« E come! » Alice versò qualche lacrimuccia, più di gioioso orgoglio che non di dolore, al pensiero della semisantità e del promettente matrimonio dei due pupilli che le erano costati parecchio ma che ora poteva benedire e avviare sulle loro rispettive e rispettabili strade, con la mente serena. « Mi mancheranno molto, sì, ma vederli sistemati come si conviene... E due bravi figlioli, che si prenderanno cura di me quando ne avrò bisogno, come io ho fatto per loro. »

« E si sposeranno qui domani? » domandò la prima

amica, considerando palesemente l'eventualità di rimandare lei pure la partenza per un altro giorno.

« Sì, domattina prima della messa. Così pare proprio che me ne tornerò a casa sola », mormorò Alice, con qualche altra lacrima d'orgoglio, reggendo con grazia ammirevole il peso della gloria che si rifletteva su di lei. « Ma c'è un numeroso gruppo di persone che partiranno per il sud dopodomani e potrò andare con loro. »

« Con la coscienza di avere compiuto il vostro dovere, mia cara anima », esclamò la seconda amica, abbracciandola con calore. « Perfettamente compiuto. »

Li unì in matrimonio, nella cappella privata, fratello Paul, precettore e confessore dei novizi, che si curava dell'istruzione di Rhun e già nutriva per lui un interesse paterno e affettuoso che in quel momento lo portò ad abbracciare anche sua sorella.

Alla semplicissima cerimonia erano presenti soltanto i familiari e i testimoni; gli sposi poi indossavano gli abiti di ogni giorno perché non avevano altro: Luc vestiva la cotta marrone e le calze-brache con le quali aveva dormito nei campi e la stessa camicia sgualcita, ora lavata e lisciata con cura; Melangell, dal canto suo, linda e ordinata nella sua veste senza pretese, con una corona di trecce d'oro scuro che portava con fierezza. Entrambi avevano il pallore dei gigli sul volto, lo splendore delle stelle negli occhi e nell'aspetto la solennità della tomba.

Dopo quegli eventi eccezionali e toccanti, la vita doveva pure riprendere il proprio corso e quel pomeriggio fratello Cadfael tornò a cuor contento al proprio lavoro. Con le erbe del prato pronte per la raccolta dei semi e la messe imminente, doveva provvedere alla preparazione di rimedi per due malattie stagionali che solevano ricorrere ogni anno. Accadeva che alcuni addetti alla mietitura soffrissero di eruzioni alle mani, mentre altri sternutivano in continuazione, avevano il naso chiuso e gli occhi lacrimanti, e dunque occorrevano farmaci per aiutarli.

Cadfael stava pestando nel mortaio foglie fresche di acetosa e di mandragola quando udì un passo rapido e leggero che si avvicinava sulla ghiaia del sentiero, poi un'ombra si disegnò sul pavimento davanti alla porta spalancata e illuminata dal sole. Si voltò a guardare, col mortaio stretto al petto, ed ecco lì Olivier che chinava la testa per non urtare, alto com'era, i fasci di erbe appesi al soffitto e chiedeva con voce calda, già certa della risposta: «Posso entrare?»

Infatti era già entrato e si guardava intorno con la candida curiosità di un ragazzo. «Mi son fatto aspettare, lo so, ma visto che sarebbero passati due giorni prima del matrimonio di Luc, ho pensato di approfittarne per arrivare fino a Stafford, che non è lontano, a portare la mia ambasciata allo sceriffo. E, come avevo promesso, sono tornato in tempo per le nozze. Pensavo che ci sareste stato anche voi.»

«Difatti, ma mi hanno chiamato a Saint Giles. Durante la notte era capitato là un povero mendicante tutto ricoperto di piaghe e temevano che fosse contagioso, ma per fortuna non è così. Se fosse stato curato prima, non sarebbe stato un caso difficile, tuttavia una settimana o più di riposo in ospedale non gli farà male di certo. E i nostri due giovani non avevano bisogno di me. Io faccio parte di un passato ormai morto e sepolto, mentre voi fate parte del futuro che sta appena cominciando.»

«Però è stata Melangell a dirmi dove vi avrei trovato. Vi desiderano. Ed eccomi qui.»

«Benvenuto come la luce del giorno», disse Cadfael, posando il mortaio e due mani lunghe e ben fatte strinsero con calore le sue mentre Olivier tendeva la guancia olivastra per il bacio di benvenuto, con la stessa spontaneità che aveva contrassegnato il bacio di congedo quando si erano lasciati, a Bromfield. «Venite, sedete, accettate un po' di vino... fatto da me. Lo sapevate, allora, che si sarebbero sposati?»

«Li ho visti quando si sono incontrati, al ritorno di Luc. È stato fin troppo chiaro come sarebbe finita! Dopo mi ha detto lui stesso quali intenzioni aveva. Quando due sono innamorati e hanno le idee chiare, niente altro ha importanza», osservò gaiamente Olivier. «Provvederò che siano forniti del necessario per il ritorno a casa, perché io purtroppo non potrò accompagnarli: debbo andare per un'altra strada.»

Quando due sono innamorati e hanno le idee chiare! Rammentando le confidenze ricevute un anno e mezzo avanti, Cadfael versò il vino, con mano un po' meno ferma del solito, poi sedette accanto all'ospite, le ampie spalle giovani e forti contro le sue vecchie e arrugginite, il bel profilo così vicino... una gioia per gli occhi. «Parlatemi di Ermina», disse, certo della risposta ancora prima che Olivier si voltasse verso di lui con un sorriso abbagliante.

«Se avessi saputo che le mie ricerche mi avrebbero condotto fino a voi, avrei avuto una quantità di ambasciate da portarvi, da parte di entrambi... Yves e mia moglie.»

«Aaah!» esclamò Cadfael con un profondo, felice sospiro. «Come avevo pensato... e sperato! Avete avuto ragione, allora, quando mi avete detto che avrebbero riconosciuto i vostri meriti e ve l'avrebbero concessa!» Anche là c'erano due persone che avevano senza dubbio le idee chiare ed erano irriducibilmente innamorate! «Quando vi siete sposati?»

«L'anno scorso a Natale, a Gloucester. Lei è là, ora, col fratello. Yves ha quindici anni, ormai, e sarà l'erede di Lawrence. Sarebbe voluto venire con noi a Winchester, ma suo zio temeva che sarebbe stato troppo pericoloso. Là sono al sicuro, grazie a Dio. Ma se mai finirà questo caos, ve la porterò, o porterò voi da lei. Non vi ha mai dimenticato.»

«E nemmeno io ho dimenticato lei! Oppure Yves. È stato due volte a cavallo con me, addormentato fra le mie braccia, e ricordo ancora il calore, la forma e il peso del suo corpo. Il ragazzo più bravo e coraggioso che abbia mai conosciuto. »

« Sarebbe un bel peso per voi, ora! » ribatté Olivier ridendo. « Nel corso di quest'ultimo anno è cresciuto a vista d'occhio: sarà più alto di voi. »

« Oh, e io invece comincio a diminuire! E siete felice, Olivier? » domandò Cadfael, assetato di una benedizione anche maggiore di quanta già non ne avesse. « Voi e lei? »

« Più di quanto non sappia dire! » rispose Olivier. « E sono tanto felice anche di avervi rivisto, di poter dirvelo! Ricordate quell ultima volta? Quando sono stato ad aspettare con voi, a Bromfield, per riportare a casa Ermina e Yves? E voi avete disegnato una mappa sul pavimento per mostrarmi la strada? »

Esiste un punto in cui la gioia diventa a malapena sopportabile. Cadfael si alzò per riempire di nuovo le tazze del vino e poter distogliere per un momento il viso da quello splendore quasi troppo splendente. « Ma ora, se dobbiamo fare a gara coi 'ricordate', arriveremo a vespro, perché io non ho dimenticato un solo particolare di quei giorni. Perciò posiamo questa brocca qui a portata di mano e mettiamoci comodi. »

Mancava però più di un'ora al vespro quando Hugh pose bruscamente fine alle commemorazioni, arrivando in gran fretta, col viso acceso e una messe di notizie. Tuttavia fu guardingo nel parlare, non volendo apparire esultante per ciò che sarebbe stato senza dubbio un colpo doloroso per Olivier.

« Vi sono grosse novità. È appena arrivato un messaggero da Warwick: si sta passando parola verso il nord da una posta all'altra, con la massima velocità che può raggiungere un cavallo. »

Cadfael e Olivier erano balzati in piedi e lo fissavano con occhi penetranti, ansiosi di sapere se portava buone o cattive nuove, perché il suo viso era imperscrutabile. Hugh era per sua natura capace di mantenere il segreto e in quel momento il suo viso era vieppiù controllato per un doveroso riguardo verso l'ospite. «Temo che non sarà una buona notizia per voi, Olivier, come, debbo ammetterlo, lo è per me.»

«Dal sud...» mormorò Olivier, irrigidendosi. «Da Londra? L'imperatrice?»

«Sì, da Londra. La situazione si è rovesciata nel corso di un giorno. Non vi sarà più incoronazione. Ieri, mentre l'imperatrice e il suo seguito pranzavano a Westminster, i londinesi hanno suonato all'improvviso le campane a martello... tutte le campane, l'intera città ha preso le armi e ha marciato su Westminster. Sono fuggiti tutti, Olivier, l'imperatrice e la sua corte, con gli abiti che avevano indosso e pochissimo altro. E i londinesi hanno saccheggiato il palazzo, portandosi via i pochi che erano rimasti. Lei non ha mai fatto niente per conquistarsi le loro simpatie, mai niente altro che minacce e rimproveri e richieste di denaro da quando è arrivata. Si è lasciata sfuggire la corona dalle mani per non aver saputo usare una buona parola, il garbo di una regina. Mi dispiace sinceramente per voi, Olivier, ma, per quanto mi riguarda, la considero una vera liberazione.»

«Non so darvi torto», convenne Olivier. «Perché non dovreste esserne felice? Ma lei... lei è in salvo? Non l'hanno presa?»

«No, a quanto ha riferito il messaggero se n'è andata senz'alcun danno, con Robert di Gloucester e pochi fedelissimi, però tutti gli altri, a quanto pare, si sono divisi, tornando ognuno alle proprie terre, dove si sarebbero sentiti al sicuro. Queste sono le notizie portate dal messaggero, vecchie di appena un giorno. Londra è stretta da sud», continuò Hugh, stemperando in certo modo il carico di follie che gravava sulle spalle dell'imperatrice. «Le forze della nostra regina premono ai confini. L'unica via di salvezza per i londinesi è stata quella di cacciare l'imperatrice e lasciar entrare la regina. Il loro cuore, del resto, è sempre stato dalla sua parte: fra le due hanno sempre preferito lei.»

«Lo sapevo», ammise Olivier. «Non è saggia, l'imperatrice Maud. Non ha mai saputo superare un risentimento, anche quando avrebbe avuto tutto l'interesse a passarvi sopra. L'ho vista spogliare della sua dignità qualcuno che si accostava a lei con sottomissione, offrendole il proprio appoggio... È molto più brava a farsi nemici, che non amici. Tanto più ne ha bisogno, tanto meno ne ha. Dov'è andata, ora? Lo sa, il vostro messaggero?»

«A occidente, verso Oxford. Ci arriveranno senza correre rischi. I londinesi non l'inseguiranno: il loro scopo era soltanto quello di mandarla via.»

«E il vescovo? È andato con lei?»

Tutta l'impresa era stata basata sugli sforzi di Enrico di Blois, che aveva fatto tutto il possibile per l'imperatrice, in maniera non sempre lodevole ma spiegabile, e a caro prezzo, e tutto ciò che lui aveva fatto, lei lo aveva disfatto con le proprie mani. Stefano, per quanto prigioniero a Bristol, era pur sempre re d'Inghilterra, unto e incoronato. Nessuna meraviglia che a Hugh splendessero gli occhi.

«Del vescovo non so ancora niente, ma la raggiungerà di certo a Oxford. A meno che...»

«A meno che non cambi bandiera di nuovo», finì per lui Olivier, ridendo. «A quanto pare, dovrò lasciarvi prima di quando volessi», aggiunse con rammarico. «Chi sale e chi cade, inutile prendersela col destino.»

«Che cosa pensate di fare, ora?» domandò Hugh. «Sapete, penso, che qualunque cosa abbiate a chiederci, l'avrete. Sta a voi decidere. I vostri cavalli sono riposati e i vostri uomini non sapranno ancora nulla di quanto è accaduto, saranno in attesa di vostri ordini. Se vi occorrono provviste per il viaggio, prendete ciò che volete. O se preferite restare...»

Olivier scosse la testa e le ali di capelli lucenti danzarono sulle sue guance. «Debbo andare. Non al nord, dove avrei dovuto. A che servirebbe, ormai? Al sud, a Oxford.

Quali che possano essere i suoi torti, lei è sempre la signora del mio signore. Lui la seguirà ovunque vada e, dove sarà lui, là sarò anch'io.»

I due si sogguardarono in silenzio per qualche momento, poi Hugh mormorò, ripetendo parole che rammentava: «Per essere sincero, ora che vi ho conosciuto, non mi aspettavo niente di meno».

«Andrò a radunare i miei uomini e a prendere i cavalli. Possiamo ritrovarci a casa vostra, prima che io parta? Debbo congedarmi da lady Beringar.»

«Senz'altro. Sarò là.»

Olivier guardò fratello Cadfael e il breve lampo dorato di un sorriso ruppe per un attimo la grave espressione del suo viso, poi svanì. «Ricordatemi nelle vostre preghiere, fratello!» Tese una volta ancora la guancia levigata per il commiato e, come Cadfael vi deponeva un bacio, lui l'abbracciò di slancio, con forza garbata. «A tempi migliori!»

«Dio sia con voi!» disse il monaco.

Un attimo dopo Olivier era sparito, allontanandosi sulla ghiaia del sentiero a lunghi, rapidi passi, poi in una corsa leggera, per nulla scoraggiato o abbattuto, pronto come sempre al trionfo come alla disfatta. All'angolo della siepe di bosso, si voltò ancora a guardarsi indietro, salutando con la mano prima di sparire.

«Vorrei con tutta l'anima che fosse dalla nostra parte!» mormorò Hugh fissando il punto dov'era scomparso. «Ma che strano, Cadfael! Quando si è voltato a salutare... Non ci crederete, ma mi è sembrato di vedere qualcosa di voi, in lui! Il portamento del capo, un non so che...»

Anche Cadfael guardava oltre la porta spalancata, là dove l'ultimo splendore bluastro si era riverberato dai capelli bruniti, dove si era spenta l'ultima eco dei passi leggeri sulla ghiaia. «Oh no», mormorò in tono assente, «lui è tutta l'immagine di sua madre.»

Parole incaute. Incaute per una momentanea distrazione, o di proposito?

Il silenzio che seguì non lo turbò affatto. Cadfael continuò a guardare scuotendo leggermente la testa sulla visione che si attardava, che sarebbe rimasta nella sua mente per tutti gli anni a venire e che forse, con la grazia di Dio e dei santi, sarebbe tornata a essere realtà per la terza volta. Molto più di quanto lui si sarebbe meritato, ma i miracoli non sono mai soppesati o misurati, arrivano imprevisti come i lampi.

« Ricordo », riprese Hugh con guardinga risolutezza, intuendo che gli era permesso di speculare e mostrando di avere udito soltanto ciò che avrebbe dovuto dire, « ricordo che mi ha parlato di un monaco per amore del quale ha imparato a rispettare e riverire l'ordine benedettino... uno che una volta lo ha trattato come un figlio... »

Cadfael si riscosse e si guardò in giro, sorridendo nell'incontrare lo sguardo fisso e pensieroso dell'amico. « Ho sempre avuto l'intenzione di dirvelo, un giorno o l'altro », ribatté tranquillo. « Lui non lo sa e da me non lo saprà mai. *È* mio figlio. »

TEADUE

I ROMANZI GIALLI DI J.B. LIVINGSTONE:
I CASI DELL'ISPETTORE HIGGINS

TEA

TEADUE

THRILLER!

TEA

Finito di stampare
nel mese di marzo 1996
per conto della TEA S.p.A.
dal Nuovo Istituto d'Arti Grafiche - Bergamo
Printed in Italy

TEADUE
Periodico settimanale del 28.2.1996
Direttore responsabile: Mario Spagnol
Registrazione del Tribunale di Milano n. 565 del 10.7.1989